相伴

福建师范大学"散文行动"优秀作品选(三)

余岱宗 何 君 张晓岚 主编

图书在版编目（CIP）数据

福建师范大学"散文行动"优秀作品选. 三，相伴/余岱宗，何君，张晓岚主编. --福州：海峡书局，2023.12（2024.7重印）
ISBN 978-7-5567-1193-2

Ⅰ.①福… Ⅱ.①余… ②何… ③张… Ⅲ.①散文集—中国—当代 Ⅳ.①I217.1

中国国家版本馆 CIP 数据核字（2023）第 256538 号

责任编辑　林丹萍
装帧设计　大　玲

福建师范大学"散文行动"优秀作品选（三）
相伴
FUJIAN SHIFAN DAXUE "SANWEN XINGDONG" YOUXIU ZUOPIN XUAN（SAN）
XIANGBAN

主　　编	余岱宗　何　君　张晓岚
出版发行	海峡书局
地　　址	福州市台江区白马中路 15 号
印　　刷	三河市兴博印务有限公司
厂　　址	河北省三河市杨庄镇大窝头村西
开　　本	787 毫米×1092 毫米　1/16
印　　张	20
字　　数	300 千字
版　　次	2023 年 12 月第 1 版
印　　次	2024 年 7 月第 2 次印刷
书　　号	ISBN 978-7-5567-1193-2
定　　价	88.00 元

版权所有　翻印必究
如有发现印装质量问题请寄承印厂调换

闽水泱泱

閩水泱泱

福建师范大学文学院文学创作丛书

序言
叙事热忱以及散文的多样性指数

◎ 余岱宗

一部人类学著作中，论者言及叙事的作用时指出："大多数情形中，叙事性的历史都是自我调节的，且本身就是一个反思性的事物，通过它自身的自我描述而得以存在。换句话说，个体通过各种方式参与到描述他们自己的历史中时才成为个人。我们在以第一人称的角度讲述关于我们自己生活的故事，而这种描述和情节化又的确能够塑造出我们的个体性，通过我们以公共的语言进行的讲述，我们的生活逐渐具有了意义和现实性。此外，仅当我们不断进行叙述的时候，我们的生活逐渐具有了意义和现实性。只有当我们沿着时间的脉络，或为我们自己建构起叙事的时候，我们才能理解自己，认识自己，从而使之具有内在的连续性和可理解性，我们必须很好地为我们自己表述出我们的故事。"族群需要通过叙事概括其"内在的连续性和可理解性"，赋予族群的存在与发展以意义，并在叙事的反思过程中为族群提供富有活力的动能。个体亦然，个体的诸多叙事与个体的历史、个体的记忆相关，如何"讲好自己的故事"，意味着个体对自我的某一历史片段拥有何种意义评价，并对未来的自我产生不同性质的期许。

《相伴》这部散文集,"刻绘"着大学生、研究生们生活的某一片段、某一瞬间或某一次顿悟与蜕变。这种文字的"刻绘",便是让叙事追踪生活,让叙事与生活"相伴",让一系列"闪光灯记忆"之叙事留住光阴,让文字承载个体的思绪、故事与观念。

　　《相伴》可见同学们的叙事热忱。这种叙事热忱便是愿意将经历过、感受过、思考过的事体说给自己听,说给他人听。

　　散文叙事是一种文字形成的"絮叨",是将自我的体验或思考形成一种有意义的组织,形成一面或多面的叙事镜像。

　　拥有一面叙事镜像,意味着挽留住某段时光。不要太相信人的记忆力,诸多记忆事后是会被自己扭曲的。当下之我会不会在记忆中背叛历史之我,这很难说,至少成年人回忆少年时代、青年时代的往事不见得有多可靠,即便事情的来龙去脉是可靠的,但一个年龄阶段的即时感受往往是稍纵即逝,难以追忆的。人的记忆与感受,如层层叠叠的考古现场,甚至比疑点重重的考古作业区域更错综、更微妙。因此,年轻的朋友多些"絮叨",保持住对自我生活的叙事热忱,不仅仅是为了事后品味,更为自我青春做一次"叙事保鲜",免得未来的世故之我频繁光顾青年时代的生活现场时,可能以太多的"创造性"回忆"逼迫"青春之我接受种种"乔装打扮"。从这个角度说,任何阶段的叙事都是不可代替的,"即时叙事"有着"回忆叙事"不可替代的重要意义。

　　散文叙事,为年轻的朋友留住青春镜像,同时,散文还是一种书写的创造。森林的植物种类若太单一,通常要提高森林的多样性指数。过于单一的植物种类会使其生态结构比较脆弱,过于单一的种类结构不见得有利于森林整体的持续发展。散文创作同样讲究多样性指数。单篇文章可能挑不出毛病,若百来篇文章读下来不断出现题材、情感或创作方法上的重复,那么就提示我们散文创作除了重视情感的真诚与结构的完整,更要看到作者关注了什么,体验了什么，探索了什么。

　　从技巧方面说，年轻的朋友们如何勾勒情感轨迹，盘点来龙去脉，这百来篇散文都是好作品。但若从散文的"杂多性"，散文关注领域的多样性以及作者情趣的扩展性角度来看，则有诸多遗憾。这不是说大学生、研究生朋友们的生活领域不多样，而是取材过于集中，不太善于开辟独特的书写领域。大学生活的题材，存在着大量未开垦的处女地，是值得同学们关注、挖掘的。如就散文的多样性指数而言，作品集中的文章整体不是太理想。大学生活是相对单纯，但微波细澜每天都在发生，人数如此众多的校园中其实隐藏着种种值得我们去深入"发现"的体验与故事，只有挣脱散文创作既有成见，让自我窥见自我，这多样性指数才会来得可观。比如《我深爱的传院，不再见》这篇作品，文章写的就是发生在校园之中的故事。《我深爱的传院，不再见》之所以有特点，就在于作者极善于捕捉"转专业"过程的情感波折。你看，作者为自己终于能转到新专业，通过考试获得心仪专业的学习机会而得意。然而，得意刚抬头，不舍接踵而来。以为自己"旗开得胜"之时，才发现之前的生活、原先的舍友已经深深地镌刻在内心。摆脱既有的心灵舒适区，去完成一次转变，尽管有那么多难以放下，但为了追求目标，放下时难过还得放下。这就是"蜕变"，这就是一次小小的"顿悟"。这件事放在人群中很"小"，对于个体却很"大"。个体的成长不乏类似的体验与感悟，文章的价值，首先就是来自作者对于自我成长道路上的看似平凡的情感经验的检讨与品味。平凡，但不贫乏，校园内外的生活只有通过作者价值判断与艺术识见的扩大化、复杂化与深度化，才可能从看似平静的生活中挖掘出独特的材料并加以提炼。《请再给我几两青春》《来碗鹤顶红——写于焦躁的二十三岁》同样是善于将"成熟与半成熟的分界线"的青春状态的某种特别的他者镜像引近前来，加以对照，加以识别，然后思考自己未来的走向。还有，那就是这样的散文更多"杂事""闲人""他人"。小篇幅里也不断生发出关注各种"他人"生活的大容量。从初中、高中、大学同学的微信群里，从实习时寄宿的小旅馆中其他房客的"不完整"的生活状态到与同学"细言碎语"中交流人生规划的"微型谈话"，看似漫不经心，看似"不完整"，反而从这随意性中，展现出个体对于周边与未来的期待与茫然。

写散文往往是在不过于用力处分泌出意义，以无心写有心，以散漫聚拢主题，以不刻意来探索敏感地带。

当然，格局与想象力，也是另一些散文创作的追求。

《深海的温柔奇迹》好就好在有大格局。这是集子里最稀罕的作品。稀罕不在于文笔，而在于作者从小格局中"跳脱"出来，关注看似与日常生活不相关的"鲸"。作者笔下，"鲸落"是死亡，更是馈赠，是结束，更是开始。这样的散文，只有具备了更高视域的作者方能关注之，兜揽之，想象之，体会之，抒发之。这样的作品，格局、意象、心胸，都是占主导的，其次才是文笔与细节。

生活的平凡，不会捆住想象的翅膀。《舞曲》《食梦》便是以想象带动日常经验与日常细节。因为有了想象力，重复性的生活素材才以微光的方式在发亮。

这就是散文创作应该有的多样性书写的追求。或者是，只有自觉地开拓自我的视野，提升自我的格局，发挥自我的独特想象，让目光不是拘泥于习惯性的领域，不断带领自我去探索新的知识与生活天地，才可能让散文创作的多样性指数向好发展。有了丰富多彩的兴趣，才会接纳更开阔的书写界面；有了跨越不同经验与知识界面的创作力与想象力，才可能于落笔之刻让才华发挥，让情趣活泼，让思维敏锐。文学创作似乎更注重自发性，但也不应该排斥具备了自觉追求的艺术探秘。对于愿意不断追求的创作者，知道什么是高一点的艺术目标，比固守在习惯性的艺术领域，应该是更幸运的。

目　录

深海的温柔奇迹	王春懿 /	1
我深爱的传院，不再见	李锟阳 /	3
舞曲	吴茜玥 /	6
请再给我几两青春	高清远 /	9
来碗鹤顶红		
——写于焦躁的二十三岁	翁林颖 /	12
岁月的影子	何瑾如 /	15
食梦	林斯琪 /	18
旧家纪事	郑艺楚 /	21
奶奶与她的菩萨像	刘文钧 /	24
旧城小爱	陈　琳 /	27
磨坊	吕东旭 /	30
故乡的冬天	林　颖 /	33
清明，念你	李开裕 /	35
一袭红衫	柯霁阳 /	38
万千	陈　琳 /	41
老城慢	陈芬甘 /	44
登乌髻岩记	吴珠洁 /	47
换城记	朱莹莹 /	49

久等你再度光临	陈斯婕 /	52
重游秦淮已无诗	张丹华 /	56
在那桃花开放的日子	刘芳梅 /	60
不须归	赵宗梅 /	65
海边小镇	何潇槐 /	68
路灯	林 颖 /	70
青芒	陈攀攀 /	73
这城市，有一爱人	陈攀攀 /	76
夜航	廖 宁 /	79
罪游戏文	罗嘉鹏 /	82
酒歌	魏晓航 /	84
南河	罗宗文 /	87
地米菜煮鸡蛋	刘 雪 /	92
外婆船	刘 雪 /	95
忆君清泪如铅水	黄修平 /	97
随想	彭书帆 /	100
那一方芦苇	蔡佳鑫 /	102
什么不一样	罗宗文 /	105

绛紫的三角梅	李润霖	/ 109
此情不惯红芳举	陈斯婕	/ 111
黄昏	许恬恬	/ 114
暮春的花	陈月扬	/ 116
我亦飘零久，终归宿	张晓莹	/ 118
一隅雨榕城	冯子航	/ 121
初夏·雨	董娴	/ 124
院子	侯新月	/ 127
乡村琐记	赖玉玲	/ 130
宽宽的窄巷子	王美琪	/ 133
霸王别姬	莫东双	/ 135
一颗"特立独行"的蒲公英种子	沈云霞	/ 137
埋没	左怡扬	/ 141
向往的生活	熊姿	/ 144
隔岸之景美于曦	陈珂伊	/ 146
职海拾贝	黄修平	/ 149
屋顶的世界	张六	/ 152
齿	陈颖莹	/ 155

门	王晔怡 /	157
夕阳	黄如燕 /	160
清明·雨上	吴云云 /	163
我们的春夏秋冬	黄诗莹 /	166
庄公梦蝶	曾苏婉 /	168
古韵凤凰	张蝶衣 /	171
黑夜怀想	罗若钦 /	173
青山明月不曾空	卢诗婷 /	175
阿嬷的厨房	魏 琳 /	177
明亮的空屋	张丹华 /	180
时光列车行有轨，青春到站终有时	杨 勤 /	184
岁月悲情	李选龙 /	186
菩提树下桃夭盛	彭义猜 /	189
散文随笔	赖朝虹 /	192
一的世界谁的世界	林丹萍 /	195
支教漫谈	余成威 /	198
那条街	朱 榕 /	201
窗	姜诗霖 /	204

羊儿走了	徐文芳 /	207
花自飘零水自流	刘　雪 /	210
春倦	黄岩菲 /	213
世间再无瘦金体	肖杨颖 /	216
随父母一同老去的树	汤苏雨 /	219
母亲	罗　文 /	222
橄榄	王　诗 /	225
青灯江影	刘晓晴 /	228
人与城	林　颖 /	230
忘归	林思媛 /	232
心雪	张　鑫 /	234
我的南方姑娘她去了北方	冯子航 /	237
夜跑记事	王津津 /	241
梦·俗人	杨佳雪 /	243
是谁辜负了这命	刘艳平 /	245
粿	林巧兰 /	248
最初和最后的阳光	王秋月 /	250
长安山的男人	钟政华 /	253

故事	林　丹 /	256
那些来不及的告别	孔祥惠 /	260
故乡记事	郑永慧 /	262
记忆开花的地方	雷丽钦 /	265
离旷	王文芳 /	268
心桑之歌	何瑾如 /	270
忧·恨·爱	戴雪鸿 /	273
文科之怨　文科之乐	秦嘉萱 /	276
相伴	李雪晴 /	278
文学，文学	杜　浩 /	281
只想伴你余生	许姝琦 /	284
星期二，人	吴珠洁 /	286
难以忘记	陈璐瑶 /	288
心花	陈晓婧 /	290
我的长安山奶酪	黄诗涵 /	293
母亲的味道	黄秋英 /	296
皂角花开	陈彬琪 /	298
致 D	江俊婷 /	301
青山记	张子璇 /	304

深海的温柔奇迹

王春懿
福建师范大学文学院本科 2016 级

早晨刷牙，一团牙膏沫从嘴角划下，一声微不可闻的"嗒——"，蓄有一浅层水的水池里绽出一朵白花。我握着牙刷，继续手上的动作，眼神却莫名被那团泡沫吸引。我看着它由一个标准的椭圆形渐渐现出棱角，边缘上的泡沫在水中慢慢四散、消解。过了一会儿，它竟然现出了似鱼头的形状，我看着它从"鱼唇"的尖角处渐渐消散，最后，化为一层浅浅的白沫，再也看不出形状了。

一团没有生命的泡沫仿佛都有其独一无二的轮回过程与结局，那么一个生命的轮回将会是多么的美丽与悲壮。

像一头鲸，庞大的身躯渐沉，在海底最深沉的黑暗里，它的死亡将会点亮一个新的生态系统，完整得足以维持上百种深海的生命生存长达几十年甚至几百年。死亡于它并非终止，死亡中焕发着新生的希望。

在地表之上，太阳以其如造物主般温暖而宽厚的胸怀普照，为万物生长洒落生命之光。但是它温暖的怀抱却无法笼罩海底的世界，纵使最炽热的光线，也无法穿透海水，照亮海底深沉的黑暗。水深两百米以下，海洋世界已是一片漆黑。在如此广袤的黑暗之中的生物，靠着化能合成和海面输送，创造着自己的生命奇迹，而偶尔从光亮中落下，沉入深海的庞大身躯，对于它们，是自然对生命的额外恩赐，是大洋荒漠中温柔的孤岛与绿洲。

对于庞然大物，我们总会有扎根于内心深处的恐惧，因为它们比我们更强大、更凶猛，能轻而易举地伤害我们，就像我们可以轻而易举地摘下一朵花。但是庞大如鲸，它们也只能任时光冲刷，渐渐蜕去庞大的外壳。这时，我们看到它们庞大的身躯已然僵硬，生命的征兆了无踪迹，陨落于人类铸就的铁索巨轮之下。这时，我们发现原来它们身躯里的每一处组织、每一个细胞都容纳着深厚的温柔，陨落之时，即为归属，亦是善终。

"鲸落"，算是善终，也是另一种重生。因为它的骨血被揉碎，融入了一个新的轮回，而这个轮回符合生物界最本真的逻辑。

人类总希望落叶归根，鲸鱼又何尝没有权利选择自己最有价值的归属？它们有权利选择，但是令它们感到无力的是人类剥夺了它们的权利，而且在剥夺时拒绝给它们选择的余地。于是，工业化捕鲸高举旗帜，伸出了爪牙，以坚船利炮摧毁它们庞大却同人类一样由血肉组成的躯体，那恣意飘摇的旗帜上赫然是血红的四个字——经济价值。同时，以不速之客的姿态闯入它们生存港湾的钢铁巨轮，在海面上割开一道口子，耀武扬威般驶过。海水接纳了它们，自己默默抚平伤口，但它无法阻止这个人类铸造的庞然大物在它的肌理里注射毒素。人类施与海水的罪恶，海水中的生命也要共同承担。于是，一幕幕生命的悲剧接连上演。

在这一幕幕的生命悲剧中，鲸的种族也扮演着重要角色。可以形成一个繁盛的"鲸落"的巨型鲸的数量以可怖的速度在减少，如若有朝一日，大型鲸彻底消亡，这对深海里的生命意味着什么？牵一发而动全身，大自然以其各部分之间完美的整体联系捍卫着自己原始的尊严，深海生命的消亡必然牵连着整个海洋生态系统，而面对浩瀚无尽的海洋里这样的庞然大物，人类又怎么会想要见识其真正的威力呢？"致中和，天地位焉，万物育焉。"人与自然和谐相处的理念深深地扎根于中国古老的智慧箴言中，拂去历史的尘埃，依然熠熠生辉。

"鲸落海底，哺暗界众生十五年。""鲸落"，一个美丽而悲伤的名词，像是一段回归原初的谢幕，一个深海里的温柔奇迹。落红亦非无情，"鲸落"却柔情更甚。希望它们的温柔与宽厚，不会无声无息地躺在捕鲸船上，不会化为碎片，摊在冰冷的瓷盘上，不会孤独绝望地搁浅在沙滩上。希望它们的庞大身躯，可以静默且安然地下沉，化身海底悲壮的孤岛，演绎深海温柔的奇迹。

我深爱的传院，不再见

李锟阳
福建师范大学文学院本科 2016 级

凌晨一点，互道晚安，毫无倦意。熄灯之后睁着眼睛，却也渐渐适应那片漆黑，还可以依稀分辨出床帘上的图案和花纹。夜很深了，没有过多的聒噪，总是在这样的时刻才能够静下心来想我所想。

从转专业想法成型的那一刻，就应该预料到有这样一天，何况无论如何都是一个喜剧。我在大学，在传播学院待了近两年的时间，最终还是勇敢地迈出了这一步。大二转专业于我而言何其不易，不仅仅要跨专业学习补学分，还要降级并且作废传院已修的所有学分。

我以为得知成功的那一瞬间会泪流满面，可是我没有。当内心回归平静以后还是缺乏一丝真实感，甚至有种恍然如梦的空虚。

她们说仓山校区是六人间宿舍，仓山校区食堂的饭菜贼难吃，你要做好心理准备。仓山校区依长安山而建，你上个课都要气喘吁吁，我每次都要假装很不以为然，"我刚好减肥啊。"

我还躺在 302 的 3 号床上，却不知三天以后，我便要离开这个熟悉的铺位，奔赴那个据说条件不友善的仓山校区。我早该想到的，只是理智依旧被情感牵绊，还像个傻孩子，愣愣地站在原地，手足无措。

也许一周，或是两周，屈指可数的日子过去以后，跟着我两年的宿舍钥匙就要上交，我的校园卡再也不能刷开"兰八"的门禁了。

我会像个新生一样去摸索遥远而陌生的仓山校区，接触变化的环境，结识全新的身边人。

才发现自己的无用和懦弱，不能随心所欲掌管好自己的泪水。我听着身边舍友睡着了的呼吸声，突然抑制不住地流泪。廖艳芬让我赶紧搬走，要在我的座位上建一个小厨房，我怼她："你真的一点也不会舍不得我？"她回说："舍不得你难过，所以只能舍得你离开。"把我震住的那一句话，一点也不矫情，只是太正经，很揪心。王秋萍都挑好了地方说要庆功，我笑着说："你说的都好，我来结账就是了。"她却转头那一刻咕哝着："李杉颖要走了，我对面都是空的了，肯定很不习惯。"老碧从我报考开始就歪歪着感慨："又走了一个啊，302就这么走了一半。"

我走了，你们会想我吗？会因为我座位上的空而感到不安吗？会因为听不到我的吵闹而惦念吗？会在每一个夜深人静的时候，想要关心李杉颖是不是又在熬夜吗？我知道这些想法太幼稚，所以不敢期许着我要打破这一份和谐的离开，让你们过多煽情。

笔试回程的路上，157支路公交车开得很晃，我一阵阵反胃和不适，盼望着早点到站。走下车的片刻，就在南门映入眼帘的瞬间，泪水夺眶而出。回家了啊，如是想到。我不会忘记有这样一个"娘家"永远在旗山为我敞开大门。面试结束的时候才告诉同桌我这个决定，不得不说又惊到她了。对我不告知的埋怨过后，她问我都待了两年的传院，说走就走，怎么会舍得？我又怎么会舍得？本就是一个长情到害怕离别的人啊。习惯了和同桌英语课分享零食的日常，一起犯困，或是聊天突然被提问时蒙圈的模样。她说大学只认我一个同桌，还安慰我想家就随时回来，有好吃好喝的招待。而我身还未离开，心却已经开始想念。

真正搬宿舍的这一天还是来临了。宿舍只有我一个人，廖艳芬离开宿舍的时候一步三回头，手机正在外放着容祖儿的《记忆的味蕾》。

一整天都怀着"这是最后一次"的心态，与传院合照，对着"兰八"一楼的全身镜自拍。天气很好，跟昨天的大雨倾盆相差甚远，我一向觉得晴天的旗山校区美如画。恋恋不舍着这个熟悉的地方，发着愣，在无人的宿舍呆立，竟失去了收整下去的耐心。

想要好好拥抱你们每一个人，还期望着 2019 年的毕业季，我能回到这个"娘家"成为你们合照中的一部分。天下无不散的筵席，我也不过是提前离开罢了。谢谢这两年来传院留给我的所有难以忘怀的记忆，谢谢这两年遇见的所有爱我以及我爱的人，祝福我深爱着的传院永远明媚。不再见。

舞曲

吴茜玥
福建师范大学文学院本科 2016 级

  窗框筛检过的午后阳光，是森林里火镰击打石头磨出来的那种原始纯粹。它漏进窗帷，淌进纸张缝隙与绵延的耳机线，而下一秒萦绕的音乐打破滞留的空气，正是节奏明快的舞曲。

  我情不自禁抬手抵在太阳穴，将灵魂分饰两角，想象一场与自己的双人舞。思维构筑的殿堂里，无数鞋跟敲击地面的声响传至穹顶的空腔。我，我们凝视着前一对舞者，宛如狼行的探戈在他们绝伦的默契中植入最后一刻的休止符，仿佛叫人怦然心动的阿尔帕西诺重现眼前，刀锋利刃的高速旋转里，血液涌动似乎也与之共频率。

  第二支舞曲前奏甫响，我以主导步伐迈进舞池，紧张和势在必得也许只有一步之遥，我抬起右臂，又以手肘为支点旋出漂亮的半弧，在女士跟前欠身施礼，三指拢并，浅浅托起对方的手心。

  "我能与您跳一支舞吗？"

  "当然。"

  舞池中心方才停下的旖旎舞步给我莫大的鼓励，舒缓的导乐提示着下一首乐曲。音乐与舞蹈总是善于烘托诸如幸福、喜悦一类的情感，这样的时刻怎么能缺少其中一样？欣喜顺应这位男士邀请，直身浅浅颔首，稍活动手腕，虚握上对方手指，侧首以目光向其致意后，率先缓步迈进，投目之后选择了舞池中空旷处，裙摆盈盈，引导舞伴到那处站定。

"音乐即将进入正题。"我脆声开口，随着起始动作的摆动，脖颈到腰间牵出曲线，微抬颌与舞伴对视，左手稳搭在肩臂上，语调不可谓不揶揄，"交给您啦，先生。"

"我明白，女士。"

我漾出舒缓的笑意，不再多言，彼此交握手指后，以稳而不失礼的力度搭在女士腰间。

下一刻，曲调细碎如缫丝雨落的 *Summer Night Waltz* 轻快跃起，我用格子步翩翩点地开场，带起步履，随着悠扬弦乐踏板节拍，娴熟步伐逆时针旋转。

华尔兹漫长的舞程线极易与其余舞者擦肩而过或是触碰，女士却轻快灵敏，如百灵鸟穿梭在凯尔特林间，巧妙避开。倏忽对视中能看到女士眸底跳动着柔软的火焰，是华尔兹特有的绵绵丝绒与不甘人后的锐利棱角，也是温和的势如裂云。

"能将 Gambino Paolo 演绎出凛冽，我在上帝与神父跟前发誓，我很喜欢您。"

华尔兹到底是寄语言于动作的舞蹈，与谈吐风趣且内涵深刻的绅士交谈，可以让人体会到自心底生出的舒适。而男士稳健、利落的步伐毫无疑问应当赢得赞扬，用最优美的语言，或足以与之相衬的舞步。如同于悬崖侧畔旋转，舞伴的每一个步子都稳落在崖角，是仍在规则内的恣意。

"先生，我几乎感觉到我的裙摆飘荡在悬崖外了。"

夸赞入耳时正从倾斜动作中撤回，我稍握紧手指，凭借对方的动作，轻巧后错步伐，裙摆跟随鞋跟点地的清脆声响摆荡，退步姿态与对方前进的动作一样标准。仿佛刚才擦着"脱离规则"边界而生的舞步不存在似的，无厘头而又促狭地冲舞伴眨了眨眼。

"谁不是呢，我几乎以为您是 Luca 或 Mirko 了。"

"您的赞扬，比时季花更令我心神摇曳。"

我和着碎钻落入绒布的簌簌音节，足够优雅而克制地主导彼此的步程线。她裙摆翩翩摇曳，又步步随行，随舞步贴近臂弯时，触碰得到细腻肌理与发丝，每一缕都在细碎阳光镀边的云端漫步，或是身披伊尔碧绿丝亲手点亮的星辰之光。

相伴

  时而成为她的支点予以辅佐,让女士能够摇曳得绝美纤细,像水泛着微微浮张的表面。时而踏出岌岌可危的轻旋舞步,将主导权暂放在女士的柔荑中。没有比这更适合喁喁低语的场合,缱绻华美的华尔兹,点在水上,漾起盎然和风,共舞又无尽交锋。
  舞曲将终之际,平稳旋转出最后尾音。我在暖融的房间里拥抱空气,我深爱音乐,也深爱我灵魂的每一面。

请再给我几两青春

高清远
福建师范大学文学院本科 2015 级

最近加了一位初中同学的微信。中途退学的她很快结婚生子，然后和丈夫一起开了一家羊肉店，生活虽然琐碎，却幸福惬意。我依然记得她读初中时候的样子。那时候她坐在我后桌，黑黑的，梳着高高的马尾，喜欢和班上的男孩子打打闹闹，上课打瞌睡，考试不及格，但是总是能够把书本收拾得干干净净。然后好像也就从记忆与时光的缝隙里，模模糊糊地窥见自己那时的样子。

我加了初中、高中乃至小学的微信群，但是大大小小的同学聚会，我好像仅仅参加过一两场。有时候走在街上，被人叫住，却一脸茫然。他们说，你这些年没怎么变呀。我礼貌地笑笑，然后需要很长时间才能想起他们的轮廓。从小到大的课本也在离开每一个人生阶段的时候就卖给了旧书摊，我清楚地记得，从 30.8 元到 60.5 元，再到 279.4 元，金额好像代表着自己过去奉献的价值。

我经常苦笑着且神经质地和一个朋友说："我好像在十四岁的时候就被哪个外星人带走了，直到二十岁才回来。中间的六七年，你们地球人所说的青春，对我来说永远是个谜。穿透我的从来就不是什么梦想、青春，或什么高尚的信仰。"

朋友这时会轻轻地揉揉我刚刚洗过的乱糟糟的头发，说："但你曾经在那段岁月里那么深地爱过一个人呀。"

爱过，确实。十年的爱恋证明青春也曾与我很用力地相遇过。广播、单车、柠檬是我们之间的联系。以至于现在想起来，心还是会感觉莫名的滚烫，蓝天下的劣质草坪也沾染着鲜嫩的青草香气。

爱曾是我那段或许会有点落魄时间里可以把握的唯一变数。我因为爱过一个人而相信爱的可靠、真诚。我一直觉得那时候爱上的人，并且狠狠爱过的人，就好像围墙上缠绕着并不断向上攀爬的藤蔓，会一直影响我未来的生活，直到很久以后。在青春即将结束的二十三岁，想起这一切，会不自觉地扬起嘴角，梨涡浅笑，笑得很像是青春刚刚萌芽的样子。

所以在那个人走后的2011年，我独自去看了他唯一喜欢安妮宝贝的话剧《七月与安生》；所以即使是青柠的果皮散发的若有若无的香气，也可以穿透皮肤，到达内心，又到达记忆，最后直达灵魂；所以喜欢四月，喜欢海，喜欢无理由地发呆，一如他在我身边时，可以感觉到我所谓青春且清明的样子。

高一那年，爷爷去世。即使已经过了五年，我还依然清楚地记得那一天。匆匆赶到医院后，我亲眼看见生命的曲线逐渐变直，仪器里发出滴滴的声音，像是一种召唤。旁边是大人们的哭声，我摆弄了一下校服上的校徽，同一间病房里，我与周围的人，还在享受着生命与或晴或阴的天气。最爱我的爷爷走了，仿佛听到窗外杜鹃含血的啼鸣，心底是从绿洲到沙漠戈壁的沧桑。

而在此之前，我一直是一个对时间概念很模糊的人，不知道成长需要多长的时间。但在见识过生死之间衔接的那根最纤细的丝崩掉后，开始喜欢依偎在母亲的臂弯里，嗅着生命本源的气息，惊异于点点奶香，虽然我的嘴里好像还充斥着鲜血的淋漓腥气。参透生死后，我才明白青春应该以何种最有效的方式度过。伸手触及时间，分明是冰凉与疼痛的，恍若从你的血液里抽出那强烈颤抖的髓，身体就这么与灵魂失去专注的焦距。

我会花更多的时间陪伴那些很重要的人，和姥姥晒太阳，和爸妈聊天散步，甚至逗一逗邻居家那条养了十几年，在不断老去的土狗。"咔嚓"一声，相机把人影印到相纸上，永远珍藏在心的小盒子里。

有时我会不自觉地去想二十年后，早已经远离青春的自己会是什么样子？在哪个城市？活成什么样？会习惯在回家的路上哼唱哪首歌曲？会以什么样的视角和心态去面对这个还不太完整，也不太美丽的世界？

宿舍的小音箱里播放着民谣，有时会听着傻笑，曾经还想离家出走，去地下通道当一个流浪歌手。那时候的心事会记在本子上，现在打开本子，可以听到文字如钢镚蹦蹦跳跳时发出的声音。毕竟那时茂盛，那时活跃。而现在呢，越来越离开自己最初的模样。猖狂、任性终归于平淡，开始对人际关系默然，开始崇拜那种穿着牛仔裤和棉麻衬衫，浑身散发着青草味道的女孩子，也不再像青涩时那样，靠着烂俗的"鸡汤文"，偷窃生命的价值。

我抱起吉他，开始拨弄琴弦，唱起青春时钟爱的歌曲。舍友们也开始跟着歌唱。这时，我才发现原来我们曾经共同听着且唱着同一首歌曲。变与不变，都在岁月的长河里，在青春的心乡里，成为一种习以为常。所以在爆竹响起的时候，依然孩子气地捂住耳朵，习惯性地去买几本初中就开始看的杂志，在混乱的桌子上一直能够挤出一小块空间。原来呀，青春里每个小人的心里都拥有樱花与藤蔓，或经历过细雨青芒。

恰好，我弹的那首歌，叫做《岁月轻狂》。

只是希望，我成年后看到的那云上最深山岭的纷繁，依然像极了十八岁那时青春的烟花。

[后记] 前些天，我读到了土耳其作家贾希特·塔朗吉写的《火车》："桥都坚固，隧道都光明"。提及青春时，我努力地回想那段岁月里有点晦暗、自卑的自己。多年后，青春的剪影都是健康的，完全不符合我心中的定义。我才发现青春隧道的光亮，可以把靠在玻璃窗上的自己映照成有着日出的光泽和不朽且无悔的美丽心情的模样。

来碗鹤顶红
——写于焦躁的二十三岁

翁林颖
福建师范大学文学院研究生 2016 级

人生何所求，致富与自由

"牛奶会有的，面包会有的，一切都会有的。"这是苏联电影《列宁在1918》里丈夫对妻子说的一句话。

好几年前，这句正能量的话在我的朋友中广为流传。你刚叹口气，就会有人过来拍拍你的肩膀，深情地对你讲出这句话。说完之后，相视大笑。那个时候，大家大概是真的相信了这句话。

现在重读这句话，竟读出了悲伤之感。牛奶、面包这些你极度渴望拥有的东西，你此时此刻是没有的。你此刻没有，以后也不一定会有。但你只能把希望寄托在以后，你必须说服自己，让自己相信，以后"一切都会有的"。

然而，更让人懊丧的是，就算以后终于有一天你被命运垂怜，得到了你现在想要的东西，那东西于你而言，很可能也已经过了保质期。就像刘瑜说的那样，"十五岁的时候，再得到五岁的时候热爱的布娃娃，六十五岁的时候，终于有钱买二十五岁的时候热爱的那条裙子，又有什么意义？"又有什么意义呢？

一切都有对的年纪。读书、赚钱、谈恋爱。

成年后的我，迫切希望能早日凭借自己的力量，站立于茫茫人海之中。虽然现在什么都还没有，那也只好请自己耐心等待，希望自己大人有大量，把专注点放在自己身上，格局大了，自然什么都会有。

谁都曾觊觎不属于自己的命运，谁都不甘平庸。以前很喜欢一部电视剧里女主角说的一句话："我要用自己的钱，买自己的包，装自己的故事。"现在仍喜欢，却逐渐认识到这句话的分量。一直都是性急的人，却也将等待熬成了习惯，真是"孤王头上长青苔"。

唯有情字最杀人

前些日子，连下几日雨，雨夜太挠人。

一夜辗转了很久。回想起前年的十月，我到武夷山实习两个月，印象里是挥之不去的潮。暂住的小旅店的空气里弥漫着一股旧旧的霉味，每次从浴室洗完澡出来，墙上的镜面全是水雾，要好久好久才会散去。刚买的金银花药草一周后便全部返潮。总有客人在深夜住进旅店，隔音很差，常常被走廊上急促的脚步声吵醒。男人低沉的嗓音，年轻女人咯噔咯噔的高跟鞋，打开房门时吱呀的声响，还有关上门后的窸窸窣窣。有时候来了一群人，打了整夜的扑克，次日一早便动身走人。

我和朋友同住一间。一晚，熄了灯，我们躺在各自的床上，有一搭没一搭地聊起自己的一些事情。她谈起她和他是如何相识的，如何相恋的，他的爱意又是如何随时间消磨，情浓转淡，各自飘散。我们聊了好久，不懂为何爱情那样难，最后在轻不可闻的游丝般的叹息声中，各自昏昏睡去。窗外，雨依旧滴答滴答。

就像一句歌词里唱的：爱情的开始总是深深切切，心心念念，你情和我愿。奈何最终总是冷冷淡淡，星星点点，你厌和我怨。有缘，未必甜。

我和一个特别走桃花运的男生聊过，我说："我很好奇啊，为什么你交女朋友这么容易？"

他挑了挑眉说："我当然容易，谁让我那么能说。"

我想了想，还挺有道理的。的确，能侃的人真的是招小姑娘待见。男人说起情话来真是太容易了，像白酒烧在傻姑娘的心头。

不过，我想情话不在于巧妙精致，而在于真诚由衷，哪怕是大白话，若是从心底发出，也似神的喟叹。真诚胜过一切技巧。要知道人类对爱意的敏感度是超出正常想象的，人天生就有辨别爱意的眼睛。可惜很多人不懂得这个道理。

有人给我的一个朋友介绍对象，对方发来一份比求职简历还内容丰富的个人介绍。我哑然失笑，走到相亲这一步，真像是进了物价局，你一切的一切都会被等价转换成价格，等人衡量利弊，精确算出得失之后，在交易场上一锤定音。

但是，我想对于每一个独立的成年人来说，在爱情上，任何小心思都是要不得的，往后所有的责任都是要自己承担的。很多人连植物盆栽都照顾不好，又怎么能承担起两人份的责任、两人份的爱呢？

有亲戚给家姐介绍对象，对方非常富裕，但是家姐见了一次之后发现实在谈不来，就没有继续交往。后来，亲戚见到我姐，总要抓住这件事数落一番："这么有钱的你不去交往，傻不傻？看你自己能交到什么样的。"

仰天长叹，幸好没有人跟我说这样的话。

所谓般配，或许可以忽略贫富、美丑、年龄，但唯有精神纬度不能忽略，精神不在同一纬度，冷暖永不相知，只能自知。

顾城说："平常，人是按社会的幸福在生命上划来划去，像裁纸刀。"世俗人眼里认定的幸福未必是真幸福，我们自己难道失去感知力了吗？任何外界的声音都只能是参考，你不开心，就不要参考。

二十三岁的我，站在一生中的黄金时代里，踮着脚，向未来眺望。未来似迷雾，看不真切。我想知道自由、财富、爱情的意义，想知道人生的意义。

二十三岁的我，站在成熟与半成熟的分界线上，小心翼翼地挪步，生怕走错一步，被人耻笑了去。

二十三岁的我，明知"青山不可上，一上一惆怅"，但仍然固执地想要登上山顶，想坐在山巅上，看针叶慢慢刺穿月亮。

岁月的影子

何瑾如
福建师范大学文学院本科 2015 级

这里的老房子似乎是很遥远的事了。

生锈的大门锁，沉重、古老的柴扉。踏上圆润的石阶，拾级而上，轻轻入内，又一道门映入眼帘。石边框上还有一副对联：

> 凝翠千重古门，
> 映桑万钧沧楼。

我暗想，原来这老房子也知晓自己会变老，知道时间将在那英姿威武的古门上镀下岁月的青苔，将在那壮观的楼房上刻下风霜。

绕道而过，我见到的是一个小院，无草木，无青苔。那么滑润、干净，像仙女屏台。微风吹过，这阴森小屋不由得又多了一份神秘感。以前这里人来人往，现在却如此冷清。

前厅已显得黑暗潮湿。太姥爷、太姥姥的遗像正冷冷地看着这一切。我鞠了个躬，发现这前厅三面密封，却不完全是墙。那墙上有四扇门，已被铁锁锁上，丝丝黑暗流出，那里面似乎有什么秘密。以前这里曾十分热闹，可这会儿，只有我独自站着，留下一片淡黑的影子……

我就这样环顾着，目光不由得落到了角落的那一顶红轿子上。它像一片深沉而又乖巧的红云那样横在厅中。通过印象中的照片以及一段久远的回忆，我想起来了，我知道是它在十几年前把我的妈妈送出了家门。可如今，十几年过去了，那红轿子的青涩气息早已消失，遗留的只是属于那个年代的古老情怀……年轻的心想探索，古老的镂花楼梯被我上上下下走了个遍。它们是那样小巧又沉重，在黄昏里隐隐约约地泛出令人昏然的暗淡。这老房子有四个楼梯，每一处都布满了凄清与厚重的气息，还有几十个大大小小的坛子，不知放了什么。楼上的前厅干净多了，却有一层灰尘，几十个似棺木的大木匣放在这儿，令人毛骨悚然。听外婆说，这里放着太姥爷风干的地瓜片。如今三十几年过去了，这地瓜片的命运也就是如此。这里曾经令人感到幸福而充实，可现在却令人感到可怖和阴森；这里曾经被人重视，可如今却被人遗忘。

走过长廊，几扇门全都锁着，一道银光划过，那是近几年安装的门把闪闪发光。有一丝新时代的气息，却与这古楼极不相称。是的，古楼老了。妈妈的闺房已没有了床与桌子，那在房梁上一闪一闪的纸星星也在风中"游丝一断浑无力，莫向东风怨别离"。随着岁月的脚步而消失，那小小的角楼也放下了地瓜干坛子，被一把铁锁锁上。

仅存的一棵植物，在没有多余水分的古楼里，泛出寂寞难耐的一点深绿。角落里的野草不见翠绿色的身影，已是"逝去草色九分翠，还得甘木一缕魂"。小小的角落不时有几声鸟雀之鸣。说不清是幻想，还是真的。地上的鸟粪早已干了。整个二层陷入寂静之中。记得小时候，我曾在妈妈的闺房中，想带上她的耳坠，曾在她的床上玩扑克。傻傻的脸上，缀着一双纯洁的眼睛，有一阵子，右眼上边的眉毛几乎不见。外婆就对妈妈说："你看她的眉毛，稀稀落落，是整天趴在门孔上磨的。只要我出门，她就离不开门了，分分秒秒等我回来。"

外婆说的门孔，俗称"猫眼"，是院落大门中央，用来张望外面世界的一个小装置。她平日出门前总是千叮咛，万嘱咐，说听到敲门，先在这里看一眼，认出是谁，再决定是否开门。但对我来说，这个闪着亮光的玻璃小孔，是一种萦绕在心头的期待，是一天将暮未暮时的喜悦源泉。所以，幼年的我不允许自己有一丝一毫的松懈，因为外婆随时可能会在那里出现。除了午觉、吃饭，我几乎每隔一小会儿都在那里看。双脚麻木了，脖子酸痛了，眉毛脱落了，都没有停止这么做。

现在，许多事情都随风而去，那小小的厨房早没有外婆烧出闪闪的火光。

这就是岁月的影子吧，它已模糊、淡化，失去了往日的光彩。较之今日，那岁月的影子所反映的是岁月之变，时代之变，还有人的变化。

走出古楼时，我没有回头，但依稀觉得有一种情怀萦绕心头，心中不觉有些凄恻。但我知道，身后那浓浓的古情依然存在。四周寂静，往日喜爱曙光的古楼，此刻正静默等着那月光像网一样洒落……

食梦

林斯琪
福建师范大学文学院本科 2016 级

　　我们以为开了春总不会太凉,谁知近来天气之冷厉,尤胜冬日。夜晚被寒彻的春雨浸泡过,从门缝里涌进来,它似乎比我更熟悉寝室的构造,总是找到空儿钻。刚躺下来,布衾虽未冷似铁,也与平日的暖和相去甚远。床是冷的,手脚是冰凉的。难道是我由此怀疑梦里也是泡着这样湿冷的雨,所以最近一直没有入梦?

　　入眠不能入梦,无知无觉的睡,也是死的样品。如果有一种病叫失眠症,那也应该有失梦症。听说失梦是白天疲惫,便睡得香甜,固然仿佛使大脑得到了休息,然而做梦如看走马灯,错过了一场,都觉得可惜。左右睡不着,我也试着胡思乱想,也许更容易做出精彩的梦吧!

　　梦里的我,时常是混沌的,似乎是在我的身体里,又似乎是站在旁边的旁观者,角度不同,空间也不同,看得清,又看不清。不仅如此,时间也是扭曲的。梦里混沌,我觉得只是弹指一瞬,现实世界已经过去大半个小时了——显然普遍发生于迟到的早上。然而并不必然。又有时,我梦见了沧海桑田,眼底离恨,人间白头;梦见我从唐宋元明清走过,如同看着才子佳人、布衣将相的话本:爱别离、怨长久、求不得、放不下;梦见我在老家山间或乱走,或枯坐,身侧的红日顺着树爬起,又伴着叶落地。风舞云卷,是一天或一年。感觉仿佛走过了悠长的岁月,醒来时都带着厚重的惆怅,再一看,哦,只过了五分钟。

有时我也惊异于梦顺序的错乱。比如《梦的解析》中有一例是，老师问一位同学听没听懂，同学大声地说："是的，听懂了！"老师恼怒于他的态度，结果全班都站起来大喊："是的，听懂了！"接着变成了"着火了！"，主人公从梦中惊醒，听见从街上传来"着火了"的喊声。这似乎是先梦到，现实才发生，梦与现实的因果混乱了，我也经常做此类的梦，产生了一种能"预言"的错觉，觉得神奇，又恐惧。

　　这可以解释为大脑潜意识对外界信息的扭曲加工，是客观与主观的碰撞。当我们醒来，脸上是被闹钟催醒的麻木。我们需要按着时针、分针出发，加快脚步，赶一趟公交，然后完成一天的工作和学习。日复一日，把三百六十五天过成了一天，我们被钉在十字架上。一切都是有序的、合理的、谨慎的、理智的，没有意外和惊喜，这是多么无趣。我总憧憬一场离奇的梦境，糊涂一些也没关系的剧情，在床旁边放一本《拾梦录》，昏沉中醒来，每每有奇诡的语句和情节，恨不得字字记下。若手脚无力、一时疏懒，中午的时候总把梦的内容忘了个干净，无限嗟叹。

　　有一次，梦到我做了什么罪大恶极之事要被判刑。警察同志说："我们能满足你最后的心愿，只能一个。"当时我有两个心愿：一个是我想见父母最后一面，一个是我想吃嫩牛五方。这难不倒机智的我，我跟警察同志说："我的心愿是让父母带着嫩牛五方来看望我。"说完便觉得自己一生潦草，悲从中来，然后醒了，在床上笑出声。

　　还有某日不知是晨是夜，我梦到自己低头看土墙角落，杂草和野花丛生，土块凹凸不平，如同山丘沟壑。我正盯着两只小虫缠斗，兴味颇浓，突然感觉旁边一个黑影，抬头一看，是一只大得像一座小山的癞蛤蟆。再一看，周围杂草皆如通天巨树，刚才那只小虫儿此时与我一般大。蛤蟆吐舌间就把它卷走吞入，我由此惊醒。清醒后自然就不会惊悸了，回味起来，还有些和《变形记》一般的奇妙体验，与为人时不同。庄周梦蝶，不知周之梦为蝴蝶欤？蝴蝶之梦为周欤？

　　"夢"的上半部分是"苜"，即"眼看不清"之意。不知什么时候，梦又有了"梦想"这一层含义。想想也有一点道理，梦想大多是要改变目前的生活的，梦想可以胡思乱想、天马行空、不切实际，因为看不清楚，所以无所畏惧。追梦的人也需要一些愚蠢的执着，如果他们看清眼前有悬崖，还敢迈出那一步，去攀登更高的山峰吗？

"你的梦想是什么？"

这句话被问得太泛滥，人们不愿意再喝这一碗鸡汤。梦想是虚伪造作的代名词，谈梦想的人会被耻笑。似乎大家都选择性地遗忘了这个词，我和我周围的人。"梦想，那有什么用？"路人嗤之以鼻，瞪着虚空，仿佛非要向它讨个说法，"做什么白日梦呢！"

有人说梦与梦想不是同一种东西，梦是混沌的，可梦想就是清醒的吗？那是一时冲动，是头脑发热，是年轻的灵魂。醒来时也许轻易忘记了，可是它曾在你脑海里、骨血里激荡。梦短，梦想更长，那是寄往远方的信，也许你中途变道，食言了，也能叫食梦吧。也许你跨过山河大海，收到了过去的你写给你的情书。

想着想着，很容易睡去。可能一夜有许多梦来光顾。等到天亮了，就把梦交给貘。

昏沉间，睡着似乎是个下坠的过程，到底。

旧家纪事

郑艺楚
福建师范大学文学院本科 2016 级

  我人生的前十个年头，在一幢老式的有些发着灰的黄色单元楼的 601 室度过。说那个地方是个小区吧，但那里只有两幢一前一后沉默站立着的楼，用水泥砌出几个朴素的方块就权且充作花坛，破旧的柴火间有着开关的时候会"吱嘎吱嘎"作响的斑驳掉漆的砖红色大门。我通常把它唤作"旧家"，总觉得一个"旧"字在唇齿间辗转反复，有种说不出的婉转缠绵。小小的旧家承载着我最美好、最难忘，也是最想回到的过去。

  那个 601 室，格局不大，是作为教师的奶奶以前分到的教职工房。爸爸妈妈结婚以后便住了进去，再加上之后我的到来，一家六口人住在这小室中，却也温情而舒适。爷爷在阳台上栽种了大片的三角梅，到了盛放的时候，就算站在很远的地方朝阳台望，都能看到似火而浓艳的玫红。

  由于是教职工楼的缘故，这前后上下的邻里都是见面打招呼，就能聊上好久的熟人。那时候的娱乐设备还不发达，于是我最喜欢的休闲活动就是到处串门。五楼的姨婆家，是我最常驻足的地方，她的家里有太多令我着迷的东西。姨婆的老伴，我唤作"陈爷爷"，他是一位老顽童，别看岁数挺大，却总能和我这个小丫头玩在一起。我经常去他们家里看他打游戏，或者看他下象棋。一走进他们家中，就能闻到爱干净的老人将里里外外打扫干净的那种清爽好闻的味道，瓷砖地常年透着沁骨的凉，天气暖和的时候拉开窗帘，会看到空气中细小的尘埃打着旋，轻盈地落下。

楼下有一块不大，但还算干净整洁的空地，那些富有生命力的狗尾巴草和勾勾草就从地缝中钻出来。"勾勾草"，顾名思义，是用来勾着玩的。小孩子们将草拔下，掐一小段根，沿着那植物的纤维纹理一直扯到叶片处，用手拎着那一段根，两人努力使草儿勾上，然后使劲往后扯，谁能先扯断对方的草，谁就获得胜利。而那水泥砌出来的花坛，被另一楼的爷爷栽上了鲜红的月季和蔷薇。下雨过后，有不知名的花朵在花坛的一角扎了根，成了小小的点缀。放学回家后，我先不着急回家，而是和几个小伙伴在花坛的一角放好了书包，在空地上玩起了诸如"123，木头人"的游戏。那块天地啊，现在想来真不算多大，可那时候，在我的心中，委实算作半个世界了。当时的快乐多简单啊！老人们在夕阳下搬来藤椅，坐在院子里，小小的黄狗蜷在他们脚边；老人们喝着随身携带的壶里的茶水，看着孙辈们精力旺盛富有活力地奔跑，看着看着就笑眯了眼，眼角延伸出的皱纹沟沟壑壑的，是再难以抚平的岁月。

旧家的每一天我都看不厌。每天早上，我都是被窗外清脆的鸟啼唤醒的。不远处，有一大片不知生长了多少年的苍郁树木，总有许多鸟儿喜欢在那筑巢栖息，粗壮的枝干仿佛在无声地诉说着它身上所经历的时光。由于家离大学的音乐系挺近，每晚都会传来"叮叮咚咚"的练琴声，在夏夜的烘托下，显得格外浪漫。小时候，我总不爱早睡觉，折腾一番后，还是被妈妈哄到床上去乖乖躺好。等妈妈把门合上，我就从假寐的状态中迅速睁开眼，听着从远处音乐系传来的高亢女声的练唱和夹杂着夜风而来的似梦似幻的琴声，把眼睛睁得大大的，盯着天花板儿瞧，幻想自己也能快快长大，可以在大学的校园里徜徉。

旧家附近的那所小学，是奶奶以前任教过的地方，也是我的母校。再往远走一点，就是我的幼儿园。我到现在为止都无比怀念当年那个小小的我，坐在爷爷的自行车后头，一边吃着点心，一边和爷爷讲幼儿园的故事。记得通往我家有个挺陡的坡，每次和朋友比赛跑的时候，总会发出一连串"哒哒哒"的声音。等我们兴奋地跑到平地，一抬头，天边总泛起金黄橙红的晚霞，单元楼里几户人家"锵——锵——"地传来一阵铲子在铁锅中翻炒的摩擦声，也传来那熟悉的人间烟火味。

再说回到601室。这大概是盛满童年所有快乐的地方了吧。即使格局不大，多几个人站在厨房里，都施展不开手脚；即使没有电梯，每次呼哧呼哧爬上六楼都喘个半死；即使夏天家里的空调需要一间房间用完，才能打开另一台。但如果让我再次选择，我还是会选择住在这里。盛夏的时候，习惯早起的奶奶会在早市买几串茉莉花，挂在家里的窗户边，一有风吹过，就会徐徐送来香气。爷爷会为了我专门骑着自行车到冰棒批发处，给我带回能塞满一冰箱的冰棒。等到了晚上，就由爷爷奶奶领着我下楼去，摇着蒲扇，吹着自然的凉风，听大家絮絮叨叨说一些细碎的家长里短。

我人生的前十个年头就在旧家无忧无虑地度过了。那一段的时间啊，仿佛被拉得很长很长，长到我不愿从中抽离。而之后买了新房，新房有崭新的电梯，再也不用呼哧呼哧爬上爬下了。但我开始怀念爬楼梯时可以唠家常的感觉，开始怀念大家聚在楼下聊琐碎事的窝心，开始怀念破旧柴火间的干燥且混着尘的气味。我想回到那个可以吃冬瓜盅的厨房，想回到那个可以赤脚行走的客厅，想回到那个挂着层层幔帐的大床的卧室。

张爱玲曾说："回忆这东西若是有气味的话，那就是樟脑的香，甜而稳妥，像记得分明的快乐，甜而怅惘，像忘却了的忧愁。"于我而言，那存在我脑海中的，有关于旧家的轶事，怕是够回忆一辈子，一辈子都"甜而怅惘"。

奶奶与她的菩萨像

刘文钧
福建师范大学文学院本科 2016 级

那是老家堂屋里供奉的一尊观音菩萨的塑像。塑像的面容本应显得温和慈悲,然而在儿时的我眼里,这尊塑像的表情永远是那么神秘莫测,甚至让我畏惧。但每次回到老家过年,都免不了要和菩萨像打几次照面。

小时候,生活在城里的我,想到可以回老家过年,心里总有按捺不住的欢喜,因为好不容易能找到玩伴。但唯一不顺心且折磨人的事情,就是大年初一清晨必做的一桩事儿——拜菩萨。拜菩萨之于我,就好比福橘之于幼年时的鲁迅,他在《阿长与山海经》中曾写到被阿长逼着吃福橘的无奈,我深有同感。新年第一件事,是给奶奶拜年。虽然能领到红包,但免不了要被她领着,去见堂屋中的观音菩萨。

"阿侬,揖两下。"她做出双手合十拜菩萨的动作。"阿侬"是老家人对所疼爱的小辈的称呼。但我没领情,反而往边上躲了躲。奶奶以为我没听懂她那夹杂了不少本地方言的普通话,又重复了两遍:"阿侬,给观音菩萨揖两下。"

那时,我多么希望挖个地洞,逃离如此尴尬的场面:晨光熹微,屋里供桌上点着两支红烛,火焰一跳一跳,巨大的影子投在门两边的墙上,给堂屋打上了一层灰色的调子。我和奶奶二人僵持着,被一尊看不清表情的菩萨像所注视。说实话,我对那尊菩萨像毫无感情,甚至有些反感。但我与奶奶二人僵持到最后,败下阵来的当然都是我。小小的我,依照奶奶所希望的姿势,对着观音像拜了几拜，嘴里还要念叨"观音菩萨保佑，观音菩萨保佑。"于是，奶奶眉头上拧着的结缓缓松开了，并且略带得意地附和道："保佑阿侬好好读书，保佑你阿姐明年考个好大学。"只要听一听奶奶的佛前祈愿，就能知道家里的近况——谁谁又要高考啦，谁谁又要升职啦，而我离考大学的年纪还早，只好保佑我"好好读书"。待到祈愿仪式完毕，奶奶便心满意足地去厨房，守着一口锅，煮全家人的鸭汤泡线面。那时，我才松了口气，暗自寻思吃完面后可以和表姐妹去哪里玩儿。

然而我还不能放了胆去玩儿——在奶奶家里，规矩是不可少的，尤其是春节期间。比如说吃线面时，断不可用筷子把面夹断。还有，大年初三时安放于门前水泥平台上的香炉，若在嬉笑打闹间不慎把它碰了一下，便要大祸临头。

这些规矩，如一根根高压电线，被奶奶铭记在心。儿时的我一度疑惑：奶奶是怎么变出这许多规矩的？噢，是了，她每天与菩萨像对话，一定从菩萨那里接受了不少谆谆教诲。规矩，本是些字词拼成的语句，没有什么威力。一旦加上了神佛的旨意，沾染上宗教的色彩，便开始不可一世，耀武扬威了。奶奶背着这些规矩啊信条啊过了一辈子，所以才佝偻了身躯吗？在我眼里，她每日必拜的那尊菩萨像如同一座大山，是否在不知不觉中已压得她喘不过气？

在我父亲和姑妈的记忆中，奶奶背着的不是什么沉重的大山，而是菜篮子和盖房子的砖头。

爷爷去世得早，奶奶一人拉扯三个孩子，起早贪黑，日夜劳碌。岁月在她脸上留下了不止一道刻痕。松弛下垂的眼角，斑驳杂乱的头发，粗糙的因帕金森综合征而颤抖的双手，外加一副不怎么慈祥的表情，构成了我对她的全部印象。奶奶年轻时就强悍、泼辣，步入老年后，这样的性格依旧不减当年。这种性格使她能够独自一人承担全家繁重的家务。父亲还记得，现在这座五层高的楼，是奶奶凭一己之力盖起来的。从设计出工程图纸，到买材料、请工匠、监督施工，全是她一个人。

据说，奶奶年轻时是不信菩萨的。很难想象这样一个能独当一面，坚持用双手创造生活的女性，是如何渐渐将自己的心灵毫无保留地交给了菩萨。

从家中诸位长辈的叙述中，我隐隐感觉，这缘起于家中一位亲人的突然故去。

一个人突然逝去，不是天灾，便是人祸。当天灾人祸无端降临之时，任凭谁都难以平静地接受。在这世上，面对不可知的命运，谁都曾有瞬间的惶恐和战栗，曾有心灵备受煎熬的时候。对一颗无助的心灵来说，"神"的存在，是莫大的慰藉。

脑海中突然浮现出奶奶向菩萨跪拜的情景：她跪坐于蒲团之上，双手合十，虔诚地祈愿，口中念念有词。之后，她匍匐于地，额头与双手贴着地面，如同听见了神灵降下的密旨。即便她供奉神灵的方式像是在与神佛做一桩交易——我献上供品，你佑我儿孙考上好大学。即便这种信仰渗透了世俗的烟火气，显得那么滑稽，我也不再轻易嗤之以鼻了。追求心灵的宁静和慰藉，是每个人的权利。其实，我没资格去指斥仅有小学文化程度的奶奶，说她的信仰是不科学的封建迷信。她的生命已然被局限在一个小县城内，被框定在那个物质匮乏、精神贫乏的时代里。而今，她日益衰老，日益迫近生命的终点线，奈何疾病又将她的身体束缚在一张窄窄的床上，每日生活起居皆赖他人扶助。

如今的我终于能坦然接受奶奶对菩萨的信奉，然而再难见到她在神像前跪拜的情景了。每次父亲和我回去看望她，她也只是强撑起精神与我们对话，我们反而因打搅了她的休息而感到不安。

我很少再去留意那尊菩萨像。如果神佛真的有灵，我请求菩萨保佑我的奶奶——在漫长的岁月里，奶奶请求菩萨保佑了全家人，唯独忘了提到她自己。

旧城小爱

陈琳
福建师范大学文学院本科 2016 级

在台湾海峡的这边，有一座旧城。旧城很大，很大，它曾经是个县城，也有一个很美的名字，叫银城，像月光照在高高的塔楼上，透过纱帘在房间里洒满银线。但银城这个名字似乎太讽刺，旧城一度贫困，贫困得让爸爸妈妈总想起永远饿着肚子的童年。想在词汇里找一个真正合适的词来形容它，大概除了老，只有旧了。

我人生最初的十八年，生活在旧城的一座老房子里。老房子一楼住着爷爷奶奶，二楼住着爸爸妈妈和我，三楼空荡荡的，锁着我的童年，四楼养着一群无所事事的信鸽。窗外有一片龙眼林，有满园子的花，爷爷奶奶种好了所有会香的花，养一只猫、一只狗、一群鸡、一群鸭，日出而作，日落而息，这是我崇尚的所有幸福。

在那里，在老去的记忆里，懵懂的我竟如此憧憬爱情的模样。纵然在旧城被重新拾起后，相爱变成了一件万分困难的事，爱人一而再，再而三的不适合，一而再，再而三换脸，换性格。戏说是旧城的人生活得灿烂了，要求和眼光齐飞，等得起的遇不上看得起的，长相厮守变成了地牢，所有人都想挣脱的地牢。

但我多爱这个我向往的爱情存活的地方，爱它永远陈旧的记忆。

从前一切都简单，造就了幼年失父、家道中落的奶奶灰姑娘般在那个最动荡的年代嫁给了衣食无忧的爷爷，这样如今都放在屏幕上不断复刻的故事情节。他们相爱了，所有困难都化成了过眼云烟。但在动荡里的衣食无忧都是假的。在爷爷幼年时，曾祖父渡过台湾海峡，去了海的那一边卖糖。后来，短短的海峡成了一道不可跨越的鸿沟，曾祖父没能等到它再度通航，再也没有回来。年纪尚小的爷爷迫不得已扛起了整个家庭的重担，迅速成长，直到每一处田，每一处地都井井有条，所有的衣食无忧，大概只是每日辛苦种田后的满满收获，刚好能让大家庭的每个成员都饱足。在动荡年代里，爱情大概是最简单的东西了。爷爷把一个月辛辛苦苦攒下来的吃饭钱，拿去接济奶奶的穷亲戚，骑一天自行车，载他心爱的乡下姑娘回娘家看看，只为不让她因想念亲人而掉眼泪。而奶奶忍受着曾祖母的无理要求，每天起早贪黑操持这个家，日复一日，年复一年。直到有一天爷爷出去"行医"，我忽然问起她为何不骑车去买菜时，才忽然明白她什么都会，唯独不会骑车。因为这一辈子，爷爷会永远载着她，从自行车到摩托车，从一天到两小时，她永远可以在后座上，像曾经那个十八岁的姑娘一样抱紧他，看着沿路的风景，说一些异想天开的话。就这样，慢慢、慢慢地一起走过十年、二十年、三十年……慢慢、慢慢地一起老去。

老去的他们喜欢像孩子一样斗嘴，总是要占对方一点便宜才开心，永远不厌烦的对话，重复一遍又一遍。我总在这时不讲理地为一方辩解，却没发现自己被绕进了一个甜蜜的陷阱，小打小闹就像街边的小情侣在嬉戏，仿佛城市还年少着，头发黑了，眉宇间的皱纹不见了。

"你奶奶小时候看到肉啊，就那边大叫 hì，hì！"

"你爷爷总是在接你的时候跑去偷吃沙茶面呢。"

"你奶奶是乡下人，我可是城里人呢！"

……

他们从来没有赢过彼此，也就永远不会停止哭笑不得的争辩，却永远不会变成争吵。

他们让所有的桂花香都有蜜的甜味，让所有的桂花香都属于一个雨夜的故事。是夏季夜晚的旧城，突如其来的雷暴结束了晚餐电视时间，爸爸迅速拔掉电视插头，我悻悻走掉，留爷爷奶奶争论孰好孰坏。不一会儿，雨渐渐小了，我被妈妈指派下楼拿下午晒好的衣裳，奶奶会把它们叠好，放在凉凉的木头椅子上。这样衣裳上既有阳光的味道，又还能有一丝夏季难得的凉快感，舒服了整个盛夏。走入楼梯间时，迎面而来一股幽幽的桂花香，大概是院子里奶奶种的桂花开了，在这雨夜里被雨打散了，碾出味来，甜甜的，不禁让人想起桂花蜜的味道。听见爷爷在和奶奶描述着空气中桂花的香味，他用简单的词夸张地说着，开始我觉得有点可笑，桂花怎么跟喷了几斤香水一般香了，但在拐过楼梯转角的时候，忽然想起奶奶的鼻子早已因吸入大量灶台烟尘，大概是闻不出这幽香。他们坐在那里，没有再打开电视机，面对着门外的雨，说着些简单的语言，从山上的树到家里的鸡，小到邻居的琐碎，大到海峡对面的风云。

可是一切都要老去，再好看的蛋糕，保质期也只有三天。

奶奶生病，爷爷生病，他们开始生病。奶奶住院了，医院远在新城，爷爷天天跟着，守着。虽说是小病，就是营养不良，没力气，但是调理还是要一段时间。爸爸怕爷爷休息不好，就把他带回了旧城，让他好好睡一觉。怎么知道第二天早上起来，床空了，找不到人了。所有人都在着急的时候，爷爷打个电话说自己身边没有奶奶，翻来覆去都睡不着，凌晨五点多赶紧搭车到新城去了。他们好像一刻都不能分开，他们好像一刻都没有分开过。

一年以后，爷爷生病。我在他乡旅行，所有人都瞒着我，直到回到旧城的那天，他已不能走了。我那个最贪玩的爷爷不能走了，他可是前几天才骑着自行车走遍了整个旧城区的，怎么会这样？那时候，我刷刷地掉眼泪，但是奶奶没有，奶奶一边笑着，一边逗着打着点滴的爷爷，他们都笑着，似乎没有什么可怕的。似乎，并没有成真，是心衰啊，我不要失去爷爷，我又哭，而他们却无比坚强，我真怕他们偷偷抹眼泪。新城医院有最好的心脏科，有最好的医生，他会救爷爷的。当时我忙着高三备考，一遍提心吊胆，一遍刷着题，也埋怨命运过分，让我不能安心温习。手术那天，我终于抛开一切练习，奔赴新城，握紧爷爷的手，等一场只许成功的手术。那天爷爷哭了，奶奶也哭了，十八年里第一次见到他们抹眼泪。爷爷说："死我不怕，我只是不甘心让你自己一个人。"奶奶说："我现在特别相信医生，一万个相信，肯定能治好你。"

真好，后来我还能天天听着他们斗嘴。

向往这样的爱情，在花刚刚冒出骨朵的时候。旧城的爱，像小锅里的粥，慢慢炖着，和花一般香。

磨坊

吕东旭
福建师范大学文学院研究生 2016 级

母亲打来电话，说五舅过世了。闻此消息，难以置信，毕竟他才四十多岁！细询问才知，五舅是在二楼晾晒豆干，不小心跌落在磨坊旁，头部却不偏不倚砸在磨豆机上，血流不止。他望着刚满十二岁的表弟，极力想说几句话，终究未吐出半个字，已不省人事。于是，大家开始责怪磨坊，豆干是磨坊所生产的，磨豆机是用来磨豆子，是它们造成了一个鲜活的生命消逝！放下电话，脑海里蓦地浮现年前五舅在磨坊做豆腐的知足，边哼唱着，边将豆腐切成块状儿，豆浆在锅里翻腾着，扬起的热气和磨坊外翩然的飞雪追逐……我无法想象此后的磨坊将成为不愿提起之处！

命途多舛用在五舅身上是恰当的。在人多力量大的年代，外祖父有五个儿子，一个女儿，看似多子多福的背后，吃喝成了燃眉之急，更多的是应对饥饿的挑战。外祖父搭建起一间磨坊，走街串巷，挑着担子卖起了豆腐。十里八乡谁都知道外祖父家的豆腐好，一家人的吃喝便系在了简陋的磨坊上。十多岁的五舅对豆腐情有独钟，研究豆腐的各种不同做法，已经会用豆腐做出美食给全家人享用。每年立春，远处的群山刚缀上一点儿绿，泥土刚被雨水打得酥软，外祖父和五舅便和些泥，寻几捆茅草，整修磨坊，将去年风雨侵蚀的印记抹平，整个磨坊也焕然一新了。

男大当婚，解决成家的问题可不是吃顿饭那么容易。哥哥们婚后分了些家产，自立门户。作为家中最小的五舅，还留在外祖父的身边。他也没有埋怨,在农村该是如此,结婚得按照长幼顺序。哥哥们的婚事已经把整个家消耗得一干二净,唯独剩下那间破败的磨坊:十几平方、一盘石磨、一口锅、几个蒸笼。我呢,打小在外祖父家长大。北方初冬的清晨,天亮得很晚,一片白茫茫的大雾,清冷让鸡也学会了偷懒,只叫了几声,磨坊已热气腾腾地煮着黄豆。五舅和外祖父开始磨豆子,蒸豆腐,晾豆干……每次我都被豆腐的香味"牵着鼻子走",这时五舅总会端来一碗醇香的豆浆满足我的嘴馋。十里八村都知道老宋家有个五儿子,是个卖豆腐的好手。稀稀落落地有媒人上门说亲,但都要求有间瓦房。于是,五舅先定了亲,打算盖好瓦房,就结婚。

　　那段日子,我整日见不到五舅,等我醒来,他早已出门卖豆腐了,睡着时,还没有回来。偶尔遇到,五舅都是满面春风地和我打趣:"你将要有个五舅妈了,多个人疼爱你了!"七八岁的年纪,我似懂非懂,只是觉得这磨坊里多了些欢声笑语。五舅在工地上学过瓦匠活,为了节省成本,决定自己盖房子。他和外祖父到离家二十公里外的地方去买建筑材料,用拖拉机拉回来。一天,我和外婆在家等了很久,农村的夜晚静得出奇,只有沙沙作响的树叶在浓密的树林里回荡,月光倾泻在院子里,清晰地看见远处的草垛以及奔跑而来的人影。外祖父满头大汗进了门,声音夹杂着嘶哑,大致说五舅开拖拉机在路口撞了人,现在人已送医院,而五舅也被控制起来。数月之后,人出了院,将已准备用来结婚的钱花去大半。于是亲事作罢,房子也成了烂尾。从此,少有媒人登门,五舅依然每天清早在磨坊里低头劳作,傍晚卖完豆腐就把担子放回磨坊。我经常会看见五舅在磨坊前呆坐,对着磨坊说话,或许是倾诉生活带给他的痛苦和无奈。而磨坊就像一个饱经世事的老人,用博大的胸怀安慰着眼前的孩子,墙上的每一块斑驳都在告诉他,要振作,苦闷属于短暂,时间可以抚平一切创伤。

　　两年后,外祖父突发脑血栓,离开了我们。那天,悲痛在我的整个身体里颤抖,像气球装满了水,一碰触就会喷涌而出,世界仿佛都在旋转,变为一片漆黑。从刚出生到长大,外祖父始终把我捧在手心,用温暖的手掌包裹着。我小时候,外祖父有空就把我背在肩上,稍大些,每天接送我上学。五舅将我揽在怀里,抚摸着我的头,"别怕,外公不在了,还有舅舅保护你。其实外公没走,只是变成了磨坊,在看着你呢。"五舅、外婆与我,我们仨相依为命。我和外婆整日守在磨坊，泡黄豆、磨豆子、做豆腐……我觉得磨坊就是外祖父的生命，磨坊的每一寸土地上都曾掉落过外祖父额头的汗水。而五舅买了辆三轮摩托车，一天出去好几趟卖豆腐，鞋子跑坏了好几双。再大些，我去外地上学了。五舅种了二十多亩地，农闲时，便继续做着豆腐，家里也富裕起来了。几年后，五舅结了婚，在镇上买了二层楼房。外婆来信说，农村那间颓圮的磨坊已弃置不用了，将它围了起来，养起了鸡。五舅是离不开磨坊的，在镇上的院子里另盖了一间崭新的磨坊，并购置了磨豆机等机器。每一次去他家，看到磨坊，我们就聊起了那段朝夕与磨坊为伴的岁月，他总是感慨，老磨坊没了，被夷为了平地，变成了耕种的农田。

　　五舅出殡那天，我从千里之外赶回奔丧。动车上，我思绪万千，写了一首《消逝——给舅舅》，我记得其中几句：

　　他磨了一辈子的豆腐
　　倚着磨盘，眯缝着眼睛
　　磨坊啊，今天他不想理你
　　请允许他好好地休息休息。

　　五舅的墓地就选在了老磨坊那片土地上。初秋时节的北方，木叶满地，杂草枯黄，淡白的秋霜铺了一地，唯独麦子刚发出新芽，尖尖的，嫩嫩的，绿色在田间流淌，仿佛以新生去陪衬一个凋零的生命。我站在墓地，似乎看见不知疲倦的五舅此时正在磨坊里，埋头推着磨盘，一会儿往磨盘放豆子，或将洒出的豆渣扫进槽里，一会儿用手捶打几下酸痛的肩膀，是那样全神贯注，忘乎一切……

故乡的冬天

林颖
福建师范大学文学院本科 2016 级

  无论在什么地方，冬天总是好的。可是，故乡的冬天总是来得晚，去得早，较其他地方来得短暂。

  故乡的冬天来得无声无息。冬与秋并无本质差别。气温没多大变化，有时反倒会升温，去和夏天为伍了。故乡的冬天像一个调皮的小姑娘，变化多端，总叫人捉摸不透。一月份的深冬时节，大街上的店铺里仍大开着空调，放着冷气，这不得不说是故乡的冬天不同于其他地方的冬天的独特标志。故乡人区别冬秋的标准是看日期，冬至一到，全乡人幡然醒悟：冬天到了，要过冬了。然而这冬天却没多大威力，什么也没改变。

  故乡的冬天是不曾下过雪的。不像北国的冬天，大地早已被皑皑白雪覆盖。小时候，只能看电视里展现的雪景，心里不住地惊叹，心儿早飞到北国去了，幻想着在冰天雪地里打雪仗，扔雪球。故对故乡的冬天不下雪多了几分惋惜和抱怨。但今日细细品来，故乡的冬天却又着实迷人与可爱。

  空气是干燥的，下雨也是一道奇观。风儿在故乡是善良而温顺的。她并不怎么现身。偶尔光临，却总与"冷"字沾不上边。吹在人身上，如一双柔和的手轻轻爱抚过，令人迷恋。这风吹得奇，反倒与春风有几分相似。"起风了，起风了"，一群孩童在风中奔跑，陶醉于风儿的怀抱。最爱看的是风吹动竹梢，引起阵阵波动，奏出曲曲乐章，有如一片波浪起伏的竹海在涌动。小时候，对着这一景象，总能在脑海中自动生成武打片的画面，两名擅长轻功的侠客在竹梢上跳跃如飞。故乡冬天的风总是能引起人的诸多遐想。

而故乡冬季里的天空却别有一番风韵。抬头望去，清澈如镜，一片蔚蓝。偶有几朵白云缓缓飘动，与湛蓝的天作衬托，一片宁静与祥和。飞鸟扑哧扑哧地飞过，划出一条美丽的弧线，一会儿停到了那边的树梢上，叫了几声。那天，那云，那鸟，美得令人陶醉。

故乡冬天的清晨，当你还懒懒地躺在被窝里睡懒觉时，一缕阳光就会悄悄地射进你的窗户，撒满整个房间，来到你的身边。于是你会被烤得暖洋洋的，睡意全无，沐浴在阳光下，尽情享受它的恩泽。或者立马爬起，匆匆来到院子，泡一碗浓茶，在大槐树底下放一把藤椅，躺在上面，朝东细数着一丝一丝漏下来的日光。这时的你什么都可以想，什么都可以不想，思想是极为自由的了。几缕炊烟袅袅升起，慢慢地消散，若此时无风，则颇有"大漠孤烟直，长河落日圆"的感慨。空气中夹杂着饭香，味蕾上的细胞全都活跃起来了，"馋"意横生。吃完早饭的当口儿，太阳升得更高，也更艳了。闲来无事，就在阳光底下围坐着唠唠嗑，东家长，西家短，闲话一通，图个乐。

而故乡冬天的山却是张扬的。你道它累了、乏了会收敛，会沉睡，可恰恰相反，依旧是婀娜多姿，青葱翠绿。松树、柏树我行我素，问今是何"季"，乃不知有"冬"。鸟儿婉转鸣唱，好景配好乐，一曲曲有如天籁。最爱的是到山里走一遭，听水声潺潺，看田里绿油油的蔬菜，嗅着仿佛加过热的空气，自己的身体在冬天，可是所有感觉却全都落在了春天，自有一番趣味，这是故乡的冬天所独有的。

故乡的冬天是绿色的，它断然不肯为灰色、褐色留下一席余地。悲秋伤冬的诗人来此断然全无诗意。故乡的冬天是活泼调皮的，它不失安详，透着一股暖意。一千个人对一千个故乡的冬天可以有不同的感想和体会，而对于远离故乡，在外求学的我来说，故乡的冬天永远是我心底里那份最美好的温存和最纯真的记忆。

清明，念你

李开裕
福建师范大学文学院研究生 2016 级

繁花开尽春风，又是一年清明。往年这时，我应是陪着父母，穿过原野荆棘，去拜祭先祖。荒野寂寂，坟上蔓草茵茵，习习春风似乎也吹不散凝聚在这土地上的哀怨。跟往年一样，父亲总会站在荒草丛生的坟堆间怅望许久，然后毕恭毕敬地给祖坟培土，低头点香倒酒，跪拜哀悼亡魂。在香烛的烟雾缭绕中，一切都显得深情而凝重。祭拜过后，父亲总会坐在坟前，跟我们聊起过往。不曾搁浅的思念，在此刻被唤醒，对于过去种种，父亲是缅怀的，而且是依恋着的。时光里的深情在这清明祭扫中如昨日重现，故事里总离不开爷爷奶奶的过往日常，他们在父亲的诉说中明亮而深刻，每说到动情处，父亲也难免落泪，也许那段旧时光里的故事，忧甚于喜，经不起记忆的打捞，一触碰，便会激起心湖里的涟漪，润湿双眼。

父亲经历了饥荒与动乱，时代的风云变幻牵动着生活在这片土地上的每一个人，那是一段不堪回首的过往。而父亲记忆里的爷爷奶奶却平凡而深刻，流淌着不张扬的明媚与温暖，并在慌乱的年代里生出浓浓的爱。对于我来说，这些暖怡的故事，不需要过多的描摹，不用书写，已是每年清明节里无法抵御的诱惑。

时光已远，而我依然贪恋着清风寂日里父亲心里深藏着的故事。我从未见过父亲记忆里的爷爷奶奶，只是格外羡慕故事里爷爷娴熟的捕鱼技巧，奶奶手下的各式糕点，心里想着，如果他们还在世，应该是极有趣的人。五岁那年的清明节，父亲给爷爷奶奶举行了洗骨葬。这是家乡的一种丧葬风俗，需要揭墓开棺，捡出死者遗骨，洗干净后，再行安葬。当父亲见到棺木中的那堆白骨时，顿时热泪肆流，长声痛哭，那时的坟地，凄清而哀伤。这一次，我总算是见到了自己的爷爷奶奶，虽然只是一堆白骨，但对于我来说，也是一件极幸运而深刻的事情。在这样的执着里重逢，我们总算没有辜负岁月的情真意切，只是此刻，沉默的那一霎，我仿佛感受到他们的温柔，那是穿越时空的安详！

　　多年后，跟朋友聊起家乡的丧葬风俗，朋友问我说："当你看到地上那堆白骨时，不害怕吗？"我笑着回答说："地上的他们也是极亲切的。"朋友一脸惊愕，我想他大概是理解不了乡下孩子对至亲的那种依恋之情吧！

　　我是个在乡下长大的孩子，从小我跟着外婆生活，在那里，我留下了童年的快乐印迹。我咀嚼过树上的石榴花，甘涩中有股清香，至今怀念那一树的石榴够我吃整个夏天。黄昏中，我拿着自制的小风车，追着夕阳，迎着晚风，骑着小黄牛，一路徜徉回家。也曾偷喝过外公珍藏的浓香烈酒，被呛得眼泪直流，以致后来谈酒色变。夏夜，陪外婆去庙会看过社戏，总会在武生们翻过筋斗之后，糊涂睡去。半夜，朗月高悬，我趴在外婆背上，打着呼噜回家。那时的月，那时的风，安恬而平静。如今，摊开记忆，在流失的年华里，时隐时现的过往充满了似曾相识的暖。

　　流年无恙，岁月辗转。上了初中以后，只是周末时偶尔去外婆家蹭饭，老人总会欣喜下厨。到了高中，见面的机会更少了，只有佳节时的短暂相聚。那时的她已九十高龄，每次见面，老人总是欣喜不已。外公走后，外婆一个人守着旧时的老屋，漫长时光里的孤独让老人每次见我都倍感亲切，每次都有聊不完的生活琐事。要离开的时候，老人总会拄着拐杖走出家门，站在门口目送我们走远。我知道那是外婆心里的不舍，念与不念，都是深情。大二那年，外婆走了，来不及告别，就已天人永隔。在城市的车水马龙里，我低头祈祷。有时在梦里，我会依稀看到她站在那熟悉的路口向我挥手告别，醒来时，夜寂静，苍茫夜色里，我恐慌得不知所措。从那时起，我明白了父亲在坟地里的长声哀哭，也懂得了父亲心里的依恋与不舍。

　　如今，草薰南陌，清明又至。怅望乡关时，我想年过花甲的父亲定是在敬酒焚香中，回忆着藏在心里的那段过往吧！时光残酷而温暖，苍凉抚尽，岁月依然静美。每一次的离别，都会成为抹不去的曾经，那些路过的风景，也都会渐渐沉淀为铭记。而这一路的情深意长，都会融进血液，装点内心的每一个角落。

长路迢迢，无意间我已走过二十几年的光阴，回望的时候，那些活着的人、死去的人都变成了有形的或者无形的东西充斥着我的生活空间，他们已然成为我生活中的一部分，缺了，日子便不完整了。

悄然的岁月，匆匆的时光，让我在城市的繁华里生出一种莫名的惆怅。脚步渐行渐远，路上沉淀了太多的刻骨铭心。四月繁花里，我将它们一一收藏，即使流年瘦了风花，淡了暖阳，我依旧安然。

一袭红衫

柯霁阳
福建师范大学文学院研究生 2015 级

在青石的街道，荒凉的溪渡，或者有很多人却很寂寞的路上，我时常看见一张眉眼亲切的脸。

素寒的院落，咯吱一声推开门，石砌的坛上，水锈石深灰泛白。院里有奶奶拾掇的三角梅、山茶花、水仙，有孤独，也有忧郁，却如山岚雾霭，扯一扯，一飘而过，叶间只留一丝水汽。

时光抹去旧日痕迹，梦却执拗地记忆着，一梦醒来，浩浩然沧海桑田。

除了橱柜里将瘪的米袋子，菜市上日新月异的菜价，残垣间几朵要开的花。

暮色沉沉，水波苍苍，春意已是浓浓的了。

奶奶已经去世一年多了。二〇一五年的国庆，奶奶走得毫无负担。据妈妈说，奶奶走的时候，院落的花兀自开放。奶奶偏胖，一直有眩晕的毛病，血脂又有些高，这些都是隐患。我前往福州求学前，奶奶把用信封装着的五千元塞到我手里，不到两个月就阴阳两隔，我始料未及。

耳畔是闽南传统的巫师和着铃铛的辽远的招魂声，呜咽悲泣，如怨如慕，思绪也被牵得好远。记忆回到很小的时候，似乎我和奶奶一直若即若离。听说因为我是女孩，奶奶和妈妈大闹了一场，印象中我对奶奶甚是疏离。还是这方院落，进门纵横三间，而后是砖砌瓦叠的一方天井，天井旁是厨房。每逢雨季，雨水便泼洒而至，透着特有的清冽，敲击瓦片，叮咚作响。瓦本朴实，雨本轻灵，诡谲的墨色天空下，只剩这朴实与轻灵互相敲击的声音。雨声算不上悦耳的天籁，至于雨水消逝，雨声寂寂，窗前一点橘黄灯下的一袭红衫，会依旧保持着抬首远望的姿势，远远地看着我和几个小伙伴在前院翻皮筋、捉迷藏、丢沙包。隐隐地意识到有人注目，我转过身，四目相对，奶奶悄然躲开，只看着马路，脸上有一闪而过的惊慌，还有倔强，如我幼时看惯的样子。而我始终和她保持着与生俱来的生疏。

转眼到了端阳。和奶奶到野外采回第一束白艾，一袭红衫在风中飘呀飘，再提回一桶清泠泠的泉水。这时奶奶便敦促我用这水仔细地洗眼睛、耳朵、鼻子、脸和手。真是清爽，整个人都通体干净了似的。也许有些事已经改变了，在我看不见的地方。是青筋暴露，皴皱瘦削，独属老人的岁月星星点点，或隐或现地凑缩在一起？是奶奶日渐显露的温情？

每到端阳前几日，奶奶总会晒干净粽叶，绑了碱粽子，家里弥漫着糯米和粽叶的清香。一刹那，阳光和风都成了绯色的，带着淡淡的芳香。蘸上少许白糖，甜而不腻。用去几斤糯米，少许苏打，娴熟地包出二三十个小粽子，耗时一个多小时煮熟。口感极佳，软软的，让人心满意足。童年的味道，着实是最容易满足的幸福。只是那四两拨千斤似的裹粽手法，我始终无法掌握。遇到唱戏的晚上，奶奶是喜欢那份热闹的。开戏前，鼓乐齐鸣的打闹台，鼻梁上一片粉的三花脸，丫鬟上台来一扭一扭，小姐上绣楼一踮一顿，后台沿儿一群小脑袋挤来挤去争着看，明晃晃的头饰，摇摇欲坠的珠翠。有人心无旁骛地练习甩水袖，水一样流动，雪一样洁白，舞起来是水墨般的效果……都看过什么戏，全然不记得。剧情是什么，也根本说不上来。听众如饮甘醪，沉醉不知归路。唱词时用本腔，然后接以假嗓，谓之花腔，清脆婉转，明亮高扬，或喜悦，或激昂，或苍凉，间以鸟啼般的主弦，闽南话的念白。听戏间，我惊讶地见到奶奶少许如花的笑容。或许走远的仅仅是光阴，那个颓然老去的女子依然在她的青春里葳蕤生光。流光最易把人抛，红了樱桃，绿了芭蕉。仿佛只是转了个身，快乐的端午就被抛在了身后，渐渐褪却残红，渐渐浅淡如烟，终而散化在岁月的风尘里。

颊上青春的绯色渐渐褪去，或许我从来就不懂奶奶。她倔强、克制，做事雷厉风行，力求完满，绝对不给人挑出错来。我大概也永远无法理解老一辈发自内心对传统的坚持。天风轻拂，月光透过宽厚的芭蕉叶泼洒在院子外

相伴

的是随处可遇的高楼林立。现代城市倾覆城乡的藩篱,童年的戏台也无迹可寻。奶奶每天的生活变得很简单,清晨起来逛市场。红的枸杞、青的葱段、黄的姜片,不知她是否从戏台移情到市井的热闹中看见欢喜。午饭后便开始巡视她的院子,除草、擦地乐此不疲。更多的时间是在院子门口坐着,一袭红衫随风飘呀飘,看院子外的车水马龙,鱼贯人流。奶奶渐渐为我感到骄傲,开始眉飞色舞地向驻足的人们夸她的孙女考上了研究生。

溪流永远急着奔向大海,浪潮却总想重回陆地。

旧居的左邻右舍,早已人去楼空。几条颓圮的小巷,空无一人,植物自青,那么平凡,那么忧伤。奶奶的院落总有一天会翻新,院落外是寸土寸金的建筑区。院子门口的一袭红衫在风中飘呀飘,无法再见到了。

我也没有乡愁了。

万千

陈琳
福建师范大学文学院本科 2016 级

空荡的思绪是犹如银丝般断断续续的万千。

——题记

秋天，晚来的风，文科楼的夜晚像一壶迷离的小酒，黄键老师正幽默风趣地调侃着正经又假正经的言语。窗户外面，不知树名的树影融化在图书馆暖黄色的灯光里。一点点凄冷被泡开了，像热奶茶里忽然掺杂进的一颗冰块，没有消失，也不失存在的理由。课间的二楼走廊，不高的栏杆，仿佛一踮起脚来，就能把半个身子探出去，仿佛只需要那么一点点助力就能腾空，以为能轻松够到的棕榈树叶拦腰开了一盏路灯。灯光炫耀着它丰硕却不知有何用处的果实，灯边隐隐约约的偷偷舞动的小黑点，也就只有灯下不明不暗的水泥地才能衬得明显。地上恍惚走过晃晃悠悠的人影，一步一步伴随着被风击碎得喃喃不清的对话声，照面的是大树下读书的人。他脚边踩着一地映在地上的银光，一摊深深浅浅的没有轮廓的积水，忽然被人影、人声打破了沉寂，忽然荡开水波来，忽然来了大风，人影散了，猛地一抬头，天是紫色的。

天的片刻宁静戛然而止，茉莉花一点一点开到了上课铃里。故都的秋，被抛弃的思想文化，被抛弃的经济繁荣，傲慢变成了老去的蝉蜕，班级在夜晚的寒冷中略显疲乏。好似要在课桌上打个盹，做个回高中去的梦，会不会在梦里忽然拿到一份当时刻板解读，满脑子清净凄凉画面的试卷？"请阅读

《故都的秋》选段，回答下列问题。"唉，他到底为何那么敏感，要如此细腻柔软、雅俗共赏地吃着秋的味啊？让我疲惫地背诵标准答案，头晕眼花地在横线上写方块字。终于能统统抛开，终于不用再死命曲解郁达夫被赋值太多的忧郁与寂寞了。闲情逸致混杂的故都文化度量着一篇美文的高度。可是我还是忍不住要开小差，有万千想要去想的事，有万千迫不及待要表达的情绪。

　　蝉鸣要是文人的高傲啊，蝉鸣就要打破思绪。我要想想城里小房子的家啊，空中的电线乱七八糟，搭着一股老套的落后，枝丫却像新式公路，规规整整，格外错落有致，天空蓝得透白，窗口的小城电视塔就是要划破飞机飞过的横线，夏季不需要风扇的恬静，趁着窗外不安分的蝉鸣，说不出到底是哪里不对，空调吹不出的冷气盘旋在冰箱的上层。曾经在小时候的夜里，听到远方传来大货车的隆隆声，除此之外，夜永远是脱离凡尘的，因为百步之外的对话总是能在窗口重现。犬吠、犬吠，总想象自己在云端偷听人讲话，像余岱宗老师说的偷听，像张爱玲写在《封锁》里的偷听，谈话的内容和眼前泛黄的台灯灯光照耀着一摞摞的作业，才能不断把我从飘离地面的思绪里不情愿地解脱出来。想家，想着想着，一节课，又一节课，一盆水，又一盆水，衣服、晾衣竿、开水、玻璃杯、餐点、一通卡，下课爬坡，上课大步，开会狂奔。

　　周四了，周四了，挥毫完了，墨香还在书包里闷着，不知何时闷好了，又去偷听余岱宗老师的课。他的情绪就像早晨的海水，一点一点漫出讲台，爬上一级又一级梯形教室的台阶。就是要席卷整个教室，要溢满它，要抓住你的那么点小心思，然后用雪白的看似柔弱的浪花的力量挖空它。真人和好人在碰撞，只有在卸下所有，只有在远离所有，却又被所有的所有逼迫，依旧被现实的那一根细小的银针顶着直立的背时，才敢趁着外人打盹，天黑闭眼时，告诉你真正的我如何苟活。

　　要给你怎样的照面，要给你怎样的表情，我来不及思考，我来不及掏空一切给你看，我来不及再等等，我来不及再听听，来不及告诉你，我要抛开那个早无所谓的老好人的盔甲，来不及告诉你，我有万千思绪，就算万人不理解，万人要看到万千之一，万人要拿那一份来驳斥，就算汇成了那一个整体般的一，要击倒我，要覆盖我，划去所有，抹去所有。

给我目光澄澈。而我不愿给你看，我混沌的眼里每日来回奔跑的眼虫。不，是我再也不澄澈的思想，是我抛不开的利益，是我那么一点点隐隐作祟的虚荣心。可耻的欲望开出来的黑玫瑰，一朵接一朵开在脑花里，多美的黑玫瑰。什么都再也说不出来了，不能辩驳了。

好人还在继续做给我看，真人要被唾弃，被诋毁，那就去吧。

《封锁》的故事让这瞬间只能停止在下课铃响的最后一秒，接着所有想法请封锁，所有好人依旧要歌颂，依旧要赞扬，依旧配得上鲜花和喝彩。

懦夫不配继续思考如何取义，懦夫终于不需要活在别人的目光里了，他会活下去，不骄傲、不光荣地活下去，依旧为了很多人期盼的目光，依旧要让很多人失望，但他会继续思考，思考才能活着，他会真实和磊落，因为他再也不需要给别人看些什么，不需要提供谈资了，就是不配了。

……

终于想着，想着，睡去，终于在模糊的歌声里，被梦境要求屈服。

梦里依旧不懂，为何人类能在前一秒紧张焦虑和心疼难过得泪流满面，后一秒却笑着不放过任何一个机会，嚼烂生活谈资？

他们经历多了，麻木了？

他们是要做给谁看吗？

老城慢

陈芬甘
福建师范大学文学院本科 2016 级

> 清早上，火车站
> 长街黑暗无行人
> 卖豆浆的小店冒着热气
> 从前的日色变得慢
> 车，马，邮件都慢
> 一生只够爱一个人
> ——木心《从前慢》

漳州，一座古老的城，肇始于盛唐。垂拱二年，女皇帝武则天敕建漳州郡。几经兵燹之乱，历经王朝更迭，这座老城在岁月中活成一老妪，苍老、无恙、淳朴。地标同为闽南，相较泉州与厦门，漳州的资历并非居长，却过早地显出老态。

泉州，古称鲤城，多有贵气；厦门，亦称鹭岛，灵动至极；漳州，或称月港，泯为人知。泉州择了刺桐作为市标，厦门要了凤凰木作为市树，而漳州则是捧了一盆水仙，回家养着。凤凰非梧桐不栖，泉州和厦门似乎不谋而合，明智地选了乔木作为本市的象征。而漳州却有小家心态之嫌，失于大方，在往后的时光里渐渐放缓了脚步，落于人后似乎也在意料之中。

在摩登时代，泉州人在工业化的浓烟中唱着小康之歌，厦门人在摩天楼的落地窗前舞着华尔兹之曲，漳州人还在黄土地边挥洒汗水，听着收音机里的闽南金曲《爱拼才会赢》。即使厦门和泉州伸出了橄榄枝，厦漳泉"榕城三结义"，一体化发展后，漳州依然是不温不火的步子，似乎上天赋予它温吞慢熬的性子，以为自己的天职就是坚守过去。

结于闽域的最南的一隅，闽辖之内唯一被23.5℃生命之线衔环惠泽的蛮荒，遥远的老城就像抓住了最后一根榕杈，恃着天赋异禀，向着光亮哺乳繁衍，终于以繁华硕果装饰了闽东南的门户。"鱼米瓜果之乡"，这是老城人民花了千年，耐着性子慢慢地种出来的，专属红土地上油黄皮肤的庄稼人。说好听点，是花果山，说难听点，就是鸟地。当然，之后漳州还是一副慢性子，可能是因为也没有人跟它抢那一亩三分地吧。"花都""果都""食府"，这些别称没有一个是为漳州量身定制，却像极了漳州人头上的那顶竹斗笠，带了一千年，一千多年后还带着。

许是因了这样的稼穑之风，多食米饭，似乎越来越成为漳州人的一种特质。因为米饭似乎更能抵抗终日劳作的辛苦。"民以食为天"就这样在几千年后的漳州得到鲜活的印证。白米饭、黄土地，养出了一方厚实的漳州人，他们的性子，像米饭一样饱满，又像大地一样憨厚，甚至有些土了。

单单吃食，漳州人就出糗了，也许真是老土吧。外面的人到了漳州，瞧见了漳州老祖先留下来的土楼群，不禁嘲笑：漳州人，你们就这么爱食米饭，建个墙，还要用糯米来灌墙，还要弄个啥土楼群，整得像四菜一汤！

在福州人梳着角梳，撑着花纸伞，赏着寿山石，走过青石巷的时候，漳州人还在院子里浇着水仙花，在田里折腾着黄泥，也不知道有一天，水仙花会获誉"凌波仙子"，登上春晚的大雅之堂，也不知道有一天，祖传的片仔癀这样的土药会驰名中外，也不知道有一天，看着像"黄泥"的八宝印泥会媲美古代名贵印泥。如果知道会有这么一天，"漳州三宝"会成为大户人家的必备品，漳州人或许会搓一搓双手的黄泥，集思广益，把"三宝"的诨名换一换，换个高大上的，换个城里人叫着好听的名儿来。

老漳州似乎不讲究啥琴棋书画，庄稼汉在农闲时哼着小曲儿，抽着烟草卷烟儿，呷着铁观音。读过一点书的老文人，拉着哽咽的二胡，悠悠地划过一个个炊烟袅袅的黄昏。女娃子呢，学点芗剧调子，唱着歌仔戏，做点女红。

相伴

年轻的媳妇儿念着"下南洋"的人儿，叨着"你呷罢未"，然后在红贡糖纸上，剪一个人儿的模样，贴在窗前。满当当、沉甸甸的"古早味"。

"笑凭诗句说丹霞，城郭人民数万家。礼接紫阳风俗厚，学传邹鲁道源赊。"这是漳州人的生活状态，过去是，现在也是。不疾不徐的性情，是它的缺点，亦是它的优点。它跟不上时代大潮，却完好地保留了它最原始、最淳朴的模样。佛事尤为盛行，对鬼神的迷信与对物事的虔诚参半，恰恰因为漳州人靠天吃饭而感念上天的恩德。也是这般循规蹈矩，没出岔子，也没见啥大世面。

没有烫金的文化名片，有的只是一张褪色的老相片，一张泛黄的明信片。

漳州慢，慢到年轻时只能爱一个人，年老时和那个人开一家"古早味"的店，早上开店，下午逛店。

忍不住，想在我最年轻的时候，和它相依老去。

登乌髻岩记

吴珠洁
福建师范大学文学院本科 2016 级

丁酉年元月初二，春日迟迟，天朗气清，与友登乌髻岩。

万山桃源，山峦耸立。按邑西北岩以形名，异于众者，一曰"观音"，一曰"双髻"。其去邑治西行四十里，有岩曰"乌髻"，以若美髻而名焉。古语曰："山不在高，有仙则灵"。岩中主祀"乌髻观音"，佛号"显化大士"，里人称之为"乌髻妈"。岩中有寺，佛国古刹，刹内观音，黑脸乌髻，驰誉八闽，蜚声海甸，累世香火，延绵不绝。马来西亚巴桑"锦云亭"、"紫云亭"、柔佛武吉甘蜜"乌髻岩"皆源于此。里人皆言，开元年间，有女施氏，秀雅绝俗，与人为善，婚前一日，信步采果，见一藤萝，坐以显化，修真面黑，故以名焉。

古语有云："苍松翠竹琪花瑞草无双地，秀水岚山幽谷甘泉别有天"。乌髻岩层峦叠翠，山势若笔，岩谷萦迂，野芳幽香，佳木繁荫。初入乌髻，弥勒迎宾，莲池清趣，乃见横烟，开第康庄，大雄宝殿，车水马龙，庄严佛立。复往上，溪鸣涧中，清浅如练，芳草萋萋，又有青节倚云，沁香暗持，且见龟蛇相望，诉万年之情。拾阶而上，有桥凌空，曰"姊妹桥"，桥之两端着树，执立而视，曰"同心树"。继而往，天梯励志，阶中有花，百般芳菲，有亭临于阶上，桃坪春晓，行者休于此。

沿溪而上，碧水潺潺，淌于两峰之间，泉溜水车，珠轩旋飞。复行数十步，见一观音，坐下童子，有清泉曰"童子尿"，仙露益寿，生肖环立。复前行，有村姑皈道、樟波倩影、依云览胜、凤旦衍祥、碧水鸳鸯、天风来瑞、薜箩证果、猴灯酿慧、樱林烨烨、云海望山。

行至途中，袂云汗雨，步履维艰，欲弃者有之，欲终者有之，励之，遂至顶，豁然开朗，可谓"一览众山小"，满目奇峰，一一卓立，忽觉前苦不足为道。甘洒十年之艰，也容一日之得。

晚意渐近，边色漫空，遂欣然而归。

换城记

朱莹莹
福建师范大学文学院本科 2015 级

阿嚏！不好，怕是要感冒了。我心想。

打开通往阳台的小门，走进这个寄托了全部接阳希望的小空间。正是清晨的好时光，阳台才刚刚蹦进一缕阳光来，它定是扒着栏杆溜进来，确定安全后才肯招徕其余同伴。这景象，看着就心情好，今天至少能得个半日温暖了。伸个懒腰，正想着转头回屋，招呼舍友们出来瞧瞧这好天气，不料却突然鼻子发痒，连续打了几个喷嚏，心想不好，看来还是没斗赢福州的天气，这个小顽皮。

这不又到了越冬迎春的时日，福州的天气仿佛极其不乐意似的，可没少变着法地调皮。一日晴，一日雨，这样反反复复的春和冬摇摆不定，已不过是她惯用的伎俩。最近仿佛又发明了新的戏法儿——晨起给个阳光普照的大好景象，使人欢欣鼓舞地攒个"今日能有个好天气"的盼头。暖和的阳光照着，和煦的小微风轻吹，一切都是如此平静美好。雨伞随手撇在架子上，拉出柜底收了一季的薄开衫换上，轻快地奔出屋去，满希望就着大好阳光晒晒，驱驱这忍受了许久的寒冬。午后的光线还是那么强烈，照得眼都不自觉眯成了缝。但不过是一大片路过的云儿暂蔽太阳的片刻，谁能预料到微醺的风突然愈加猛烈，带来略略凉意，催起猝不及防的雨。福州是下雨必冷的，我说不清其中各种事物的相互联系，也解释不清科学的原理，但就是能够知道，毕竟这两年可不是白住的。一边抱怨着这样惹人的天气，一边将厚棉袄又扯出来备着，放弃了能够轻易入春的念头。

说起住在福州的时日，时光溜得太快，转眼已经两年了。我是为了求学来福州，是众多行走远方的游子中的一个。这个城市的各个角落里，我看见还有千万人为了各自的诉求和需要，打定主意，离开原本安稳栖息的土地，游走远方，来到这个陌生的城市借居一隅。

不同离乡人，一样远游心。为期盼而游行远方的人，是不会将与理想没有关系的事儿真的放在心上嫌弃的。其实即使天气再怎么变着法子顽皮，再怎么与故乡的不同，甚至说得上恶劣，都是可以忍受的。在背上行囊出走前，选择借居城市时，我们心里就有了数——我们要过的是一种怎样的生活。偶尔的不满与抱怨，不过是生活压力的倾吐和调剂，带着彼此戏谑与逗乐，默默接纳不太舒服的一切，朝着期冀狂奔而去。

我们都因为有所求而来，求得之后自当各自归去。

又逢一年的毕业季，一直以来对我颇为照顾的一位学姐也即将启程离去。离开那天，她就背了个小巧的旅行包，连个手袋也不提，带走的行李少之又少。我一眼瞥见校徽别在她靠近左肩膀的包带上，午后的阳光正好，造就一个再合适不过的闪亮点缀。

"东西都不带走吗？"

"不带了。"学姐笑得很美，"刚刚来的时候，怕这里会缺什么，就大包小包地往这带东西；走的时候都不需要了，最重要的纪念物我都带了，够了。"

"这就走了？这就走了？"她喃喃自语，边走边回头，看了四年的风景却好像初次相识一样，好奇地想仔细再看看。

"我大概这辈子……不会再来了吧。"她踏上了驶向下一座城市的列车。

每一天都有人怀揣希望，离开某个地方，踏入这座城市；每一天也都有怀揣着另一种期盼的背影又渐行远去，离别天天发生着。

"多情自古伤离别，更那堪，冷落清秋节。"离别，这个词在中文里总是给人以哀伤的感觉，似乎说来惨淡。但告别了安土重迁、车马很慢的那些"从前"，现代的"离别"更近于一种自然的迁徙，就像动物们为了觅食，为了避寒，为了繁衍后代而找到更适合自己、更舒适的环境，而人也为了自身的发展、理想的追寻和需求的满足等原因而去寻找着自己的"桃花源"。

为了求学而来的我，遇见了一群同样怀揣求知诉求而来到这里的人。现在的我们过得热热闹闹，嘻哈玩笑，但谁都明白，终有一天也会迎来我们的毕业季，我们终将离开这里，又将天各一方，有求而来，也将另有所求而去。

　　现在为了求知而聚集到一起的我们，就像唐玄奘为求取真经，与孙悟空、猪悟能、沙悟净、白龙马一起结伴前行。我会和某一群人一起经历我们的"九九八十一难"，我们之间的交集会有无限的可能：我们可能会留下共同回忆的经历，我们可能在某一刻有相似的深刻感受，我们也可能摩擦出彼此吸引的火花，美丽的火花化作友情，浪漫的火花便成爱情……但求取真经之后呢，玄奘自当回归东土大唐，孙大圣回他的花果山，高老庄也都还等着八戒回去，就这样各有各的归宿，各自归去。

　　聚散本平常，我们都明白，都已有所准备。

　　站在熙熙攘攘的街口，身旁是摩肩接踵的人群、川流不息的车。就像电影里的快进镜头，我仿佛看见一切只幻化成绚烂的光流，飞快地从身边掠过，来来往往，模糊了你我与这座城的故事。

久等你再度光临

陈斯婕
福建师范大学文学院本科 2015 级

  日影耀椒房，花枝弄绮窗，门悬小蜕赭罗黄。绣得文鸾成一对，高傍着五云翔。

——《长生殿·舞盘》

  不太记事时候，我住的是祖屋。
  那处地方，门前放着樟柴木迭香，室里躺着漆花吊床。桌椅板凳上的年轮惹眼，阁楼下放着铜镜花黄，仿佛能看见奶奶年轻时候，用木梳一点点挽起乌黑亮丽的长发，对镜梳妆。阳光从屋檐漏下，网不住的便丝丝缕缕洒在窗棂上。屋外一根长长的竹节管连到山上，数不尽的地下清泉流淌进瓦罐，我摘下庭院里紫色的大叶子，贪婪地吸吮里面的晨露和蜜糖。小小的我，白天逗弄着后院憨厚的黄牛，看它们舌头一卷一卷地嚼着红薯叶，夜晚缩进粉色的鸳鸯被，上面绣着龙凤呈祥，我紧了紧被角，用它们的绒毛护我安眠。我犹如一阵风，呼啸而过，在碧绿的山野。伤心时枫林做了相思泪斑，兴起时必定要叫门庭似水，笙歌竞沸。
  而后几度搬迁，住过潮湿的林涧边，坐过长满青苔的大石板，不变的是脚下的黄土地和屋后的青鸾高山。对于曾经的住所，记忆模糊的祖屋，我并不能追问，只是跟随着生活的脚步流离。如同智慧需从生活经验里提炼，一个人对家族历史的兴趣也必须等到青春烈焰燃尽了，眼瞳里没了火苗，才能静心寻找先人的足迹。

　　行到那旧院门，何用轻敲，也不怕小犬哗哗。无非是枯井颓巢，不过些砖苔砌草。手种的花条柳梢，尽意儿采樵，这黑灰是谁家厨灶？
　　　　　　　　　　　　　　　——《桃花扇·余韵》

　　再步入故土，我已是及笄之年，面容白净，亭亭玉立，再不现当年攀枝折花，挥杆打栗之相。只看着屋子愈住愈旧，人丁却止不住添新。我漫步于此，故土的春景是怎样的明媚？最撩人春色是今天，春心无处不下悬。是睡荼蘼抓住裙钗线，恰便是花似人心向好处牵。我一眼望穿，远处白鸟飘飘，绿水滔滔，更是声声燕语明如翦，听呖呖莺声溜的圆。四月杏花怒，五月桃子胭脂，六月石榴产子。如若觉得这春花艳得狠了，便找来旁处的几棵青槐洗洗眼，看槐殿欲成荫，遥把金枝付瑟琴。碧色的叶片轻轻招摇，沙沙声响犹如耳边哝语，免不得那戏曲词里要唱："莫道它蔚蔚入云霞，却少些儿艳丽三春花；莫羡那紫藤花挂满枝杈，花树相伴，堪称潇洒，美满无涯，再莫要种松种柏不种花。"

　　瓦砾斑驳，楹联褪色，一角却依然倔强地扒拉着旧院门。然而黄昏月下，意惹情牵。身心被山月温柔抱拢，人家炊烟弥漫在鼻尖。恍然想起简媜笔下的山林之夜：独自坐在榕荫苔石之上。恍惚觉得自己是一个被蠹鱼咬了一口的字，原本窝在水墨卷轴的题诗上好几百年，溜到人间喊几声疼，现在想回去了，却不知画轴在谁手上。

　　然而我知道，我已回到那画轴身边，就像雨落入深渊，风和风再续前缘。
　　梦中的红木漆花，庭院的阶前月下。我的祖屋，多年之后我敲开你的门窗，你可还愿温柔地给予我应答？

　　长途芳草绿如裯。好把王孙归路分。临行执手问归程。须知欲别情何忍。折柳殷勤赠故人。
　　　　　　　　　　　　　　　——《三元记·饯行》

十年前，我的确不知道先祖的来历。

过年时，母亲将我带入一个盛大的庙会，告诉我："这里是陈家村，你是陈家人。"

我知晓，人既是生于世间，便千千万万不可忘本，有些人终其一生都在寻找家，其实只是寻找永恒的寄托，因为唯有那一片土壤，才容得下我们的种子稳妥地扎下，长出根须来。然而家在自然的怀抱里。东山魁夷在《一片树叶》里是这样形容这种归属感的，"倘若樱花常开，我们的生命常在，那么两相邂逅，就不会动人情怀。"

所以村民们忠于祭祖。既然是祭祖，祖屋是一定要去的。不仅要去，还要轰轰烈烈地去，挑着一扁担的乡食，带着足以震醒沉睡深山的火红炮仗，燃尽漫天飞舞的黄叶纸。而后祖先们轻轻颔首，化作一缕青烟，悠悠然钻入子孙的血脉中，让他们血通着血，骨连着骨。

这次祭祖成为我和祖屋相隔多年后的一次会面。我眼见过往村郭萧条，城对着夕阳道。雨果曾说，在人与动物、花朵等自然创造的事物之间的关系中，存在一种伟大的准则，至今罕有人知，但终为人所共知。而今，个体、自然和血脉，这三者犹如碧玺上的珠串，我把他们吊起来，任凭其在岁月的风中叮当作响。而我的祖屋，它是否犹如词里唱的那般，眼看子孙起朱楼，眼看子孙宴宾客，再眼看他们楼塌了，在这青苔碧瓦堆，一次风流觉，将千百年兴亡都看饱？

每一个故事都是从遗忘深处脱颖而出的，我从中阅读别人带泪的篇章，也看到我先祖染血的那一行。

爆竹仍未燃尽，焚灰飘洒天地。侧耳，闻见青烟中有低沉之声在倾诉：

我所思兮！平原之丘，翡翠之坳，位于东南处连绵不绝的山涛

我命雌鹰振翅开路，鸟雀长啼而舞

我让禾苗在风中舒骨，芦苇与野蕨在甘泉里双栖共度

我派遣阳光，犹如千万绸带共赴盛宴

选定山月，好似农家女子弯弯的眼睫

每年，季风穿梭南北，雨水占领四至六月

麦浪在绿野翻腾不息，山腰的杜鹃和海棠怒放，犹如探子
在村庄中奔走相告，千里之外有人归赋
你们在红碑上冠戴先祖之名，死生同穴，血脉连绵不断
而我，是家族之姓，亦是一册白纸黑字撰成的人间简史
我生以天地为棺椁，日月为庭壁，星辰为珠玑，万物为葬送
天光初泄，而我会在遥远的天庭祈福
祈福，我的子孙瓜瓞绵绵，良缘永结
夜以继日，经久不歇！

重游秦淮已无诗

张丹华
福建师范大学文学院本科 2014 级

寻向所志，遂迷，不复得路。

见信如晤：

九月，我又走了一趟秦淮。现在是十一月了。九月被称为葡月，十一月是霜月。九月的枝头挂着待收的果实，十一月的枝头就只余下白霜。

我正在一辆永不停止的火车上，火车的终点是一座蜷伏的巨城，车窗外是北方昏沉夜空下的田地和水塘。我想到了另一片田野，薄薄的雾气和月亮下的沙。现在，我待在车厢里，窗外是盖着白塑料地膜的田亩，塑料膜上映着飞浮的风和仓皇的灯影。窗内是密闭的车厢、黑暗、此起彼伏的沉默和悄声说话。

你也许像我一样讨厌全封闭的现代快车，无处可去的人气和闲话的杂音把车厢撑得胀大，肺叶里的气体被不停挤压，缩成焦虑又空虚的一团。眼下，这辆飞驰的移动监狱，这迅捷的囚车正载着我向一个更大却更拥挤的牢狱驶去。

你说我该怎么做呢？

我应该握着密封窗旁边挂着的救生锤，握住闪着银光的自由之剑，把窗玻璃捅得粉碎，然后纵身跳出车厢。避过车轮的碾压，避过车窗里伸出的要拼命把我拉回车厢的友好的援助之手，我就这样一去不回地跑向远处，跑向巨兽城市的反面，跑向远离我位于巨兽喉咙口的小床铺的方向。

不，我当然没这么做。

我只是把窗帘拉下来，把北方的冬夜和一些遥远的呼唤彻彻底底关在外面。

我不是个懦夫，我并不是没有勇气。我没有砸碎车窗，只是因为我不知道车窗外又有哪里可去，有哪条路可走。那些地膜包裹的土地和漂着浮藻的水塘可以当作梦园和故乡吗？如果逃狱之后没有可去的归处，死在牢狱里和死在牢狱的外面没有什么区别。

我想去的地方，在空间里面已经无迹，只能溯着时间去找。我们常看到别人在文章里写，写想念十年前或二十年前的某地。重到秦淮之后，我开始发觉，在这种想念里面某地的位置其实是次要的，重要的是无法返回的时间。

八月我们见过一面，我向你提了要重游秦淮的事，你托我捎带韩家的盐水鸭、玄武湖栽的柳枝，再加几首新诗。你真会挑时候，《白门食谱》里面说：

金陵八月时期，盐水鸭最著名，人人以为肉内有桂花香也。

盐水鸭"清而旨，久食不厌"。盐水鸭和柳枝都在我的行李里。不过，现在韩家的鸭子卖得特别好，他们新用了不锈钢的立式烤炉，电烤的鸭子不复有金陵桂花的香气。至于诗，秦淮已经没有诗了。

有诗的秦淮永远是初游的秦淮。我现在还能回忆起十年前一个吹着湿风的早晨，我们站在狮子山顶上，俯瞰长江。俯瞰长江上腾腾的水雾，俯瞰出没在水雾中密密缓行的红船楼和白桅杆。我们已经忘记当时想到了什么，唯一留下来的是升浮在云雾间，怀抱长河，指缝里穿行着船楼桅杆的潮湿触感。十年后的九月，我跟着蠕行的人流，登上狮子山顶一座新建的仿明制式小楼，小楼的凭栏上有黏腻的汗印。站在凭栏边俯瞰，触目可及的是从山脚蜿蜒到山腰的蠕动人潮。我被人潮挤上山，又被推搡着下山，甚至没来得及多看一眼久别的长江。你常作登楼望岳的诗，必知晓"俯瞰"的微妙。同样是"俯瞰"，甚至站在同一个地方，年少的时候我们感到天宽地阔，万物俯首，渐渐年长，却发觉原来人如豸蚁，自我也不过是蚁海中的一只。

我们都爱过秦淮，秦淮的明月永远是明月，十里珠玉路却早就颓湮成酒涸后挂杯的酒渍。你不是常读写"酒渍"的怀古觞咏吗？那些旧迹和残骸，就和不复绮丽的秦淮一样，被年月蒸发掉光晕和浮香，淀下值得回品的残味。十年前，我们第一次到秦淮河上，租了条双橹的篷船，一路从江南贡院划到徐家的白鹭洲。荡过一座桥又一座桥，昏色中只闻风吹柳梢的声音，只见低矮模糊的石岸码头和层叠的青瓦飞檐的阴影。天下学府，人间仙苑只余一个沉默的晚景。我们在白鹭洲登岸，当年徐家王府的正厅被改造成了展览馆，陈列着徐达的功绩碑和太祖御赐的丹书铁券。整个展览馆空无一人，我们在出来的时候瞧见一只野猫抖着细长的尾尖，蹲踞在摆着御赐和铭碑的大殿屋顶上，然后迈着碎步消失在高耸的屋脊后面。遗忘是一种常态，对于秦淮河水中的月影来说，桃叶渡被踏平成普通的石岸，媚香楼燃起市井船户的炊烟，这些都不过是时间的风化和重塑。时间是种菇的好手，培植一种叫美的真菌，它总把原有的美焚烧成灰烬，又在遗骸上种植出新的美。

　　该把时间从十年拉回来了。明明上一段我们还在一起泛舟，现在我却重新坐进车厢，周围是人的叫声和速食面的气味。我非常想念你，也非常想念一面之缘的悠闲野猫。十年前那只在空旷清凉的大殿屋顶上摇摆尾巴的猫，它一定想象不到十年后的秦淮河被"拉回"了怎样荒诞的"过去"。

　　九月，我重见的秦淮河上挤满了挂着圣诞节彩灯串的现代电动"画舫"，河岸边挤满了举着钱排队买船票的人。我还是坐了一回"画舫"，当然没有作诗喝酒，这现代的"画舫"用科学的空间布置来容纳最多的游客，还配备年轻的短裙导游。年轻导游很优秀，背挺得笔直，声音训练有素得明亮，语调训练有素得婉转。当她一个不错地背诵出二十四桥和秦淮八艳的名字时，我旁边坐着的一个中年妈妈开始使劲打自己儿子的手背，用响亮的"啪"让专注的男孩子从游戏机上迷茫地抬起头。我听到那位妈妈不满地斥责儿子："好好听，别忘了回去要写周记的！"

　　画舫载着一船人挨挨挤挤地挪到新修的"媚香楼"（所谓的李香君故居）。一进楼门就看到正厅杵着的一塑仕女雕像，白石塑的臂上罩着艳粉红的纱巾，一直垂到女人的腰臀。一船人都拥上去和雕像合影，其中两个年轻人嘻嘻哈哈地把手捂在雕像的乳房上。那个坐我旁边的中年妈妈拽住也想上前合影的儿子，说："照什么照，就是一个妓女。"

在"妓女"和"乳房"声中，我真正爱着的秦淮正越来越深地沉默，它在闪光灯的热闹和熙攘的笑声里成为越来越浅的影子。新建的秦淮里所构筑的，不是追忆旧日的盛景，而是迎合现实的荒诞。在一片荒诞里，我也只能沉默。不知你是否还记得，我们去玄武湖赏柳时遇到的捕蝉人，他的手上提着沉重的蝉笼，鸣蝉都被锁在笼子里，只剩默蝉还可以藏在柳叶间。我给从湖边带回了曾经藏着默蝉的柳枝，一枝给你，一枝带到我在巨城喉咙口预订好的床铺上。

我已经找不到曾经爱着的秦淮了，窗外渐渐可以看到属于城市的一串串璀璨光团，这间密闭的舱体，这辆飞速的囚车已经快要到达它既定的目的地。我想起很多年前的夏天，父亲带我们去黄河边看捕鱼。渔夫告诉我们，饲养的鱼卖得很便宜，野生捕捞的鱼才能卖出好价钱。我们毕竟都被过去的秦淮水色滋养过，那璀璨的光团正编织成一张漂亮的网。

收获的季节又要到了。

在那桃花开放的日子

刘芳梅
福建师范大学文学院本科 2015 级

已入农历二月,春日的风却还夹带着丝丝寒意,迎面刮来时让人清泠泠地一震。我呼吸着这和滞闷的轿车里迥然不同的故乡的味道,有一点伤感,有一点迷茫。周围遍布着或沉郁或青翠的绿色,平铺的、萌芽的、拔节的,让人看了心灰,提不起半点趣味。不远处却有一抹亮色勾引着人的眼球,一树脆弱的轻粉就摇曳在叔叔家门口十来步的位置。

"种了桃花?"

"是,折了枝插着,没想到今年开了。"

没想到,真是没想到。随意扦插的一根桃枝,在乡村的土壤里,在没有人关照和注目的时光里慢慢地酝酿,用力地发芽,却也长成了这样婷婷妩媚的样子。我驻足,一眼望去,是一树轻柔的粉红,并不浓丽,宛若包裹着一层朦胧烟纱,淡如水墨。然那清浅的淡色柔柔地摇着、勾着……风来一开一阖,天光照着浓浓淡淡,便也显出层层柔丽的容色。我为之诧异与赞叹,这般姿容不应该落地在这片贫瘠的土地上。我的故乡,没有江南水乡的柔丽,没有南方古城的醇厚,更没有世外桃源的怡然。她偏远、古旧,她艰难地生存在现代与原始夹缝的边缘,看不清面目,模糊又平庸地苟延残喘。

正如人一样……我的爷爷,在那个昏暗逼仄的斗室里艰难地喘息着,等待我的,我们的到来。不知从何时起,爷爷就不再把自己暴露在别人的眼光里,同时也隔绝了阳光。我不太理解老人家那点奇怪的坚持,他也许恨着,恨着六十出头的自己由于中风而成了个别人眼中的瘸子,恨着自己付出了心血锻炼,却由于这突如其来的灾难再也难健步如飞。他把自己闭锁在那个冗室里,听不见声音,看不见风景,在微弱的天光转换中过着截然不同的晨昏日夜。我不止一次想拉起他,让他去运动,带他去晒晒太阳。一次又一次的规劝却只换来他的无动于衷。也许……以前的懒怠回应到了最后,真的成了难以回应了吧。

　　这一次,爸爸他们终于决定把爷爷与那个他死死守着的如今已散发着霉味与恶臭的暗室撕扯开来,仿佛决定了要将这个枯朽瘦弱的老人家与命运的终结彻底隔开。然而,一切都迟了。跟着叔伯和父亲走入那间新屋时,我有一瞬间的迷茫。鼻腔里还残存着早春的微寒,眼前似乎还浮动着那一树桃花色……眼前的房间也是一样,齐整的白墙上贴着小虎队的海报,门口左侧钉着遮阳的破草帽,刻着九九年份的搪瓷杯上冒着缕缕蒸腾的热气……这一切,都只是一个平凡的春日,一户平凡的人家在一个平凡的屋子里一场平凡的相聚。然而,眼前平和清淡的色彩,却猛然间冲碎杂糅起来,被沉重的喘息、微弱的呼叫打破又重组。我看到一个人,平躺在正对门口的特质病床上,全身被紧紧地包裹在雪白的薄被下,只露出一张苍老的脸——那是我的爷爷,布满了老人斑的脸枯黄消瘦,双眼紧紧地闭着,呼吸间,只有胸膛微微地起伏和喉间发出的如同负伤的野兽般沉重沙哑的喘息声证明着他的活气。奶奶颤抖地伸出手,拍了拍爷爷,"阿林,快起来看看啊,小蒙、嘟嘟他们都回来了——"那声音小心翼翼的,极慢极低,分明急切地想唤醒他,却又怕打破了什么。"阿林,阿林啊,都回来了,回来了——"奶奶凑近了,抖着嗓子,又拉高了声音。我不由地往前了一步,却被爸爸拉住"别凑近"。这声音低低的,钻进我的脑子里,伴着奶奶越来越高的啜泣声。我的心里仿佛有什么东西沉沉地坠着,钝钝地刺着。那种平凡的错觉,似乎是真正彻底地被打破了,破碎得再无黏合如初的可能,我不明白为什么以前大人们不让我牵爷爷的手,用力拉他一把。甚至到了最后,仍然无法凑近他,对他低语,给他抚慰,施以最后的挽留。"爷爷,爷爷你还好吗?你会好起来的!"是弟弟,我最小的弟弟,他被三叔紧紧地拘在胸前,仍然殷殷地看着衰朽的祖父。霎时间,沉重嘶哑的喘息、高声粗哑的呜咽、清脆响亮的发语奇异地混杂到了一起,我像是看到了生，又像看到了死。眼前似乎是一片茫茫的大海，铅灰的天幕上沉云翻滚，天边一角被靛蓝的天光撕开一个小口子，却遮不住，止不住那浊浪滔天。仿佛有腥咸的气息充溢我的眼眶，"爷爷——"一出口就是不成调的颤抖和悲抑。床上的老人一直紧闭着双眼，直到此时才有所感似的动了动眼皮，慢慢地睁开了。那目光直射向我。"对啊，小蒙回来看你了，是你把她带大的啊。"奶奶捕捉到那目光的走向，低声地泣诉起来。于是，稀松贫瘠的眉下，那双眼轻轻地颤动起来，不见一丝他人转述而来的浑浊和荫翳。那目光，没有丝毫的迷茫和恍惚，活生生的、暖融融的，是我所熟悉的我所敬爱的爷爷的眼光。是了，爷爷发不出声的，他已无力咳出喉头的浓痰，呼哧呼哧的喘息永远急促而衰朽，像在急切地追逐着什么。如今，却平静了下来。他看到了什么？命运的召唤？人生的轨迹？一行清泪从他的眼角溢出来，他望着我，望着我们，他最亲爱的、最可亲的孩子们和孙儿们。只一眼，便闭上了。

我们屏息而待，一颗颗心早已高高悬起来，不一会便放了松。死神暂时放过了这个可怜的老人。起伏的胸膛证明他干瘪瘦弱的胸腔里，那颗衰老心脏仍在跳动。然而我却有一种刻入心髓的体认——爷爷的生命是真的要走向完结了。那一眼，道尽了多少的眷恋不舍，道尽了多少悔恨无奈，又道尽了多少体谅和爱护。看了那一眼，他似乎已经用尽了全力，斩断了与这尘世的一世因缘，他放下了，把所有的祝福和牵挂都放下，也把所有的生情生缘都卸载。发皱的眼角泪痕未干，他却平静地闭上了眼，等待命运最后的审判。

我再一次迷茫了，疑心这一切都是梦，明明是旧日的白墙、旧日的瓷杯、旧日的人、旧时的家。天色也平静得很，与有生以来每一年的春没什么不同。怎么就有一条鲜活的生命要沿着命运的轨迹走向终结了呢？我木然地跟着家人们走出了那间屋子，日近正午，春日熏风迎面而来，寒意尽消。耳边响起了清脆的鸟声，眼前又是一片庸常的绿。对宿命的无望之感似乎全被关在那间屋子里了，屋外仍旧是一年姹紫嫣红、生机勃勃。眼前似乎闪过了一道白光，那白光的中央，一树轻软的桃花正娇娇娆娆地开着，演绎着与这灰头土脸的山区小县格格不入的绮丽艳色。清风拂过，便有零星的花瓣飘然而下，洋溢着诡异的生机，仿佛粉色柔蝶绕树而飞。我突然兴起一阵无法遏制的悲痛。颤动的眼角、张阖的鼻翼，我仿佛看到自己扭曲的面目，却无能为力。

尖锐的哭音在我的喉间爆发开来，花开得这样好，这样好，人呢?！柔丽的粉红在我眼中糊成一片，我咬牙，恨起那花来。日本的樱魂以吸人精魄而生长恣肆，枝繁叶茂。这树桃花呢，她诡异地落户于此，诡异地繁盛而生动，是否也夺取了他人的生来助长自己的生呢？我恨极，痛极，既恨这绽放依旧的桃、生机依旧的春；又恨转眼就能如往常般生、往常般笑的我们。

记得我小时候，正是爷爷最健朗清闲的日子。刚退了休，闲居于乡间的小家，侍弄花草一时成了他最爱的空闲活动。二楼小小的平台上，一到春天就挤满了浓丽的山茶，幽香的水仙，秀美的月季……那个劲健的老人就迈着悠闲的步伐，哼着小曲，在那"三千佳丽"中穿梭来去，添水除草、修枝抚叶，无微不至。他会慈爱地拉着我，带我认识那一株株喊不出名字的花红柳绿；也会握着我的小手，引我赏那绽放的蕊、向上的叶。

"知道吗？小蒙。花是好东西，看了开心，种着养性啊。"

爷爷认真而细致地栽培呵护着那些在有限的年岁里周而复始的小生命，为着一季的绚烂付出，耐心地等待着。他看重她们，为着灿烂的盛放而满心欢喜，又为必然的凋零而黯然神伤。这个祖辈庄稼汉、半生纸厂人的老汉不懂诗，不懂悲春伤秋、抬头望月的情怀，却也总在雨打花落、季过飘零的日子里低低地叹上一口气，暗自多点上一根烟。他对这世间的生死离别、花开花落是怀着那样诚挚深厚的关切。然而如今，家门口有娇客来临，那轻柔动人的色泽、摇曳多娇的姿容，他却半点看不到。爷爷在生与死的关头辗转反侧、凄厉挣扎，那花却半点不知人世的悲欢离合般，开得如此淋漓尽致，寒心之感尤甚。霎时间，浓烈的酸楚溢满了我的心间。晨昏四时、花开花落，自然按部就班地行进着，一呼一吸间都勾引着人们无限的遐想和情思，却不为任何人停留他们的脚步。一个人，一条生命，或生或死，或痛苦，或快活，似乎都与这万物生长无干无系。人，是如此渺小，夸耀着短暂的历史，吟咏着相似的悲欢，却固执地抬头仰望，感叹自己的无边，忽视荒谬和微渺。我如今正亲眼见证着这样的荒唐，却同时身在那渺小的爱恨其中，难以自拔，哀痛和愤恨盖过了我旁观的冷视。

桃花还在开着，潋滟姝影，乍看之下，我愤怒的心火似乎更助长了她的娇艳，春风拂过，撒下纷纷花雨。爷爷的身影，病床上的孱弱和痛苦，似乎又重现于眼前,衬得那粉色红得刺目而尖锐。弟弟绕着那桃树笑闹起来,"真好看,真好看",他也忘了那间灰白的屋子里拥挤着的沉重的喘息和死亡的气息。我呢,我会不会如这桃树、年幼的弟弟一般,终有一日无知无觉,记忆不复,再无伤感?不,不会的,我为这逝去的生命的疼,为这逝去的长者的惜,只会深深地扎进我的根,每到桃花盛开的日子,那悲伤就会破土而出,向我招着手。让我在自失的迷惘里看到世界,也看到自己……

不须归

赵宗梅
福建师范大学文学院研究生 2015 级

  四月透明的天空仍然鼓荡着料峭的春寒，如清晨梦中被惊起的睡意迟迟不散。南方妖娆的玉兰花已经萎谢，一地的花瓣如多情诗人心中满满的哀伤，任青绿的新叶在枝头肆意绽放，却已如别去经年……

  去年清明，我回到故乡，在母亲坟前燃起跳跃的纸钱。母亲离世已经八年，经年的离恨在青绿的麦苗间蓊郁生长，每年都随春风而发。然而只有一点无可改变，母亲去世后，家的概念业已在心中轰然坍塌。毕竟于我而言，家是一片唯有母亲才能搭建起的晴空啊！随着母亲的离世，屋角碧绿的南瓜、紫色的茄子、鲜红的辣椒都已不复往日气息。

  有母亲在的天空，是一片无法回忆的，永远回不去的圣地。

  记忆中母亲身材娇小，性格爽朗，是个能干的人。母亲的身影在我的记忆中，有多少时候是伟岸的呢？她年轻时的容颜在我的记忆中虽已模糊，但永远镌刻着光环。

  对于母亲，这么多年我都无法回忆，却只剩回忆了……

  母亲说我一岁前还不会走路的时候先学会了爬，并经常自我欣赏而面露笑颜。那时母亲因为要照顾生病的外婆顾不上我，于是二十世纪七十年代中期，农村那座经由泥土修筑起来的狭小院落，就成了我的一片广阔的乐园。我匍匐在地上拔草，把草的种子一粒粒抖落在地上和身上，然后仰面打几个滚，笑得口水四溅；看蝉的幼虫从地里破土而出，彼此瞪着一对亮晶晶的眼睛互相注视。据说有一次可能因为饿了，差点把它塞进嘴里当作一顿美味大宴，幸好母亲及时赶到从我手中夺去幼虫，才避免了这场"灾难"。总之，母亲说，因为她那时太过忙碌，不得不任我天天趴在地上四处逡巡，胃里究竟塞了些什么她未得见的东西都已无法考证。我理解母亲，理解她为了照顾整个家庭而担负的重任，我永远从心底里感激她，虽然不能时时抱我在怀，但我知道，她就在不远处关注着我，因此，我可以大胆地探索我的世界。

母亲是聪明的，虽然姥爷因为观念陈旧只让母亲上了几天的早晨学，但她却能认识几十个字，会写自己的名字，也会简单地记账和算账。这是我以后无论何时想起母亲，都会深深佩服并加深对母亲的爱的一个方面。母亲就如一块海绵，会把生活中的正能量尽数吸附在自己身上，并使之发挥最大的效用。相比我的迟钝木讷，母亲待人接物均能大方有礼，拿捏得好分寸，令人无可指摘。有母亲在的地方，我都觉得周身安全舒泰。如张爱玲的母亲那样，母亲坚决要让我上学，即使被村里人嘲笑说，女儿以后嫁出去就是别家的人了，让她上学有什么用。母亲回来愤愤地对我说："这种人真是没见识，让你上学是为了你将来过得好，又哪里是为了我自己？"我深知，在八十年代后期那个多数女孩子最多上完初中就回家务农的闭塞的农村，母亲之所以坚持让我上学，一是圆了她从小想上学而不可得的梦想，二是为了我将来有个好前程，如此良苦用心！

母亲一生好强，屈指算算在她仅有五十七岁的生命里，照顾姥姥三年、姥爷一年、老奶奶三年、奶奶两年，病床前衣不解带的照顾占据了母亲将近十年，然后在三十八岁的时候自己却得了类风湿，因治疗不当，从此终生与药相伴，而我因常年离家在外求学，母亲依然照顾一家的衣食不辍。我想，若我能早一点懂得多替母亲分担家务，她应该不会生病的吧？也许，母亲年轻时不是这么能干，她也不会生病的吧？也许，母亲时常地偷一些懒，到现在她还能陪在我的身边吧……姥姥生病的时候母亲二十四岁，刚生下我，母亲经常奔波于婆家和娘家那两里多地的两端，夜里起来要给外婆翻身数十次，姥姥一病就是三年。母亲经常幸福地回忆起那段照顾姥姥最后日子的辛劳岁月，她说，有妈的孩子怎么能知道有妈妈的好呢？我现在终于知道了，在母亲离开我的第一年，第二年，第三年……第九年……

回忆是回不去的故乡。在透明的天宇下，我更愿重温那些温馨的片段——煤油灯下，年轻的母亲纳鞋底的麻线在穿过鞋底时发出嘶嘶的声响，我在母亲温润的目光下，写着每日必写的日记：村头的棉花地里，已经没有人半夜偷走棉花，但我看见母亲种的最大的南瓜，有如磨盘大小，每日喜滋滋地等着我坐在它身上，变成一只好大的飞船，带我遨游远方……

海边小镇

何潇槐

福建师范大学文学院本科 2016 级

我的家乡位于闽粤交界处的一个海边渔镇，自古受闽南文化和潮汕文化的影响，形成了别具风情的文化，它生生不息代代相传。其特色在混杂两地特色的闽南语上表现得淋漓尽致，一首《天黑黑》的闽南童谣陪伴着一代代人从稚嫩走向成熟。镇上居民淳朴的笑容，熟悉的口音，总是给人一种亲切感与安心感。

儿时习惯于穿梭在镇上大大小小、曲曲折折的小巷道，总能熟记哪家哪户门口的老奶奶、哪个巷口边的大水井、哪个拐角处的四果汤店铺。小时候无数次经过的悬钟所城门口，门口的百年大榕树依旧挺拔，枝干缠绕交错，错综复杂。记忆中的夏天午后，大人们搬着张小方桌，带上自家的茶具在榕树下沏茶乘凉，用着熟悉的方言闲聊家常；老人们则是背靠在藤条椅子上，手摇着小扇子，旁边放着老旧的收音机断断续续地发出芗剧或是潮剧的乐曲；一旁的小孩子们召集几个小伙伴一起，或是跳方格，或是用枝叶编织成花环。不知是因为树叶投下的绿荫，还是闲暇的时光让人觉得时间的美妙，即使实在炎热的夏天，也不是太过难耐。

但最能让人记忆犹新的是不变的风景。站立在城门口前，抬头仰视，屹立在山尖上高耸的清嘉庆年间保存下来的灯塔，为航海人点亮了路途，提醒着他们家的方向。沿着爬满绿色青苔的城墙往里进，雕梁画栋的妈祖庙庄严宁静，墙边的壁画在屡次翻新之后，画上的嫦娥奔月、八仙过海等场景仍是栩栩如生。虔诚的香客面容肃静，在庙前静默祈祷妈祖守护着海边一代又一代人安居乐业。

沿着一级一级向上的台阶，穿过层峦叠嶂的茂密的树林，向着山路的前头走去。明清时期遗留下斑驳的古哨所无声地叙说着祖先守护家园的功绩与艰辛。山顶上，嘉靖年间所题的摩崖石刻倚海听风，目睹着潮起潮落、日升月落。纵使海风无情地侵蚀，磨灭的是石块的棱角，不变的是土生土长的当地居民对于遗迹的崇仰。

站在石块前，向下俯视，眼前水天交融，初阳的晨曦，傍晚的落霞成为水天分界线。大海的浩瀚与人的渺小吸引着无数行人游客为之喝彩，沙滩前深深浅浅、大小不一的脚印记录着不同的旅途。咸腥的海风迎面扑来，远方杂乱停靠在渔港密密麻麻的小渔船，看似错综复杂，实则别具风格。在远离了汽车的鸣笛声、人群的喧嚷声后，此时耳边只有树叶相互间摩擦的沙沙声，与海浪撞击岸边礁石传来的铿锵有力的心跳声。

对于海边的孩子而言，海陪伴着我们成长，寄托着另一种情怀。长大以后，每次带着同学到家乡，还是习惯性带他们到海边，沿着沙滩走一圈，在亭子里歇息，体验偶尔看到好看的贝壳捡起时的满心欣喜。我怀念海水漫过脚踝时带来的轻轻痒痒的触感，细细的小沙子摩擦着脚掌倍感舒服，偶尔会踩到硌脚的贝壳也依然兴致不减。站在沙滩上，看着眼前的水天交融，两边的水天交界线模糊不清，远远望去，朦胧的云雾缭绕在远处的高耸的山上，青山若隐若现，我的惬意感油然而生。

小镇对于生活在其中的我们而言是独特的，我们习惯提及跟小镇有关的一切，我们怀念小镇带给我们的归属感。以前的我对家乡的认知是模糊的，只是单纯地将家乡想象为一处居所、一种依靠、一股想念。终有一天，这种归属感与我们形影不离，成为一种信仰，因为每一座村庄，都有独特的故事，每一条巷道，都有另类的韵味。

路灯

林颖
福建师范大学文学院本科 2016 级

小时候老房子是在一个浅浅的小巷子里头，巷子里的人家不多，三三两两的，顺着岁月的年轮平静而安宁地度日子。冬日的午后，天总是很快地黯淡起来，巷子的透光效果差，要比其他地方更早地陷入黑暗。这时，巷子尽头处的小路灯便会悄无声息地亮了起来，像是掐好了时间点一般，总在黑暗侵袭的上一秒神奇地照亮那一条道路。那是一盏泛着暖色调的电灯泡，灯泡周身覆着一层薄薄的灰尘，周围飘浮着若有若无清晰可见的烟雾，被侧面打下的灯光暴露在人们的视野下无处可藏，远远望去有种迷蒙的美。"叮叮叮……"巷子入口隐隐传来自行车的铃声，原来是某一户人家刚刚下晚班回来，这时的路灯像是静静守护的使者，默默地为归家的人们指明前方的道路，不至于让人在黑暗中跌跌撞撞地摸索，灯光下人们的影子被铺长在巷子里，无形中让人有一种被陪伴的温暖，巷子里的人想起正在家中等待的家人们，想起饭桌上正热乎着的夜宵，嘴角不由得上扬，连寒意也不禁淡了几分。那时的路灯是朴质的。不华丽的小灯泡像是朴质的农家人静静地在深夜里肩负自身的责任，又在黎明奏响前不张扬地退场。

后来从小巷子里搬走，小灯泡便渐渐淡出了我的生活轨迹，以后虽然再见过很多类似的由小灯泡织起的路灯网，却很难再次回温起最初的那份巷子口里小灯泡给予我的感动。那些原本三三两两的人家也陆陆续续地搬离了巷口，继而把老房子租给了那些外来的人口。暑假回家的时候我抽空独自又回到那条熟悉的巷口去看看，巷道里经过许多陌生人，巷口处围坐着的人家也已不是原先熟悉的面孔，但路灯仍旧挂在那巷子的尽头，饶是你物是人非，我仍旧坚守一片光明。

新房子建在马路旁边，不同于以往的安宁氛围，每天充斥着车水马龙轰炸式的"嘟嘟……"喇叭声响。路灯从巷口处玲珑小巧的灯泡变成马路旁被华丽雕饰的LED灯，亮度的增加使得其照亮的范围也广了许多，它们不再只照亮归人回家的路途，更多的是为那些街上来来往往的车辆服务。强光从路灯的灯芯处爆发出来，经过玻璃层稀释后就渐渐向四周散开，刺眼的亮光一下子化成成千上万道光纤般的线条，继而铺就成适度的柔光照亮马路的上空形成一道蒙蒙的雾境，让人看着很舒服。

有一次和妈妈去莆田看病，回来的路上等不到出租车，便去车站等公交车，公交车一来，人们便熙熙攘攘地涌上去，等车子终于安静下来后，司机才不慌不忙地踩下油门。那时将近七点，天色灰蒙蒙的，有着要下雨的趋势，车上的乘客们个个歪着脑袋闭目养神，看起来都很疲惫。那天刚拍完MR，心里一直不安宁，周围像是笼罩着一层死气，压得人透不过气来。我坐在车窗旁，静静地看向窗外。一排排路灯从视野里闪过，快速地滑到我的身后，我的目光开始追及更前方的路灯，企图将它们的身影印刻得久一点。不眨眼地锁定灯芯处发出的亮光，我看着那一团光明由远及近地向我飞奔而来，等到眼眶里蒙上一层迷雾，瞳孔涣散时，它们又变成夜空里闪闪发亮的星辰，折射着各种各样的光线路。我心情突然安静下来，现在这些路灯陪伴着窗外那些车水马龙，和迎面而来的车灯相互招呼，而再等七八小时后，就该只剩下赤条条的马路和周围寂静的高楼对望无言了吧，整个世界孤单得只剩下它们还在维持着一片光亮，传递着一份温暖。

路灯见证过很多爱情的离合，陪伴过深夜里只影的独自呢喃，也目睹过那些尘世的古与今。它们望尽人事繁华的变迁，无声倾听人类内心最深处的声音，但我相信，每一盏路灯也都是一个有故事的生灵，它们将自己的风尘故事像蒲公英播种般借着风的呢喃乘势飘散去远方，又借着风的稍息停顿在未知的领域里扎根，在那里，它们将与当地的自然生物无声的交谈，分享这

相伴

一路的见闻。

　　当你经过每一盏路灯时，请都别小瞧它们。在某个宁静的夜晚，归家的路途中，你或许也可以停下匆匆的脚步看看它们用光亮支起的炽热生命，当心事无处倾谈时，借一壶酒，围坐巷口处，在路灯下缓缓把心思道来。

青芒

陈攀攀
福建师范大学文学院本科 2015 级

  爸爸从当地人开的水果铺买回几只芒果，听说是从西双版纳运回来的。那芒果，硬而结实，果皮光滑莹润，浑身散发着如少女沐浴出水后清新干净的芳香。它们浑身发着青色光芒，不似熟透了的芒果那般柔软、甜腻和龙钟老态。果皮散着青涩的光，我盯着看，一不小心出了神，木然不觉自己被拉进了它们青葱的世界里。它们仿佛有了生命，静对着我。我半睁着眸子，探望着，欲知它们为何存在，到了何处，好奇这世界、这生命的大奥妙。

  连日的希望独自一人背上包袱流浪的想法成为空想，心里压积起来的愤怒与责怪还没来得及爆发，便叫泪腺扩张的酸胀感和喉咙撕扯的痛觉给麻木了。想一个人去陌生的城市看看，那时候说的旅行，大约带了几分不羁，自由、解放和流浪的意味。本来我从小就不曾一个人出过门，当听我说要一个人出去，爸妈当然坚决不同意。失望，沮丧也有吧，对父母一肚子的恼火猛地倒腾出来，但冲动之后我才知悔。那情那景，如我此时在青芒身上狠狠划下的刀痕，无非是加剧它们的衰老，倒觉得无措和悲哀。

  初见芒果，是在小学时候的图画书上。那青色的、黄色的、歪嘴的、标致的，大同小异，在反光的彩色印刷纸上宛若真物。想必，那时的我大约是懂了"画饼充饥"的概念。当然书上还有各种奇珍异果，西洋大餐或是中式盛宴。一整个童年，这些能看不能吃的东西，藏在一本普普通通的书里，却满足了我所有的幻想。那些幻想也衍生了些许愿望——以后，让爷爷奶奶、爸爸妈妈吃遍所有奇珍异果。小时候，常听妈妈戏谑说："要是我孩子有出息了，咱以后就要天天闹着吃'山珍海味'！他有了本事，我就吃得起呀！"说罢她便哈哈大笑。慢慢地，"山珍海味"成了我越熟悉越遥不可及的东西。既然是母亲的心愿，想必一定是了不起的东西。随着时间流逝，我长大了，"山珍海味"无非是一个叫作"满足"的概念。我确信，母亲要的不是十年后，或是二十年后我带她各处吃的"山珍海味"。那只是曾经她认为的天底下最无价，也最丰厚的盛宴，只是一个符号，浓缩了期望、爱和满足感的一个温暖的符号。

我大约是知道了她的心思。我带着一片真心，和她一起下厨做几道地道的川菜，可能她就会说："对，这就是我想要的'山珍海味'。"

青芒是熟透了的黄芒曾拥有过的青春、热情和精力旺盛的模样。它们是生命的源初，是刚绽放的花朵，是希望。柑橘、柚子、香蕉、木瓜，等等，都是这样的生命。

不记得是哪一年春节了，常年在外的父母带了一袋香甜盈滑的芒果回来。那来自遥远的异地的礼物，令人颇觉稀奇、珍贵。我想知道，一千多里的路，坎坎坷坷，免不了磕磕碰碰，芒果却能完好无损，母亲是如何小心翼翼呵护着。像守护一群自己的孩子，而不仅仅是一件礼物。

茫茫田野的野雾中，弯腰耕作、扶犁垦植的人如缓慢移动的黑点，一下子跳入我的视线。他们一代代人，付出漫长的时间和精力，一辈子辛勤劳动，用美好年华做抵押，只赌自己终生与土地厮守的承诺。激情耗尽时，仍不见他们衰老。

当很多东西开始习惯用无需计价来标量时，接受的一方慢慢就变得迟钝、感动欠缺，甚至怠慢热情。给予者会不会在心里悲哀着，却难言其伤？他们尽其所能寄予了最好的东西，若得不到回应，大约是会伤心的。没有回应，莫非是受施者太愚顿了？

前些日子，父亲在工地不小心扭伤了脚，母亲被太阳晒伤了。得知时，他们嘴里笑着说"没事"，而我的关心和问候能给他们几许安慰？他们身上的伤口、痕迹，虽随年月逐渐消退，但生命每一次经受风雨，也便有一声疼痛和无声的呐喊吧！宛若青芒身上的斑驳、醒目的刻痕，生命变得脆弱。

不敢思考变老和死亡的问题，就像在重癌患者面前提他的病情时紧张地噤声。不敢走出那洁白窒闷的病房，不敢看活力四射的儿童，不敢面对这世界。直到大学，仍旧觉得这是一个哲学命题，或者，是我一个人的哲学。变老是绝对运动；那死亡呢？是相对静止吗？死亡和死亡，便又是绝对的运动了。我越来越能够接受"面对死亡是不该有恐惧"的这个理念。我的成长，也是父母加速衰老的进行时。只是还想在母亲怀里打滚，还想在父亲膝下假寐，还想去多年前生活过的小镇，还想在深冬与亲爱的人围炉谈话……

时光，你走慢些吧！

父亲那如小树林般生长茂盛的灰白头发，在风里不屈地竖立，我看着却有些不忍。我渐渐感到时光的威力，自己也便警觉些，开始变得有责任感与担当。母亲日渐多起来的唠叨与碎语，我竟习惯了，甚至能够理解。回应她的是我的耐心、爱与体谅。

还记得高考成绩公布时，母亲得知分数后高兴得像个孩子的模样，甚至朝"没有发挥好"的愁眉紧锁的我扮了几个鬼脸，我才轻松地笑了。我甚至不愿再提那沉闷且倍感煎熬的备考阶段。但一路上她和爸爸一直陪着我走过来，送骨头汤，煲电话粥，开玩笑，等等，都是那难忘的岁月里很大的一部分。其实我很幸运。她自豪地对楼下邻居分享孩子成功的喜悦，她说，一定得买个大蛋糕庆祝。不顾我的拒绝，她仍旧去了蛋糕店。若要我许个愿，就让父母年轻二十岁吧。

若青芒放置太久，一股酸涩气息便渗出来。那大概就是生命对时光的最后的对抗。青芒一熟，父亲便催着我们吃，他大概是害怕变质，因为生命也有保质期。那倔强、孤立的白发，又使我的眼睛温热起来。

渐渐成熟长大的日子里，跟踪着那青芒的物语，与金色的灵魂在时间的边缘遇合。愿双手拂去黄芒身上的旧尘，而不是持刀无序地分割。洗净双耳，静静地听那芒果的呓语和老去的故事。

这城市，有一爱人

陈攀攀
福建师范大学文学院本科 2015 级

在下着雨的三月的某个夜晚，我觉知自己是一个被爱的人。当雨猛地在窗玻璃上敲碎四散，溅在耳旁的冰凉的小东西，惚地惊醒了杵在台灯下走神的我。顺着门外的光，栏前断断续续斜飞的雨淹没了我的思绪。

雨季来得太早。这个城市，还住着一位我熟悉的爱人。今晚她来电道声晚安，催我清明节赶去和她会会面，爬那石竹山，去那石竹寺细嗅沉香，过了一个冬季东张水库的流量倒没有长消，反正仍是那欢快流走的样子。这下才觉得四月四仿佛来晚了点。

灯下，我试图借着那白光，握着那一丝一缕光线，描画她的样子。不见她已经很久了。她是我最喜欢的大姑。上次见她还是去年十月国庆节，第一眼看到她才觉得她瘦得厉害。后来才知她工作多有不顺，厂里的原装产品销路不好，库存积压着，全厂上下烦闷得很。作为老员工，也为着下岗和裁员的事心烦意乱，提心吊胆。后来才听她说，她是留下来了，但几乎是混混日子，倒不如和那几个年轻气盛的女孩子一同跳槽了去。她没有去，想必是没那个精力和劲头了吧。也或许是二十几年来跟这个厂已经有了感情，舍不得。想到这，才猛然发现，她已是四十好几的人了。

我到这里不过两年之久，她在这里已是扎根二十几年的人。她的口音、她的音容笑貌，变的变了，没变的大概就剩她的脾气，仍是那样直率、坦荡，让人倍感亲近。人与人之间确实有一种不可描述的奇异的魔力。喜欢静的人看着闹腾就恼,喜欢文雅的人看着粗鲁就鄙夷,喜欢朴实的人看着坦率的人自然就愉悦。正因为这样的魔力,人与人才相互吸引,慢慢靠近。

　　中学时候,她总是趁着我们放寒暑假请假回来。一来是为了陪陪家人,二来是寒暑假请假也容易些。若不是减了些工钱大概老板也是极不情愿批假的吧。回来也就短短十来天,但仍能看见她五六次。她总会带些福建的特产回来,因此,我对福建最初的所有幻想都来自鱼干、果干和糕饼塞在嘴里的美味的感觉。她一般住奶奶家,她在婆家是不大受欢迎的。公婆总是这里那里挑她的刺,孩子也不大同情她。为此,我常听见她哭,有时候是打电话跟爸妈哭诉,有时候是讲着一口带着川音的普通话和神秘人说话。我仍记得那个月亮煞白的夏夜,她睡在挂着厚实的棉麻帐子的木床里头,憋着的哭腔,我那时候竟没有勇气去拥抱她。有时候我一开口,竟觉得无话可说,倒是她问起我在学校里的事来。我竟觉得有些寂然了。这样的夜晚,在我记忆里慢慢淡去,大概是后来她很少再偷偷哭了。随着我长大,她竟也坚韧顽强了很多。很多事情,奶奶知道,女人知道,长大的我慢慢知道。

　　她单身了很多年。有丈夫,但和他也只是没有正式离婚的夫妻。她丈夫、我姑父,犯了事,已经销声匿迹了许多年。我不曾记得我是否见过他一面,至少我的记忆里是没有这样一个人的。后来曾听父母说看过他几次,他大概也老了吧,没有了曾经的健壮蓬勃,让时光削减几分锐气。大姑大概也去看过他几次,想必他的态度极为不好,真是伤透了她的心。这些年来,两个孩子,一个丈夫,不知要磨去她多少精力,啃噬掉多少热情。她一向是光明正大的,拼命挣钱,再悉数寄回,没想到和孩子却生疏了。她一定哭过很多回吧?但她仍旧撑过了一年年。她在我心里高大的形象想必只有在没有月亮的夜晚冰冷的床头才变得畏缩,微颤着身子,低低地啜泣,脆弱陡然猛增好几分。哪怕是独自舔舐伤痕,也是勇敢和坚强的样子。

　　语言的安慰对于当事人而言有时候完全是隔靴搔痒。真正让我觉得她活过来的时刻莫过于和自己已经长大的儿子通话、视频,她能从儿子亲近的语言和幸福的笑容中感到心的安稳和甜蜜,那一刻,她是被爱的。我就在旁看着,隔着屏幕,儿子在那头看她,她在这头笑着说话,那时候的他们竟让我险些湿了眼。我觉得,我的母亲,仿佛就在我身旁,一样地看着我,问候我,关心我，笑盈盈的，一切都是那么幸福。慢慢地，听她说，两个儿子对她态度一改从前，竟主动关心起她来。她的笑，不再含着无奈，而是让人放心的舒服和暖意。每一次去找她，我总要带着新鲜的礼品，那一刻，我竟成了一个体贴的女儿。彼时，我觉得我是那样幸福。

做一个爱她的女儿，在三伏天陪着她去她的菜园给瓜果蔬菜浇水，看着她微笑呢喃。早醒不见她，她定又是去了天台上。浇水竟成了她每日的功课。她自己的园子，就在天台上，用土堆起来的。土是流了不少汗水运回来，费了好些时候的吧。大概有半年。我还陪她一起出去挖土回来过，刚把土铺平整，雨就来了。唰唰唰地，淹没了她的激动、开心，还有疲惫。

夏天天热，我喜欢四处晃荡，天晚些的时候就会被她唤去，"快点来洗澡，洗了才清爽些呀！"这下，我才赶紧准备。躺在热乎乎的床上，嗅着暑气，伴着电风扇扇叶转动的咔咔的声音，她讲起了青春时候的故事。有时候，她竟娇羞得像个少女。那时候，她的身心，大概如那空气里澎湃的热浪翻滚着，翻滚着。我能确信的是，和我一样年轻的时候，她仍是个幸福的人。

也曾听大姑讲过，我四五岁的时候奶奶就商量着把我抱给她养，和她第一个儿子做一对双胞胎。虽然她总是玩笑着说："你不要多心啊，攀儿。你可别恼你奶奶，都怪那时候政策不放松！"其实我也想告诉她："我并不伤心，哪怕真是离了亲生父母，只要我是你的女儿，我很幸运。"亲情正是这么奇妙的东西，慢慢地，超过任何偏见，只想去天长地久地爱一个人。

听着那唰唰唰的雨声，不知她是否好眠？

雨啊，向这城市里的每一个爱人，道一声晚安吧。

夜航

廖宁
福建师范大学文学院研究生 2016 级

二月的夜航是疲惫的，爬升到一万两千米的高空。引擎的轰鸣声在耳畔回响，意识游离在夜空里，偶尔有些云雾缭绕。在元宵之后冷空气占据了南方，肃清了从南海过来的暖流，白天是少见的晴朗，天空蓝得发白，没有杂质。

习惯了乘坐夜晚的航班，除了廉价，还有充裕的时间可以准备。要是太赶，时间逼得紧，整个人就会进入一种焦虑的状态，生怕被人看到窘迫的样子。下午两点，等待前往机场的大巴，阳光虽有，但在春寒料峭中随着一阵阵凛冽的北风也会使人缩着脖子。机场建在距离市区一小时路程的地方，偏僻，繁忙，那是人群集散中心。元宵节的机场尚有春节的余韵，红色的基调显现着热闹。

航站楼是现代文明的结晶，这里有我们对科技的信心。在这个科技昌盛的时代，人们来往全世界也毫无阻碍，十几个小时甚至几个小时就能到达另一个国家。阿兰·德波顿在 *A Week at the Airport: A Heathrow Diary* 里说："在这个混乱纷杂的时代，航站楼显然是秩序和逻辑的庇护所。"我们看到的世界，我们所在的城市，街道上的车辆是杂乱的，即使行驶在整齐划一的公路上，也会有车辆越界，打破这个貌似条理分明的世界。而停靠在航站楼的飞机则有序排列，不可纷乱，不可争先恐后。起飞也要有逻辑严密的塔台发出指令，进港出港，秩序井然。

透过航站楼偌大的灰色玻璃墙，白红相间的客机停靠在登机桥，波音

737，1967 年交付市场，历经整整半个世纪十个型号。造价昂贵的交通工具，也代表了我们这个时代丰盛的物质财富。一百多年前，发明飞机的首要任务是娱乐，仅仅在竞赛和表演中能看到这个会飞的机器，而后它被逐渐投入战场，成为战争中重要的组成部分。在文明的发展进程中，机器首先投入在扩大生产规模和战争之中，并且伴随着一场场大屠杀。

晚上十一点的候机大厅，商铺开始陆续关门，剩下我们这群无所事事的乘客，远处是偶尔出现的保洁阿姨。候机厅似乎是暖的，因为呼呼的排气口又吐出一阵阵寒风，冷清，寂静。晚点了，飞机停靠登机桥，陆续走出从起飞地而来的乘客，他们从下层离开了。"滴——"检票机发出清脆响亮的声音，将那张被抓皱了的登机牌交给乘务员检查后，我们就陆续离开了那清冷的候机大厅。倦意在机舱里渐渐蔓延，清朗的夜空悬挂着一枚正月十五的圆月，伴随几颗明明灭灭的天星。坐在我身旁的是个四十出头的男人，无所事事，盯着空姐，瞳孔放大，低头拿起前面的航空杂志，看了两眼，放了回去，如此反复了几次，然后又转头看了看我。我也不知道他是在看我，还是看舷窗外面。舷窗之外，茫茫夜色，机翼的红色指示灯闪烁着自己的存在，高空之下，珠三角璀璨的灯火覆盖了寂静的夜，夜被点亮了，在漆黑之中试图打破自然的束缚。

阅读灯亮起的时候，我想起去年夜航，和我相隔一个位置的是位年轻女子，她放置行李之后，拿出一本书放在座位上，然后看了我一眼，而我看了一眼那本书——《挪威的森林》。机舱内泛黄的灯光也是《挪威的森林》的开篇，三十七岁的渡边坐在波音 747 客机上穿过厚重的夹雨云层，降落在汉堡机场。他弯下腰，双手捂脸，德国空姐亲切询问他的状况。情绪浸透了整个故事，故事是流淌在回忆里的片段，是生活的一部分。只言片语如在耳畔，恰如机舱内人群低头私语，串联起一些感觉。

两个小时的飞行，接近深夜，高度不断下降，气流扰乱了飞机的平稳。随着触地的缓冲力，飞机降落在靠近东南沿海的机场，缓慢的滑行中似乎掺杂着扑面而来的是海风带来的腥膻味，苦涩，蚀骨。航站楼里除了值班的地勤，还有我们这群困意十足的旅客，再无他人。在等待托运行李的间隙，打开手机，一个未接来电，一条短信，微信没有信息。我迅速打出一行字，然后发送。

夜间航班，在沉睡的世界里轰鸣一声，消失在广袤之中。坐上最后一班机场大巴的我们，看着这个世界在这个时间睡去，但是五个小时后，它又开始运作起来，有条不紊，精确无误。而此刻，我与养育我的小城相隔 1253.7 公里。

罪游戏文

罗嘉鹏
福建师范大学文学院本科 2016 级

吴生溺游戏，至于三餐不思，殚精竭虑，俾昼作夜。日久骨瘦，黄黬槁项，交游指而叹曰："此瘾甚！当戒之。"吴生怪之，曰："此中有足乐者，戒之何！"遂无言。

某日秉烛乐甚，既疲且倦，盥洗顾镜，首若飞蓬，赤红目瞳，萎靡神形，藜黄面容，悚然骇之，揉目复视，悲从中来，"是予乎？何至于斯！"归而自叹，以为昔者所悯且轻，竟成己身。忽觉掌上所执，原是一生之累，怒而掷之，詈曰："堕予情志，罪莫甚焉！"劳乏攻袭，伏几而眠。

恍兮惚兮，身飞云端。微闻声起，渐近自远。复有叩门数声，起而启之，推门无人，心异回转，或乏或疲，殆此成幻。童子在室，未盈五尺。乃怪之，"汝何人邪？何以入室？"童子嗤笑，"叩门而启，于是便入。"近而曰，"自无姓字，游戏之灵。无由辱我，故来征是。"

闻之大怒，指而斥曰："小子！敢来质予！凡所以使予柴毁骨立，志堕心迷，徒负华年者，舍汝其谁！"童子哂之，"敢闻其详。"

吴生曰："善，以彰汝行。昼眠夜起，光阴奔流，俯首天光晴照，抬眼夜色阒幽。于是事荒学废，此罪一也；红眸黑面，萎靡身形，昏昏常眠，身软体虚，筋骨无力，眸酸且涨，合眼便痛，此罪二也；疏亲远友，音信相断，隔离周遭，见面无言，此罪三也；起嗔起怨，傲我睨物，渐转性情，败礼坏德，此罪四也。"

童子怒极，反唇曰："在医为药，在愚为毒，物自性也，岂其欲哉？譬诸金银，以善以恶，岂其罪哉？固未跳脚呼曰，愿为莫邪。且夫一阴一阳之谓道，剑分双刃，天理固然，子不思存利去恶，溺于贪好，为其劳神，干予何事？中节为和，今子纵欲无度，失节违和，引咎自及，理固应当。奈何诬我？"

吴生叹曰："休逞口舌，奔流光阴，固在斯矣。诱我奇巧，挑动贪堕，以乐循败，非汝其谁？既动予欲，罢之不能，汝之害远，何可怖也！"

童子复叹，肃容语之："冤莫甚矣！调和疲惫，排遣茕独，以愉情志，兼度厌倦，予之命也，必也极备其善，以全予德。食求甘美，饰务绮丽，斯固然也，焉得爽口责五味，盲目责五色？情欲大本，植于人心，因外诱起，非外加也，不反求己而责物，实谬之大矣。虽名溺予，实陷欲沼，舍本责末，不亦愚乎？或存或舍，予自在焉；舍而不得，实因子过。且予闻，浅而陋者喜近而益寡，艰而深者难图而用广。子于斯浅尝即退，稍习辄止。来求荒游，既游过予，实子之志泛而功浅，图远而畏难也。豹变君子，何可及乎！"

吴生既惭而愧，掩面而走，触柱倒椅，惊而起跃，盖南柯矣。

83

酒歌

魏晓航
福建师范大学文学院本科 2015 级

  幼时总听奶奶说,刚出生的时候我哭声震天,午夜雨幕里忽而叱咤一声惊雷,一闪白光紧跟劈裂而来,她心登时就绷紧了,爷爷在门口乐呵得嘴唇直哆嗦:"这怕是个大胖小子!"

  魏家前两子都是千金,爷爷把期望都放在了母亲的圆滚肚皮上。然无论我嗓门多么大,却依旧改不了我不是个带把儿小子的事实。于是爷爷很是失望了一阵,借酒浇愁了几天,嘴里时不时叨叨着,"多里个多,拉撒里个哟!"

  我被外婆领走了,养在一大院里。院子已有几十年历史,栽种着一棵枝叶繁茂的榕树,榕树上头驾着两匹被雕刻得活灵活现的白色骏马。院子呈四方状,东南西北都住着人,我与外婆住在北边,爷爷与奶奶住在东面,一出门就能打个照面。可不知为何,自我记事起,总怕去爷爷那。外婆牵着我的手出去遛弯时,我也会偏偏绕过那头,径直走向大门,唯恐一扭头就瞧见爷爷满是褶皱的脸。

  然而害怕的还是会到来。我仍记得第一次去爷爷家的光景,或许是心里的鬼影在暗自作祟,一踏进屋子就瞧见了立在红彤彤的桌台上的关二爷,瞪着眼阴沉沉地瞅着我。屋子很暗,空气里泛着时光的潮湿与发霉的味道。我瑟缩走进,听到里屋传来伴着木鱼敲击的断断续续的低哑长吟,"多哩个多,喝几杯酒哟,唱几首歌!"歌声带着醇厚的酒味,飘摇穿梭在屋里的灰尘中,浓厚的潮湿气被悄然掀开,它似披着皎洁微光,如暗夜的星河般绵延而至。我站住,战栗着的害怕的心一瞬间被照亮了,几乎是脱口而出,我喊道:"爷爷!"

歌声刹那止住，我走近，看见爷爷坐在椅子上，面前端坐着一酒壶、一木鱼。爷爷抬头看我，醉眼蒙眬，白色的胡须下渗着几滴水珠。

我忽而畏惧了，匆忙跑出里屋。他也不唤我，摇头晃脑着，不久，咿呀的歌声又响起来，"逗个逗，笑呵呵，哪个不听话，屁股打个响——"

从这以后，我梦里总会出现这低哑着的吟唱。我同玩闹的小伙伴谈起，他们便咬着指头嘻嘻笑话我，说："你那醉鬼爷爷！"

"他不是！"

"还不是！多里个多——"他们笑着做着鬼脸，我气急了跺脚回家，流着泪问外婆："爷爷为什么总爱喝酒？"

外婆插着腰，火辣辣地训我："喝酒怎么？这一辈的人啊，心里苦着！"

母亲轻叹："爷爷年轻时是统计师，很了不起的，但是出了纰漏，没被选调上，后来又……"

后来的事我不懂，索性忘了个干净。值得庆幸的是我胆儿逐渐大了，总在爷爷喝酒吟唱时赖着。有时性子来了，他也晃着酒杯，喉咙里含糊不清地唤着我的名儿，替我倒酒。我好奇，扭扭捏捏地舔着杯口，一圈下来，喉咙登时像是冒了火，直辣得吐舌喘气。

"哈——哈——辣死咯！"

他大笑，拍着手掌，像个孩子。

他太爱喝酒，心里的愤懑全都化成了酒中的长歌。奶奶时不时忧愁地叹气，"要出事，要出事。"

出事那天，是他七十岁过后的三个月。

他七十的寿宴，院子里摆满了圆盘木桌，上面是镇中有名的"八大碗"。他的眼睛难得清明，穿着裁缝好的中山装，微笑接受着一片道贺声。我快活地在人群里上蹿下跳，糊了一脸的泥巴尘土。

随后的记忆像是失踪了，纷乱与迷茫中，我被牵进一摇摇欲坠的棚子里，两个姐姐低着头，跪在满是灰尘的蒲扇上。灰屑，尘土，微雨。四面全是低泣的声音，我全然不懂，为何要哭？

"跪下，航。"母亲唤我，懵懂地，我俯下身，一晃眼，姐姐的面容上竟都是泪痕。

我不知走的人是爷爷，我也不知那个喜欢喝酒，总爱摇头晃脑唱着小曲，有着蒙眬醉眼的孩子似的老人，就这样离开了。

几天过后，我才蓦然醒悟。昏暗的屋里，我流着泪，一遍遍喊着爷爷，最终哽咽，泣不成声。

寒来暑往，院子里再也没了那飘摇着的沙哑歌声。我从梦中寻他，却再难相逢。我懊悔从未了解过他，作为他的孙女从未温暖过他。若我可以和他说说话，若我可以懂事一些……

两年后，我去远方求学，唯有清明节，才能和亲人一聚，一同去看爷爷。每每这个时候，叔叔总带着一把锄刀，父亲带着鞭炮，我拎着竹篮，踏着一层层荒芜，去寻找他安睡的地方。到了，叔叔便割着生得肆无忌惮的杂草，露出小小的一点石床。父亲放鞭炮，噼里啪啦，我轻轻把竹篮的肉和酒杯拿出来，点上蜡烛。

"爷爷，喝酒。"

风很轻，蜡烛晃着微光。

也不知他能不能喝上这一口酒，找到回家的路。

"去者日以疏，生者日已亲。"我惧怕这流转的自然规律，然而依旧行走在这回环往复中，虔诚地守护着一个个烙印着灵魂印记的秘密。

年岁增长，渐而觉察出了里头的温厚与涩意。透过遥远的岁月，在他蒙眬的醉眼中，我看到了疲惫、痛苦，然而依旧有对生命的执着。低哑的长吟中，他注视我，那份隐与其后的晦涩难言的爱，至今仍让我泪眼婆娑。

无数种生命传承的形式，只是他选择的，是最易被时光掩埋的歌。歌声飘摇了他的整个岁月，父亲听见，叔叔听见，不知不觉，逐渐融入骨血。父亲的豁达如是，叔叔的淳朴如是，他们用自己的方式传承与纪念。

平凡如我，只能在这深寂的夜，用心去悟那在酒里酿成的长歌，用笔记下这些微末瞬间。在梦里许一个愿，望爷爷在地底，能有一壶酒，供他浅吟低唱；有一支烛，伴他安然长眠。

南河

罗宗文
福建师范大学文学院本科 2015 级

打小便在这南河边过活，稍大些，就到城里去读书，再大些，又到省外去工作。时隔多年再回到这里，人还是熟悉的人，物却变了模样，妄图给"物是人非"换副面孔。

褪去鞋袜，踩着细沙，几许年前清波踏浪的回忆涌了起来，是薄荷糖的甜，带着些许的凉意。

"你还记得你儿时吗？"母亲轻轻走到我身后，年过半百，身子却很硬朗。

"记得呐，那会儿应该和乐乐一般大小吧。"

家乡的夏日并不太热，却也少不了些总爱应节气的人，甭管怎样的天气，总得在南河边上的滩涂里捉鱼摸虾。累了便卸去了衣裳，三五男孩一同跃进河里，还有个把不知臊的女娃也混迹其中，我便是个例子。五六岁的孩子们穿着条裤衩便扑腾了去，这便是那些年的记忆。

那是虽小，记不太得多少甜，但不论何时，只要脱了鞋光着脚丫踩上松软的沙地，那是凉到骨子里的透彻，便也还是两撮马尾肩上扬的岁月。

平日里母亲也常带着我到南河边上，用簸箕铲几尾鱼、笼几只虾，倒也自在。

"丫头啊，你知道吗？阿妈和你阿爸就是在这南河边上认识的，那年阿妈也还年轻，长得也美些，多少男生跟在阿妈后面偷偷看。要不是你外婆身子虚，你阿爸大冬天的下了南河为你外婆抓鱼熬汤，每天送上门来，阿妈也不会跟了他。要知道，那时的南河是可凉了，碰一碰都得咧咧嘴呢。"

"可是阿妈你上次不是说，阿爸每天守在河边背你过河，所以你才嫁给阿爸的吗？"

"傻丫头，你爸怕阿妈身子弱，着凉。"

"况且……嫁给一个人……是嫁给他的全部啊！"

母亲说的话即使到了如今也仍是云里雾里，可爱情这种东西，又哪是言语能表达透彻的？

那日，母亲说天气不错，得把家里的脏衣服洗一洗。她便一手牵着我，一手端抱着大盆，里面净是衣服。

"丫头，那堆皂粉给我拿上！"

"好嘞，阿妈。"

我屁颠屁颠地跟在母亲身后，像极了缩小的影子，不紧不慢，却又蹦蹦跶跶。

跟着母亲穿过了几条七拐八弯的小道，这南河便跑到了眼前。

再往下游走了走，沿河便有了一处低平的小湾，这湾虽小，水却比别处更急些，也正是如此，浣衣洗物后也留不下什么脏东西。小湾里的河水磨平了犬牙参差，浣去了百载光景。因此村里的女人都兴在这洗衣，洗了几辈人的床单衣裤，这里却一直干干净净，除了些落入水中的杂物，再无其他不洁。

"你就给阿妈蹲这，帮自个儿的袜子搓了，懂不？"

母亲选了个位置便停了下来，放下手中沉甸甸的大盆，把衣服一件件掏了出来堆在岸边的大石头上，开始埋头苦干，想要趁早解决了眼前这堆大麻烦。

"阿妈，我咋搓不起白泡泡嘞？"看着母亲手中越来越多的白沫溢出，自己手中的衣服却和方才没什么变化，衣服还是衣服，皂粉还是皂粉。

"你这瓜娃子，光长头发不长心眼子嘞？撒点儿皂粉，用力搓，领口、袖口、胳肢窝，都用了劲地搓！"

"我用劲了……"

两人你一句我一句，传授着洗衣服的经验，嘴皮子和手上的功夫两不误。

那是女人和女人在一起永远少不了的聒噪。

"你这丫头……诶……这啥东西？咋恁眼熟？"

意识恢复过来时天已经全黑了，细小的火苗被灯罩笼在狭小的方寸里不满地叫嚣着，不吵。眼皮子很沉，身子更沉，像是有什么庞然大物压在身上一般。

运了运气，终于张开了嘴吐出几个字。"阿妈，我饿。"

身上的重量瞬间轻了很多，伏在我身上睡着的母亲一下子惊醒了过来。

"你这死丫头终于醒了，吓死妈了。"大滴大滴的水珠子打在我脸上，却也懒得抬手去擦擦，只是很疑惑，这儿到底是怎么啦？

"饿！"

用尽了最后的力气再次用关键词提醒了一下母亲。

"你除了吃还会干啥？……家福！女儿醒了，快过来顾着，我去弄点吃的。"

父亲也像是争夺财宝的匪贼，飞一般扑倒我身前。摸摸这，戳戳那，像是在探索着从未见过的宝物。

"傻丫头，你真是吓死爸了。"父亲轻轻抚平我额头上的小细纹，自己却眉头紧锁。

"怎么了？"润了润干裂的唇，我细细回忆着发生了些什么事，可是究竟发生了什么？！自己的记忆力却全部是空白。

"你真是吓傻了吧？"父亲更是担忧地看着我，眼眶比方才更红了些。

"你洗衣服把自个给洗了个遍！"

后来我才知道那天洗衣服时，母亲忽然见到水里漂着个什么东西，样子像极了个孩子，本能地伸手去抓了起来，一看竟是自个儿家娃，方才还在和自己说话，这么会儿工夫就给水里捞起来了，吓得母亲三魂守不住了七魄，衣服都没赶得及收，就抱着我去了卫生站，最后当然是经过医生们努力抢救后我健健康康地活了下来。

不过却也得到了一条禁令——不准再去南河玩。

着实想不通，明明是洗衣服时掉进了水里，不应该是不再让我去洗衣服吗？为什么就不让我去河边玩了呢？

89

豆大点儿的孩子，命令等于放屁。

"你怎么又给老子跑到河边？"父亲生气时便会瞪起眼睛，格外瘆人。

"我不是孩子了，不怕！"我不敢直视父亲，但也不能输了架势。

我确实不怕这条纯净的河，甚至还有些喜欢她，从儿时就喜欢上了她。我喜欢她的柔，喜欢她的美，喜欢那种难以接近的距离，却又不太生分。

水流得缓，岁月却不懂静静待人的道理。

"丫头，小心路滑。"

母亲的声音被远远甩在身后，雨水淅淅沥沥地坠着，天边的鱼肚白还没翻起，一片青色的光景。

学校距离我们村并不远，过了河再走上二里路便是了。顺着小路七拐八转，跌跌跄跄地跑到河边桥头，下了一夜的雨，地上湿漉漉的，格外容易打滑。

一座大桥横在南河上方，桥是前不久刚修的，尚未完工，桥面还算平整，却也堆着些泥沙砖瓦，两侧的护栏都还未砌上，一旁停着的蓝色吊车像极了下界奈何桥的守桥兽，伏在晕影里窥视着一颗颗妄图渡桥的心。

这桥本还禁止通行，可若过了这桥，路程便活生生短了一截。

本来是小心翼翼地一步步蹚过去，可我越怕什么越来什么，一根钢筋非常不长眼地出现在脚下，一踩，一滑，一摔，一咕噜。

落水声如约而至，桥下的波澜漾漾。一声哀嚎后，一个十岁多些的娃娃在桥下的大墩上蜷缩着。四周裸露的钢筋半截镶嵌在混凝土里，另外半截直戳戳地冲着苍穹。若是没有这漫过腰的河水缓冲一番，如今应该也没人在写这篇小文了吧。

也不知隔了多久，迷迷糊糊听到桥上传来阵阵嘶鸣，吓得我一骨碌爬了起来。包裹着全身的河水和从前不太一样，这次凉得很霸道，很干脆。如今早已过了初生牛犊不怕虎的年纪，却也还没到历经风霜处变不惊的岁月，望着天边微微泛起的白，想要张嘴喊上一声，却也有些无能为力。

南河像是懂了我的念想，不远处的木桩随着流水漂了过来，恰好撞在了桥墩上，闷响传上了桥面，为桥上的脚步拉起了闸。

"你不是何家的丫头吗？"

李大爷推着自个的三轮推车经过桥上，听到了声响，本能地把头凑了过来，顺便低下头朝着河里吐了口老痰，却瞟见了桥下站着个不大的人，胸口以下都被河水吞噬了。不记得李大爷是用了些什么法子把我弄了上去，只知道后来的日子见到南河便会哆哆嗦嗦。

　　尽管她也曾待我以温柔。

　　母亲总是说这是应该的。

　　小时候就有算命先生为我算过，说十三岁以前容易犯水，让我尽量别去河边，起初母亲也不以为然，可自从把我从河里捞起来后便信了，母亲和父亲是信了，可我不信。

　　不信又怎样？还能跑到河里泡个几天证明一下？加之上学后母亲的要求愈发严格，更是少了机会去河里疯耍，渐渐地便也不再对南河有着多大的期望。

　　时过境迁，我亦为人母，再回到南河边，却也不再是当初的那副光景。

　　这条曾想带我走的河，如今干涸了不少，甚至萎到我即使躺在里头她也无力牵着我，就像年迈的老妪，拄着拐杖，颤颤巍巍，靠着那最后几缕气苟活人间，望着竟教人心疼。

　　眨了眨眼，似乎滩涂地里还有些小人在嘻嘻哈哈，河湾里还有一个小女孩在水里漂着，桥墩上也有一个女孩在眼巴巴地望着，望着这条日渐消瘦的河，望着它的苟延残喘，望着自己的过去。

　　河将断了，儿时也回不去了，欢谑、畏惧也都不在了，留下的只是点点伤感和努力绵延下去的几缕细流。

　　"妈妈，妈妈！这条小溪好干净哦！"儿子由家里的大黄狗引着，伸出手在不足丈把宽的水流里晃荡，那是孩童扬帆的小船。

　　"她有自己的名字，叫南河。"

　　"妈妈，妈妈！南河的水好凉哦！"

　　"妈妈小的时候……外婆年轻的时候……这的水也很凉。"

91

相伴

地米菜煮鸡蛋

刘雪
福建师范大学文学院研究生 2015 级

"城中桃李愁风雨,春在溪头荠菜花。"春天的地米菜可谓到处都是,往往散落在油菜花的田埂里,或是山头的低谷处,有时在马路两旁我们,也能看见它们绿油油的倩影。翠色欲流的长秆子上镶满了白色的小花和青涩的果实,淡淡的清香缓缓地闯进了我的鼻子,味道直戳心底。手指触碰颗颗粒粒的一刹那的悸动,似外婆手心传递的温暖,绵密而醇厚。一眼望去,山头开遍了一丛一丛的地米菜,郁郁葱葱的,夹杂着大自然清新的空气,随风摇曳,舞姿曼妙。我伫立于它们之间,忍不住闭上眼,静静地聆听风穿过地米菜的"唰唰"声,像是儿时外婆的呼唤声,那么亲切却又遥远。我贪婪地吮吸着它特有的清香味,用手轻轻一折,便折断了地米菜的长秆子,丝毫不费功夫,一会就折了一大捆的地米菜。

由于花小,如颗粒分明的白色米粒,因此人们将其取名为"地米菜"。地米菜又称荠菜,属十字花科,二年生草本植物,是生长在田头地角的一种野菜,样子极其普通。每到农历三月三,荠菜就会长茎开花,劳动妇女便会采摘一小段的花茎插戴在发髻边,既起着装饰作用,又能祈求财源滚滚,吉祥如意。民谣就曾说过:"三月三,荠菜花赛牡丹,女人不戴无钱用,女人一戴粮满仓。"回忆里,每当这个节日,外婆总是背着背篓,篓里放着一捆地米菜,头上插着一朵淡白色的地米菜花,淡淡的花香味混合着油菜花的清香,好闻极了。我确信,这是外婆身上独有的味道。

田野里传来一阵阵稚嫩的童谣，"农历三月三，不忘地菜煮鸡蛋。中午吃了腰板好，下午吃了腿不软。"三月三是汉族传统节日，旧称"上巳日"。此时吃地菜煮鸡蛋已经成为民间的传统习俗，尤其是在湖北、湖南一带。至于原因，倒是有许多奇异的传说。外婆的说法是相传三月初三，神农路过楚地，见当地乡民头疼难耐，于是在田野里找来野鸡蛋和地菜，混在一起煮熟。人们吃了以后，头也就不痛了。这种煮蛋的方法便一直流传至今。

地米菜味道鲜美，药用价值高。《诗经》就有"其甘如荠"的赞美。陆游诗吟："残雪初消荠满园，糁羹珍美胜羔豚。"清朝叶调元《汉口竹枝词》曰："三三令节重厨房，口味新调又一桩。地米菜和鸡蛋煮，十分耐饱十分香。"民间也有"三月三，荠菜赛灵丹""春食荠菜赛仙丹"的说法。据《本草纲目》记载："荠菜味甘性平，入心肺肝经，具利尿、明目、和肝、强筋健骨、降压、消炎之功。"可见，地米菜和鸡蛋一起煮可以达到祛风败毒的食疗效果。

外婆拿起一捆卷好的地米菜放入锅里，再放入洗好的十几个鸡蛋，加上几把柴火，煮了不到十几分钟，满屋子就都盈满了地米菜的清香。

"嘎婆，煮么子？好香类！"

"地米菜煮鸡蛋喽！"

外婆拿起锅铲，掀开锅盖，将煮好的鸡蛋、地米菜一一捞到一个容量较大的钢化盆里。氤氲的雾气吹在外婆核桃似的脸上，点点水珠，在灯光下显得格外好看。

"幺儿，来，坐在凳子上去。"外婆手里端起热乎乎的盆，放到我面前的由竹子制成的饭桌上，一边为我剥鸡蛋，一边满面笑容地嘱咐我："多吃点，多吃点。"晶莹剔透的鸡蛋，在外婆的手中颤颤巍巍，散发着诱人的香味。我急不可耐地咬上一口，鸡蛋的嫩与地米菜的清香在我嘴里冲撞着，齿颊留香。散落一地的鸡蛋壳宛如沙滩上一片片纯洁美丽的残缺贝壳，又像纷纷扬扬的雪绒花，让人忍不住多看几眼。一口气我吃了十几个鸡蛋，肚子鼓起来简直像个皮球一般，只能懒洋洋地半躺在椅子上，眼睛眯着，满足地打着嗝儿。外婆就会温馨地用手贴着我肚皮，自上往下轻柔地帮我顺着，以减少我的胀气感，温糯的话语围绕在我的耳廓："还想吃吗？要不要再来一个？"

"再来？再吃一个我就成猪仔仔哩。"我嘴里嘟囔着。

"呵呵，成猪仔仔才福气咯！"外婆的眼睛笑得眯成了一条缝，如弯弯的月牙皎洁而明亮。"可惜，家里买不起青壳鸭蛋，那煮起来才是顶好的。"

我赶忙拍一拍肚子，肚子发出的响声惹得外婆大笑起来。"快，再喝点汤汁，利于祛病，防蛇虫。"

"喝冒得，太撑喽！"我连连摆手拒绝。

外婆却有千百种方法对我软硬兼施，最后我只能缴械投降，将一大碗的鲜美汤汁硬灌进我已撑爆的胃里。往往这个时候我都会双眼哀怨地凝视着外婆被岁月打磨了的脸。外婆却只是咯咯笑着，弯起腰收拾地上的蛋壳，背上的驼峰显得格外醒目，背影却在灯光下被拉得无限绵长。

一样的灯光下，我才幡然醒悟，原来此时的背影是母亲的。母亲的背影是没有驼峰的，那外婆去哪了？

母亲拿起洗好的鸡蛋和着一捆扎好的地米菜一起放进了电饭煲里，喃喃自语道："也不知道你外婆在底下能不能吃到地米菜煮的鸡蛋。"

"外婆喜欢柴火灶煮的。"

"城里人都不用喽！倒是想念乡下的气氛哩！"

地米菜煮鸡蛋的习俗已经渐渐被城市化所遗忘，也许农村里倒还保留着。看到人们对它的遗忘，不禁使我产生了怀旧的思绪，甚至增添了几缕伤怀。真想，有一天我还能坐在椅子上，期待着外婆端来一大盆地米菜煮鸡蛋，听着她逼着我多吃点、多喝点的叽叽喳喳声，我肯定不会再嫌弃外婆的啰唆。但我也深切地知道，许多事只能幻化为回忆的深海。我想念地米菜煮鸡蛋的味道，更想念外婆的味道。

外婆船

刘雪
福建师范大学文学院研究生 2015 级

  杜鹃花开的季节,有一条船静静地躺在玲河上,由一条粗大的绳子牵引着在湖面打着回旋。老人说:"这条船是一位经历了历史沧桑的智者寻求到生命的答案之后,在时光流逝中得到了永恒。"
  两岸的杜鹃花啼血般开放越发衬得船的静穆、深沉。仔细一看,船身上坑坑洼洼的深痕也变得神秘。玲河河面很宽,湖面看似平静却暗藏汹涌。没有人知道在历史洪荒中河里都发生过什么。两岸的祖祖辈辈在守护这条河中学会了与自然和谐相处,而这条船便承载了当地人祖辈们的心愿。
  这条船到外婆这一代还会有少数老人们谈起它的故事,到了母亲这一代谈论的便是轮船的故事,到了我这一代便被遗忘了。年轻人被花花绿绿的世界给迷惑了。他们追求时尚刺激的事物,不再会为一条破旧不堪的老船驻足。外婆对此总是感觉痛心。母亲说,外婆总是会唠叨现在的孩子们思想就像大树忘了根,都不愿意坐那条船了。母亲在我很小的时候经常会给我讲那条船的故事。她说小时候经常跟外婆一起划着老船将渡河的人们从一端送到另一端。外婆是驼背,个子小小的,拿起船桨在船头划桨的时候显得很吃力,很多时候会鼓起一股子倔劲把脸憋得通红通红的。在母亲眼里,外婆和船是同体的、互相需要的。外婆能感受到船的寂寞,而船也能察觉到她的痛苦。童年的外婆一直都跟这条船做朋友,快乐时便划着小船哼着小调从东头到西头接客人。一个客人五分钱,每次收到钱时她会快乐得像百灵鸟似的歌唱。大

相伴

多数时，她都是同伴中最孤独的，不爱说话，害怕别人眼光的逗留。外婆一辈子都在为自己的残疾的身体而感到痛苦，同伴们的嘲笑让她悲愤难过。这条船成为她唯一的听众，她向它吐露自己的心声祈求安慰。船是懂她的，在她悲戚述说时总会安静地陪伴着脆弱的一颗心。

外婆长大嫁人后还是陪着这条破旧的船载着来往的客人，愉悦地向客人讲述这条船的故事。每次陪母亲回娘家的时候，母亲总是会提醒我多向外婆问问老船的故事。我一半的童年都是在外婆的老船上度过的。外婆会带着母亲和我划着老船去收渔网。这是个不轻松的活计，我常常因搞错拉渔网的方向而漏掉了许多的大鱼，看着大鱼溜走别提有多难过了。

也许，有人会说，这只是条破船。我可以坚定的否认，它不是破船，破反而让它有着深厚的历史意蕴。我想说，这是条承载了无数人希望和难过的老船。静静地看着它，会思考到很多人生的感悟。每天都有许多人在船上讲着属于自己的故事，演绎着不同历史时期的悲欢离合。可是，最终它也逃不过命运的安排，即使它已存在几百年。

外婆离开人世还是前不久的事情，令我难以忘怀。外婆走的那个晚上是下暴雨的，电闪雷鸣，人们都已进入梦乡。而那条老船由于接替外婆划船的人没有系紧绳子而在暴雨中脱落，在巨大的漩涡中支离破碎。外婆仿佛感受到它的离开，喃喃自语道："老朋友你也要离开了，我们一起走吧。"

人们再也找不到老船了。老人们难过，中年人想了想没说什么，年轻人已忘记了它的存在。高速公路上汽车飞驰，谁也不知道曾经这里有一条静静地为人们奉献了一生的老船。

忆君清泪如铅水

黄修平
福建师范大学文学院研究生 2016 级

爷爷喜欢喝茶。爷爷泡茶用陶土做的炉子，烧着木炭。炉子上坐着水壶，水壶器型陈旧，天然古朴，有种半粗半雅的幽闲。爷爷每天起床第一件事就是生火烧水，慢烹细煮准备泡茶，乐此不疲。即使后来有各式电器，他还是喜欢用陶土炉子。爷爷有许多样式的茶具，每件茶具都仿佛凝固着一段古雅的旧时光。而我想，爷爷每天烧着木炭，泡着茶，在咕噜咕噜翻滚的水里，在茶水氤氲的雾气里，品味着旧时光。寒灯新茗同煎，爷爷的茶一泡就是一整天，添茶蓄水，总是一副不温不火的样子。爷爷住不惯城里的房子，在半山半水的乡下，自得其乐。小时候，我爱看爷爷喝茶，一丝不苟地烧水，煎茶，分杯。爷爷喝的茶不是茶馆里的精致琐碎，而是像他所用的茶具一样，古朴、自然。爷爷爱喝岩茶，经过发酵后的茶叶，有一股松烟的味道，微苦，醇厚，回甘。爷爷喝的茶，就像是他深邃厚重的岁月，回味无穷。我小的时候爱喝茶，确切地说，我喜欢爷爷特地为我分一杯茶，像对待一个大人一样认真，指定一个茶碗，郑重其事地跟我讲，阿平这是你的杯子。他笑呵呵地看着我一茶碗又一茶碗地喝掉，我有时冒冒失失地被茶水烫到舌头，他会说，慢点慢点，让它凉凉。我骄傲地说，我喝完茶不会睡不着觉，爷爷会表扬我："阿平会喝茶呢"。我为这意外得到爷爷的赏识而感到欢喜。我喜欢爷爷的生活方式，有一种古风的味道。父亲干脆说，爷爷活得就像是一个古人。

眼睛里起了雾，窗外模糊的风景急速朝后奔赴。我的心混乱了一夜，行尸走肉般地搭天亮后最早的一班动车回家奔丧，在车上看到手机屏幕上跳起的短信上写着"节哀"两字，悲伤瞬时汹涌而至。我突然觉得不敢回去，近乡情更怯，我不敢接受我失去了亲爱的爷爷，那么慈祥可爱的老人。我还有许多许多话来不及对他讲，我还想听他再唤我一声"阿平"。可是这一切，仿佛有个声音在我耳边轻轻地告诉我"不能了"。我努力想回忆起爷爷的声音，仿佛他就在身边，可不一会儿我便跌坐在虚空里。

记得我和父亲每次回去看他，趁着父亲在停车，我总是先蹦蹦跳跳到老房子里，找到爷爷，痛痛快快地喊一声"阿公"。每次告别，他会登上十几级台阶，走出院子，送我们出门。院外的树，寒来暑往，自我记事起就一直守候着这里。爸爸每次来都将车停在树下，爷爷每次送我们出来也都送到树下，这棵树就像是一位熟识多年的朋友，敦厚亲切。渐渐地，爷爷年纪大了，仍坚持把我们送到门口。后来，爷爷只能坐在椅子上叮嘱我们好好走，一路平安。最后一次看他，他已经躺在床上，问我，是阿平吗？我说是。我不敢多看他，我不敢接受他即将油尽灯枯的样子，虚弱得让人心疼。在我的心里，爷爷一直都是硬朗的样子，穿着中山装，乐呵呵地笑着。

我多想说，爷爷，你慢点走，我还想再喊你一声"阿公"。听父亲说，爷爷在弥留之际问起我回来了吗，悲伤和遗憾瞬时从我的五脏六腑中泛起。我听说，爷爷临终前还问起最近中美关系怎么样了，他叮嘱侍奉在旁的孩子们要吃饱穿暖，要乐观。我的爷爷，在人生的尽头，仍关心着国家大事。在他即将远行之前，叮嘱他的孩子们要照顾好自己。"要乐观"是他留给这个世界最后的话。

我回到家的当天，是一个月圆之夜。天空格外的清明，月华如水。爷爷，如果您看得见，告诉我，为何今夜洒向人间的是带着泪的月华？

料理丧事的那几天，老家的许多人过来帮忙。房里房外，亲戚关系让我有些茫然。父亲常说的一句话就是"说来话长"，用最简洁明了的话理完氏族谱系，我似懂非懂。然后，我听见父亲叹了一口气，说，那么，这就是百年了。

一百年的南洋经历，一百年繁衍生息，发生在这个以"礁"为名的小乡村里。一百年，沧海桑田；一百年，转瞬之间。我仿佛看见，岁月如染，落英万千，我的爷爷从故事中走来，风度翩翩。父亲总感慨说来话长，可长话短说，可以是一百年，也可以是一盏茶的工夫。我想起《额尔古纳河右岸》，鄂温克族那一百年的历史，讲故事的人说："雨雪看老了我，我也把雨雪给看老了。"而今，讲故事的父亲已经尘满面鬓如霜，我却越发渴求抵达不惑之年。不惑，也许到那个时候，我不再犹疑和困惑，能够平淡地看待世事，能够沉稳地面对人生。可是，没有中间这悲欢离合的许多年，想要平白坐拥岁月恩赐的睿智和淡定，又何尝不是一种天真？或许，我的心在听了这许许多多的故事之后，也伴随着故事里的事，不知不觉苍老了。

爷爷过世之后，留下一大麻袋仔细改刀过的木炭。父亲叮嘱叔叔，那些木炭不要扔掉。我突然有些心酸，父亲想把木炭留下来当个念想，木炭还在，炉子还在，鹅毛扇也还挂在墙上，却再也不见爷爷气定神闲地煎茶了，炉子不再温热，茶也凉了。让那些木炭留下来吧，木炭在，仿佛爷爷也还在。

今晚，月半缺。夜空中有颗最亮的星，我有种预感，那是爷爷。我仰着头望着墨夜中那颗最亮的星，直至双眼模糊。轻轻的夜晚的风，掠过我额间的发，仿佛那是爷爷温柔的爱怜。

爷爷的坟前是一片小小的树林，遮盖在坟上的是摇曳的荫。也许是翩然而至的落叶，也许是山间的清风明月，也许是我一想起他就会湿润的眼睛，也许是它们都指引我，望向爷爷化身的那颗星。

随想

彭书帆
福建师范大学文学院本科 2016 级

英国登山家马洛里在登珠峰前，记者问他："你为什么要登山？"他回答："因为山在那里。"其后，在他第三次尝试登峰时，同行的人亲眼看见他消失在 8100 米以上的地方，只留下一个"他是不是第一个登上珠峰的人"的千古之谜。

马洛里的这句话广为流传，有人说这句简单的话，表达了一种非常功利主义的态度；有人从中体会到一种山在无言召唤的情怀；有人把"山在那里"看成一种挑战，人去应战；还有人认为这也许是马洛里永远留在珠峰的原因……

"因为山在那里"预设了山的存在，而且马洛里这句话中的山不是泛泛之山，这句话实际是说："世界最高山峰已经在那里了。"否则他也不会千里迢迢来到西藏。他不仅预设了山的存在，还预设了珠穆朗玛峰是世界第一高峰的存在。这是马洛里留在了珠峰的原因。

现象学家认为：当你看到珠峰的时候，你应该只看"你的看"当时场所提供的东西。如果你看到的不是一个山峰，而是"世界最高峰"，你的看就夹带了私货，冒名顶替者代替了珠峰，这是应该排除掉的东西。马洛里看到的珠峰是世界最高峰，他要实现登上世界最高峰的愿望，所以他永远地留在了珠峰上。

最开始，我以为现象学家欲借用马洛里的例子告诫世人：无论是看人，还是看世间事物，都应该抛弃其繁华的外在标签，看到其在我们面前真正展示的本质。就如同珠峰，就应该欣赏它作为一座雪峰真正的美；如同与王思聪交往就应该摒弃他"王健林儿子""某某董事长""伦敦大学毕业生"等等格式标签，了解他在与人交往过程中的本质性格，看透这个人本身的辛酸苦辣。

很好，到此为止都是鸡汤。

我并不认为这种观点不正确，而是觉得它有些不切实际。就拿珠峰来说，当你站在加乌拉山口时，五座8000米以上的雪峰尽收眼底，可为什么只有珠峰广为人知？不正是因为它"世界第一高峰"的名号吗？埃菲尔铁塔为什么成为巴黎的地标？它不就是一座铁塔吗？紫禁城为什么吸引了数以亿计的中外游客？从直观上看它与仿造的南海影视城有多大的区别？甚至王思聪本人，除去那些光鲜的名片，即使他人品再好，甚至因为见义勇为牺牲了，知名度也要看他挽救了多少人，这样的人又凭什么让那么多的人趋之若鹜？在当今这个信息高速传播的社会，人们想要认识一个离自己生活的范围比较远的人、事、物时，就需要一个标签作为第一印象的切入点，这样一个新的事物才能在人有限的大脑里找到自己的位置。

所以，现如今，我想这个故事并不是简单地告诉我们"去标签化"的重要性，这个故事应该是关于三个过程的。当人们接触到第一个标签之后，就会对那个新事物产生一种相对固化的思维，这是第一个过程。然后，因为信息量有限而对这种新事物产生一种执念，这种执念将驱使人们更加接近这个新事物，直到见到本尊。当第一次真正接触到这个新事物时，已存在的思维与你当时的感受及思考相碰撞，形成一个自己的认识，这是第二个过程。最后，在可长可短的一定时间内，自己所形成的自己的认识将覆盖那个因标签而产生的固化思维，进行对比，最终作出一个自己认为值得的选择，这就是第三个过程。我想，马洛里在当时只花了极短的时间便完成了这个过程，只是他选择了继续前行罢了，不是因为标签，而是因为他自己。

那一方芦苇

蔡佳鑫
福建师范大学文学院本科 2016 级

年少的时光恍如一个水晶玻璃球，通透无瑕、澄净、纯粹，又或许是空白、单调，好在有伟的陪伴，寂寥的光景不至于化成单薄的白纸，被抛弃于记忆的角落。每当我去追溯，最初的记忆便是一方芦苇，以及那浅浅的鹅黄色般的童年。

风铃渡，儿时喜欢唤的名字，只因那个渡口的苇，如同串串摇曳的风铃，风姿绰约。十五年的距离，不同于可以感知的十五里，从懵懂的印象到愉快的经历再到沉淀为记忆中的情愫，若即若离，而今再想重新亲近，却不免遭遇时间的隔膜。

那年我五岁，对山村里的孩童来说，崇山峻岭如同一张网，笼住对外的悸动与渴望，在那个车马很慢，没有被电子产品支配的时代，孤独寂寞感如同附骨之疽，蚕食着生活残存的兴味，却又难以抑制。倘若没有伟的存在，难以想象童年的黯淡或苍白。

风铃渡口，也许是童年时去过的最远的地方，和伟。他是家长们眼中不折不扣的顽童，却阴差阳错地成为我儿时最好的玩伴。偶然的机会，我从他不经意的话语中得知，厄运落到他身上，孱弱的他因不治的怪病，可能不久于世。我也将这份失落和伤感深藏，并用平静压抑情感，仿佛若无其事的表象可以战胜事实。

去风铃渡的那天就是怀着这种波澜不惊的平静。初春时节，雨后氤氲着潮湿温润的空气，路旁的野艾散发着青涩的气息，两人的木屐轻扣青石的地板，滴答滴答，仿佛檐雨滴落。没有去过风铃渡的我，在莫名的遐想与期待中，在伟的引路下，离那个想象中的地方越来越近。

渡口到了。一方芦苇，辽远而苍凉，在微风中光影浮动，泛着涟漪。河畔很长，长到无法用步伐来衡量，而我们却有着不可言喻的闲情，沿着不觉漫长的河畔漫步，仿佛在百无聊赖中，这样的消遣也不算对时间的辜负。苇草鹅黄的色调，浅浅的，确为阴雨霏霏中不可多得的暖色，尽管也因微渺而显单薄。偶将手探入水中，想要撷取一株苇草，却惊觉它的柔中之韧。冰霜始解的河水，澄净通透，不禁诱惑轻抚，总会被始料未及的寒冽扎到，带来一阵渗入肌肤的麻，似乎那是水中苇草不容侵犯的威严。

芦苇塘的广袤，在我的凝望中不断蔓延开，却愈加唤起我的悸动。"谁谓河广，一苇航之"，先人的智慧在生命的瞬间竟神秘地契合，尽管这只是出于感性认知，而将从爷爷那拾得的话语自然迸发。伟还欢快告诉我，听说在苇草一方，还有着一个你愿等待的人。这更在我懵懂的心中埋下了好奇，水中那若隐若现的小洲，成为我后来梦中到访之地。临别时，伟明白我的心思，用力扯断一株芦苇，递给我，然而当我看到柔韧的躯体被摧断，苇草的絮飘散零落，更添几道疮痍，又似乎重温了一次冰凉，只不过这次是我的心。

时光就在日夜的抽丝剥茧中一点点流失，后来，我离开山村到了曾经梦寐以求的繁华都市，而童年的芦苇塘之旅，却成为我久久的遗梦，伴随着天真烂漫的呓语。甚至，它已经在时间的洗练中沉淀为一种莫名的情愫，只不过它属于过去。

第二次重回曾经的风铃渡，渡口依旧，苇草依旧，只是伟已不在。但听说那之后伟坚强地活了两年，超出了半年的预期，惊诧后也有几分释然与宽慰。

第三次重回，渡口已成回忆，芦苇塘被成片的渔场滩涂蛮横地占据，徒留遗憾的苍白……

也许，我们总是被芦苇柔弱的掩饰所欺骗，殊不知卸去伪装，它却有着不可思议的坚韧，宁弯不折，一如不幸而坚强的伟，一如我们的情谊，藕断丝连的回忆。苇草生于贫瘠的土壤，守着一方澄明的河塘，以水为根，那是如今身在都市喧嚣中感悟不到的纯粹。风起，芦花漫天，想要极力拼凑的童

103

相伴

年梦，此刻已零落成殇，成为难抚平的疮痍。

"蒹葭苍苍，白露为霜。所谓伊人，在水一方。溯洄从之，道阻且长。溯游从之，宛在水中央。"旷古之音回响耳畔，心绪荡漾。也许，伊人也可以是一份情愫，若即若离，不可捉摸，纵然渡口还在，却始终不如最初。

什么不一样

罗宗文
福建师范大学文学院本科 2015 级

半旧的黄皮老楼和七拐八弯走不到头的坡道，和着将近 40 ℃气浪铆着劲往我的脑袋里钻，眼前忽然乍开了一道灵光——这四年怕是完蛋了。

这个学校，着实让人喜欢不起来。

太阳一天比一天毒辣，别处的盛夏可能也及不上这儿秋老虎的尾巴。书包肩带下湿了的衬衫紧紧黏着后背，很是邋遢，但和周围湿了整个后背的同学走在一处，又稍和谐了些。

舍友不耐烦地挠了挠挂着汗珠的脖颈，加快了脚步。"快些，慢了抢不着风扇下的座位，热不死你。"他甚至懒得回头看看身边是否有人，活像个自言自语的傻瓜。

没有人应，四围的人却都加快了脚步。

这地方热，是真的很热。热到思绪无论如何都集中不到课本上，热到大名鼎鼎的教授语无伦次。这还仅仅是热。

"书华，小心！"舍友突然炸起的猛劲儿在我的肢体神经上拉起了闸，却没能带我躲过飞来横祸。

一道突如其来的力量硬生生被我的后背扛了下来，生疼。

"对……对……对不起。"颤颤的声音自身后响起，没什么力量，带些嘶哑，和方才那蛮横的力道完全不是一个世界的。

是个佝偻的奶奶，不对，是老爷爷，太久没修剪过的白发蓬松着贴在脑后，面容被岁月风霜磨砺得难辨雄雌。瘦小的身躯，挑着根扁担，两头是蓝色的大桶，是刚从宿舍楼下挑出的垃圾桶，足有半人多高，堆满了垃圾。老人不比垃圾桶高多少，大桶却比老人宽了不少。

揉了揉还有些痛的后背，也不想在这大热天搞出些事情，便摆了摆手。"大爷，我没事，你小心点啊！"径直和舍友走向了食堂。

食堂也就只有那么几家，每家也就那么几个菜，每天换着些吃，骗骗自个儿生活丰富，倒也还凑合。

整日穿着通红制服的阿婶一手舞着勺，一手端着盘，游离于荤素红白间，表演着引以为傲的艺术，唱着重复于耳烂熟于心的歌词。"吃什么？"

只是今天在正曲前加了个调，"小伙子，又来喽？"

"是啊，阿姨。"还是模式般的应答，却不自觉多了些人情的味道。

"今天吃些什么嘞？"满脸的喜悦和期待，是想要观众细细欣赏的迫切。

"我要这个鸡，还有……白菜……豆腐！对，豆腐！谢谢阿姨。"

"就你嘴甜。"阿婶脸上的柿子熟透了，落地了，裂开了，绽放了。

吧唧着嘴搅拌着最后一坨白切鸡，腐乳油浸得很透，有些红黄色的光，晶莹剔透。

"我发现食堂大婶好像都很喜欢你。"舍友跟前的餐盘早就见了底，杵着下巴望着我盘里的残羹剩饭，若有所思。

"你的菜永远比我多，肉比我多，鸡肉骨头都比我少。"舍友眼睛里似乎透出了一些不满，还是不平。

"哪有？！你就是心理作用，别人的总比自己的好。"除了宽慰一下对方，真的不知道还能做什么，总不能指着阿婶说"你下次少给我盛点菜吧"。

毕竟自己盘里的菜食确实比别人的多些。

食堂的餐盘不用自带自洗，这也许是唯一能让我感到些许人性化的安排了。

另一个阿婶也是遍体通红，围着个围裙，提着个大桶，脚下生风般赶到我们面前，嗖地一下撤去一副餐盘，看了我们一眼，再准备收去第二个，我便把跟前那盘子、筷子一股脑地递了过去，"阿姨，给您。"

阿婶愣了愣，收过餐盘，笑了，笑得意味深长。

天气还是那么湿热，日子也是那么无趣。

也许是某些领导厌了这平淡日子，怂恿了些同学在墙上挂了些"清洁卫生的叔叔阿姨，你们辛苦了！"的标语，打印的白纸黑字，却总觉得少了些感情。有空闲去挂个标语，怎不去帮人倒腾几次垃圾？别人不做，我来做罢。

　　心中燃起的小火焰驱动着四肢，我来到垃圾桶前的一瞬间，后悔了，真真正正没有一丝虚假的后悔。

　　脏、臭，各色汁液在高温下发酵后混合的成品的味道弥漫在方圆几米的每一条缝隙。

　　"小伙子，麻烦让一下。"身后的人小心翼翼地避开了我，佝偻着背，扛着一条空荡荡的扁担，走向那座污秽的崎峰。是上次撞到我的清洁工，不知道为什么，老人的影子在我记忆里竟刻得如此深，再次见到便能立马记起，不可思议。

　　"爷爷，需要帮忙吗？"我踌躇了一会儿，终于把这句话问出了口。

　　问一个人"需要……"时，其实是希望对方拒绝的，否则不会问对方是否需要，而是说"我来帮你"。

　　我的潜意识懂得这个道理，老人也懂。

　　"小伙子你来读书的，不是来干这活的，干不来的。"老人摆了摆手，言语和上次不太一样，有些柔软，多些爽朗。末了，老人还加上了一句，"别在这杵着了，快去读书吧。"

　　"……哦……"仓皇得想让老人逃出自己的视野。

　　下课回来，又遇上了老人，老旧的布料被磨得精亮，似纸样褶皱的白色短袖已经通透，紧贴在老人背上，胸前的衣服自然而然地垂着，像无力惨白的手。

　　"小伙子，多读书好！"与课堂上所学的语法完全相悖，却又蕴含着些什么。

　　"嗯嗯，会的。"顺手想把快要化了的费列罗巧克力扔进垃圾桶里。

　　"那是什么？"老人问得战战兢兢。

　　"巧克力，快化了，吃不了了。"

　　"那……那……你能把它给我吗？"老人黝黑的脸上竟然有些红。

　　早课是最讨厌的东西之一。

急急忙忙冲下楼来，想要朝着教室奔去。

楼口的佝偻身影挡在了前面，是做清洁的爷爷。

老人在衣服上擦了擦有些发黑的手，伸进口袋里，掏了个东西出来，说："诺，这给你。我老伴很稀罕你那什么力。"

不明所以地受宠若惊，像是什么不得了的事。我本能地伸出手去接过了老人手里的东西，几颗指甲壳大小的色彩缤纷的糖，像是儿时吃过的"小酸酸"，只是我很久未曾见过此物重出江湖了。

"别嫌弃。"老人的神情有些害羞，一副小学时和自己喜欢的女孩告白的模样。

"谢谢。"我拿过糖，道了声谢，便急匆匆地跑走了。

不嫌弃，那是假的。

糖纸揭开，我把糖放到口里，一如既往的酸，糖纸上还粘着些化了的糖浆。

这学校还是不怎么讨人喜欢，只是有些东西变得不太一样。

绛紫的三角梅

李润霖
福建师范大学文学院本科 2016 级

外马路恩典堂的钟声不疾不徐地扣了六下，这座城市从梦中缓缓苏醒过来，带着睡意蒙眬的惺忪。此时，天边已微微泛光，西堤码头的街灯却还亮着。昏暗的灯光下，喧闹声渐渐升起，大大小小的货船离岸、靠岸，老老少少的工人装货、卸货，新新旧旧的平板车一去一返……

待渔舟舷木上悬挂的油灯、船工指间将熄未熄的烟蒂以及船政人员手中晃晃悠悠的手电筒发出的光都渐渐黯淡下去，天就彻底放亮了。

于是连接西堤码头和市区的"四永一升平，四安一镇邦"也随之热闹起来。升平路横街西天巷飘来阵阵蚝烙的香味，侧耳倾听还能听见香油"滋滋"和锅铲"锵锵"的交响乐。人们陆陆续续地走出骑楼居民区，从吉安街出发，奔往各自的目的地。镇邦路上多是身着校服的学生们，他们一路嬉笑玩闹，熙熙攘攘地朝镇邦小学涌去。顶着三七分发型的公务员骑着除了铃不响哪儿都响的二十八寸老式自行车走街串巷，将"哐当哐当"的声响碾碎夯实在永平街的马路上。随着南生贸易公司的大门"吱呀"一声打开，"砰"的一声摁到墙上的声音，永安街开始了新一天的繁忙。怡安街北边百货大楼前面的空地上几位老爷爷把小木凳一放，象棋盘一摆，开局对弈；棉安街南边小公园亭里坐了一排老奶奶，她们一手拎着刚从市场买的菜，一手摇着磨破绳边的旧蒲扇，嘴里嚼着永远嚼不烂的菜价行情和东家长西家短。飘香小食店的犬吠声一如往常地响起，一如往常地传遍了永泰街的街头巷尾……

对于这座刚刚发展起来的边陲小城来说，每一天都是崭新的，又仿佛都是昨日重现。唯一能让人感知时光流逝的，除了日历本上不断变化的日期之外，只有越来越鼓的腰包。改革开放的春风吹绿了中华大地，也吹进了这座被贴上经济特区标签的沿海城市。骑楼三楼窗台上的三角梅开了又谢，谢了再开，小城的居民们生活条件日渐优渥起来。象征着家境优越的"三大件"从"上海"牌手表、"飞人"牌缝纫机、"永久"牌自行车，到彩电、冰箱、洗衣机，再到今天的房子、车子、票子，骑楼也终于人去楼空。兼具西方欧陆建筑风格与东方江南建筑特色的骑楼，褪去了市中心地标性建筑的光环，洗尽铅华，破败不堪，绛紫的三角梅成了这片地区最后的颜色。

以上是我未曾亲眼看见过的小城风光，是我未曾亲身经历过的旧日时光，但是每当我站在这片稍显荒凉的土地上，我总能听到有个声音，慢声细语地将这座城市成长过程中消逝的别样年华描绘给我听，似耳语，亦似梦呓……声音的主人，或许是小公园亭两侧的石狮，或许是南生贸易公司的生锈的大门，亦或许是骑楼墙体的裂缝里长出的一小株榕树……

随着时代的发展，这座城市的主要产业不再是海运与通商贸易，市中心逐步向远海地带西移。昔日作为海运枢纽的西堤码头成了观光景点，昔日繁华兴盛的骑楼与小公园一带也成了人们口中的"老市区"，前者退出历史的舞台，后者淡出人们的视野，然后一齐在地方史上留下不轻不重的一笔，一齐悄悄老去。

我执着地喜欢那片土地，即使它至今没有参与过我的任何生活体验，但是我就是喜欢得不得了，这大概是根深蒂固的执念。我没机会见证它的辉煌，但我至少能欣赏它的没落。它像是一个时代符号，浓缩了二十世纪七八十年代这座城市的成长历程，代表了这座城市发展之初的模样。透过它，我能窥见过去。

沧海桑田，斗转星移，现在的新市区，也会成为日后人们终将忘却的"老市区"，岁月如滔滔江水裹挟着一切奔腾向前，新叶替了旧叶，新雪覆了旧雪，所有的"新"都有成为"旧"的一天。或许，我们在追求"新"的同时，也该偶尔回头望望来时的路，望望那些被我们远远甩在身后的"旧"，正是因为它们的存在，才有现在我们眼前的"新"。

但愿，一抬眸，我还能望见绛紫的三角梅在骑楼三楼的窗台妖娆绽放。

此情不惯红芳举

陈斯婕
福建师范大学文学院本科 2015 级

栀子有香，合欢舒忿，萱草忘忧。
绿叶成荫，古时相传饯送花神退位。
初候螳螂生，二候鵙始鸣，三候反舌无声。

——《节气手帖·芒种》

我常常想，栀子的花神如果仍停留在人间，想必是个四肢苗条匀称，淘气又倔强的姑娘，这才衬得起它弹性十足的白色裙摆和掸都掸不开的香气。她先是恹恹地将讨厌的红裙丢一边去，再大笑着扬一扬身上裙摆，洒下的浓烈香气，满世界叮当乱响，丝毫没有深闺女子的含蓄和羞怯，于是古时为些许文雅人不取，以为品格不高。好在汪曾祺老先生很是不平地挡在撅着嘴的她身前，"去你妈的，我就是要这样香，香得痛痛快快，你们他妈的管得着吗！"

好在大自然未算计过什么，从来对我们倾其所有，慷慨给予。是以我们从来不乏好听的花名：忍冬、连翘、木蝴蝶；辛夷、曲莲、雪里青。栀子二字，卷舌，放平，最后一个音节随着舌尖淡淡送出，简洁干净，花开如玉子如金。栀由卮而来，卮本是古代盛酒的器皿，也用来形容栀子的黄色果实，即古时人们用于提取"栀黄"这种橙红染料的原材料。唐朝的《四川志》中描写种植栀子的地方已是："家至万株，望如积雪，香闻十里。"大概正是应了这陈年佳酿般的酒中名，这以后的栀子香得奔放，香得浓烈，香到将这杯中的豪气一饮而尽。

　　栀子绽在温风轻至的芒种，花苞却结在郁郁冰霜的隆冬。幼时的我也没有料到和她的初遇，竟是她的一场惨烈的夭折之戏。年幼时，好友家里的栀子一直奄奄，便说要赠一株让我养养看，我爱花，自然满心欢喜地接下，细细照料。眼见她初到时的枯黄到不断抽芽吐芯，甚至结出了两个嫩绿的苞芽，小小的我便开心地日日静候属于我的第一朵花绽放。一日霜晨，烈风在窗外怪叫肆虐，我裹紧了围巾吃早饭，却不由担心起阳台的那株栀子花的娇嫩。于是扯着嗓子叫母亲将它们从架子上搬下来，母亲应了一声。向我摊手，却将已然折断的两个花苞递给我，问我："你为什么叫我把栀子掰下来？这不是还没开花吗？"然而……我的耳中已经听不见这次因传话而产生的误会，夭折的青绿色的花苞炸进我的眼中，又仿佛一盘未炒熟的涩苦的青豌豆炸开在我的心窝，逼出年幼的我噼里啪啦流淌不尽的眼泪。

　　这以后母亲哄了我很久，并许诺再买一株开满花的栀子送我，我却失去了力气，仿佛永远等不到她们的怒放，再也不愿意看墙角的新来客一眼。离家后，我再没有见过栀子。

　　然而，几年后，我在公交车上再见到栀子，是一次偶遇。大概还是被新鲜摘下的，也不知用途是什么，被装在一位阿姨破旧的袋中，一大束，紧紧缩在一处，微绿的萼瓣都在瑟瑟发抖。我不禁多看了两眼，在车上的阿姨便迫切地想要向我推销她的花朵，那朵朵明月一样发亮的白花拥拥挤挤地弃在她脚边灰色的麻袋里，耿直了脖子，一声也不吭，我突然竟不忍心再多看一眼。更是不承想，在我上课途经路上，有一株避也避不开的栀子花树，如今到了她开花的时节，她便毫不吝啬，香阵透长安。

　　古人说，栀子是"同心花"。我听闻过栀子其余古怪的别名，林兰、越桃，或是鲜支寻，却不知晓这个名字的来历。想来也许是栀子的花形缠缠绵绵，寓意着结子同心，所以才有了"与我同心栀子，报君百结丁香"这般诗句，古时含蓄的少女们，心心念念将一腔柔情寄在这言笑晏晏的花朵上，希望与自己的心上人长长久久，桃根桃叶，一树芳香接。

　　我相信。栀子果然是同心花。多年后，她好像读懂了我幼时无法名状的难过，读懂了我心底那一片朦胧的寂寥。在芒种的初夏里，在微醺的暖风里，她大片大片地开在我每天都能走过的灰黄色的砖墙下，开在馥郁的青草边，它开得那样盛大又烂漫，像是要把之前欠我的统统还给我一样。然而我是知晓的，这株花树再高大，也总比不上小花盆里那一株，它终究不是我的那一棵罢。可是狠狠心摆过头去，她又调皮地萦绕在鼻尖、脸颊，凉凉的小手抚摸着我，笑着："没事的啊，我早就不生气了。"

　　宁愿相信，有一个地方，是一个华美的记忆世界，那里流萤点灯，山川河流，天地有大美而有情。对花朵，没有人敢持有一种占有的心态。栀子于是轰轰烈烈地开到天地愈渐暖热，一直开到明月一轮亭亭挂在天上，而水声依旧喧哗，掩饰一个伤心人的哭泣。

黄昏

许恬恬
福建师范大学文学院本科 2016 级

少女说，黄昏是回忆的尘埃构成的幻境，痴迷的人最容易陷进去。

少女还说，在黄昏里，夕阳最美，像极了母亲年轻时美丽的容颜。

当母亲撑着下巴，迷离地看着夕阳圆润的柔和时，少女发现了，夕阳燃烧着湖底的倒影。晚风凛凛，夕阳的影皱了一池，像极了母亲额间抚不去的细纹。

母亲，母亲，您可别陷进去了。少女默默祈祷着。

少女轻轻地拽着母亲的衣角，母亲不理会。于是少女赌气地坐在母亲的身旁，学着她的模样，撑着下巴。她刻意地错过了夕阳，眼睑底下的波光流连在天际静止不动的火烧云。云儿一片卷着一片儿，也许像是橘子味的棉花糖，也许像是少女脸上涂抹不均的腮红。

少女突然想起了很久很久以前，看过一模一样的火烧云，同样的位置，同样的卷弧。那时的黄昏总是流露着慵懒的气息。夕阳的余晖恣意地洒在古厝的瓦梁上，伏在瓦上瞌睡了一天的猫懒洋洋地舒展身子，慢悠悠地摇晃尾巴，隐匿在窄窄的巷子里。那时的路还是黄昏的颜色，而不是冷硬的水泥糊成。

各家的房子总是挨得很近很近，各家的母亲总是默契地同时出门，见着了相视一笑，相互寒暄，结伴出行，在路上细数着自家的柴米油盐。来到熙熙攘攘的集市，新鲜的蔬果和鱼肉静静地躺在各家的店里，等待她们的青睐。她们与老板娘相互熟识，于是一边唠着家常，一边挑选心仪的食材。她们回到家里，做起了家常菜和香喷喷的米饭，等待着丈夫和孩子回家。

当时的少女不是少女，是个女娃娃，身高够不到母亲的肚脐眼。放学时，她经常与同村的小朋友一起回家，踏着满地霞光。在那时还不是少女的少女眼里，世界太小，家是天涯，学校是海角。家中煮食的炊烟蔓延到学校，在黄昏下熠熠发光，宛如看不见的细线，把少女的心和一粒不起眼的小米粒胡乱地牵扯到一起。

米粒啊，对了，现在该是晚饭的时间了吧。少女恍然回过神来，该催催母亲去做饭了。

少女拽了拽母亲的衣角，又拽了拽母亲的衣角。

其实，少女什么也没拽到，她的手中空握着七分虚幻，三分回忆。

少女可能忘了，也许是真的忘了。在那一天的黄昏，一模一样的火烧云，同样的位置，同样的卷弧，这个世界拽走了母亲的衣角。

少女揉了揉撑酸的手腕，起身拍了拍身上的尘土，转头离去，未曾回眸望一眼被她抛弃的黄昏。随着少女走进家门，把门闩上，黄昏咽下了最后一口叹息，徒留余音在人间游荡。

黑夜开始肆无忌惮地霸占天空，挤得黄昏了无痕迹。

少女陷进去的心也没了痕迹。

暮春的花

陈月扬
福建师范大学文学院本科 2016 级

又是一年清明时，又近一年暮春季……

在江南农村长大的姑娘，谁不痴迷于暮春里的那一片黄呢？

我的小时候，调皮烂漫的时候，是在农村的爷爷奶奶家度过的，那段日子不长不短、不快不慢，却是我心头永远都放不下的珍贵回忆，而我最怀念的不是那段日子里果蔬缤纷的盛夏，而是所有温暖浪漫的暮春。

长江中下游的春天是要经历一场倒春寒的，惊蛰的雷声隆隆一响，便会连下几日淅淅沥沥的春雨，春寒料峭冷暖反差大，在奶奶的叮嘱下我依旧脱不了冬日里厚重的衣服。而到了暮春时候，阳光照暖了四月天，柳絮随着柔风飞，脱下了厚重的外套的我也像是拥抱了自由。田野里的那些油菜花儿也像约好了似的睡醒了，自由自在地开着，成片成片地醉人……

是啊，江南的油菜花儿是醉人的，是一种能让人联想起暮春四月天里的线索，更是一种能让我回到童年记忆的线索。

沿着奶奶家的石子路向西走啊，便来到了被田野包围的大路，大路很宽，但在辽阔的田野间却显得小了起来。大大小小的田野里面，簇拥着数不尽的油菜花儿，油菜花儿笔直地站着，霏霏的细雨冲洗了她们的困意，她们便不约而同地醒了，着上黄色的舞裙在田野这个无尽的大舞台上灵活地舞动着，袅娜的舞姿不仅吸引了蜜蜂，还招来了成群的蝴蝶。一阵阵微风吹过，带来了春天里的芳香，也撩动了这群仙子的裙，霎时间蝶蜂齐舞，甚是美丽。

每当油菜花儿成片成片地开着时，这条大路就成了我们孩子的天地了。我们或坐在地上静静观赏这群仙子舞动，同风儿一起欢笑；或脱下外套去扑灵活的蝴蝶，然后去比谁扑蝴蝶最厉害，谁捉的黄蝴蝶最多；或走到田埂上到处奔跑，像鱼儿在金色的海洋里自由徜徉；抑或带上五颜六色的风筝来到田野间，同蝶蜂一起为油菜花儿伴舞。

或许正是因为有了这一片黄，我的暮春才如此美好，才不曾有"惜春春去，几点催花雨"的悲春情结。而我恋油菜花，不单单是因为她的可爱美丽，也许在旁人眼里她并不美丽，认为她只是一株普通的农作物罢了。是的，她的确没有牡丹的高贵，没有玫瑰的妖艳，没有茉莉的优雅，但她却有不凡的价值。奶奶曾说过，油菜花不同于其他华而不实的花儿，每朵花凋谢之后结成的小籽粒是可以用来榨油的。我见过由油菜花结成的小籽粒，黑黝黝的如同孩子天真可爱的瞳孔，也吃过由菜籽油做出来香喷喷的饭菜，所以即使我们见过最美的油菜花也从不忍将她摘下，只是习惯成群地在她身边玩耍。

如今暮春将至，而我却在异乡看不一样的春光，不一样的风景。窗外绿树葱葱，风儿在远处呼啸，但在我这里只有平静的呼吸与心跳，以及不尽的回忆……

多想回到小时候的暮春，有花有虫有玩伴。

我亦飘零久，终归宿

张晓莹
福建师范大学文学院本科 2016 级

在我过去的生活里，搬过很多次家——我传统的骨子里认为那确实是多了，我还想到目前的安定并非是终止，只不过是短暂停歇，如小舟飘荡在大江大河之中，偶尔靠岸停泊，之后又将继续旅程。但根不会变，旅人永远不会忘记自己的出发地。

七岁之前，我住在爷爷自盖的农村小楼。七岁之后，爸爸在老房子不远处新建一栋三层的现代楼房，但这并未久住。在六年后，为了照顾我读县城中学，举家迁往县城，那时租的是某机关的筒子楼。而现如今，家已落在某高级小区里。漫漫人生路，不过二十载，算起大的搬家倒有两次，小的也有三次。然而，我是无比幸运的，每一次家的经历带给我的不仅是记忆，还有一份言不明的情。

去年下半年，爷爷盖的小楼，开始动土修整了。这个小小的房子，与大多数传统房子有相似之处，它们都有一个方方正正的天井。小时候住在这里的我，滚在青石上看高远的天，不知为何天井能够容纳如此广阔的天。而现在，几步便可跨过的天井，倒显得狭促。顺着台阶，缓步而上，到达二楼，这一层只有四间房间，也是方方正正的分布在大厅的两边。站在厅堂里，外面是一圈青黑色的天台，遥望远处草木茂盛的大耕山。

任阳光洒在天台上，洒在又黑又脆的瓦片上，洒在飞檐上，洒在这座老屋上。它开始被修整，虽然爷爷已经不在，但每一位在这里住过的长辈和小孩，都忘不了它，虽各奔东西，但都一同怀念那时候欢聚一堂的安慰。我想，他们也忘不了天台的草莓，忘不了咕咕直叫，还一去不回的飞鸽，忘不了屋檐下春燕的叽喳和那木板上经久不去的白色痕迹。

小楼的瓦片换了新的，小楼的土墙重新涂上修护色，小楼的天台增了间有玻璃落地窗的书房，小楼在改变，在颓败中欣欣向荣。我期待小楼，期待花枝春满，期待雁字回时，月满西楼。

爸爸的那一栋三层半的楼房，早在几年前成为姑姑一家的住所。在我们离家去别处生活时，奶奶留在这里，那时起老人也有一大群伴儿了，老人家不至于孤单是最重要的。孩童时期最深的记忆在这里，那餐厅里历久弥新的木条凳儿越发坚固，我能窥见有顽皮小孩在上面耍赖；还有书房的那张书桌，总有一个小孩放学后趴在那儿写作业。这里的每一个角落，都存在过一个瘦小孩子的身影，她总不停歇地窜来窜去，犹如小猴子一样顽皮。

每次回老家，回的是爸爸盖的房子的老家，它至少是兴盛的，在人气方面。十年过去，也应该物是人非了吧？这一隅小镇开始规范化，美丽乡村的建设发展使它的美得到有序的保障和展现。它有了美的变化。邻里邻居，最熟悉的是对门的一对老爷爷老太太，时光荏苒，他们还在，每每看到他们，还是如此健烁，虽银发耀眼，但精神气十足。周遭的邻居还是一样的热情、一样的自来熟，碰见谁都要关照地聊两句。这时候我看它，又好像是静止了的。

我在这片土地上撒的野、发的疯全被记录在时光长河之中，它未曾消失也不会消失，以深刻隽永的方式保存着它独有的魅力。

那一栋坐落在某机关单位的筒子楼，历经四十年风雨已是白灰落落，墙体都不甚完整。里面的构造甚至不堪一击。三年初中生活都在这里，它见证过我青春期的悸动，见证过我成绩好时的雀跃和成绩下降时的失落。它还招待过我的很多同学朋友，特殊那一例是在期中考的前一晚。那是我新认识不久的朋友，她长相漂亮，但她的爸爸都不管她，她告诉我家里的小弟弟惹人恼，无法学习，想来我们家。我很热情的希望她来，在征求妈妈同意后她来我们家了。一颗期待共同奋斗、共同学习的心，在我的好朋友无数次掏手机中被打破。没有充足准备地上战场要么死得很惨，要么功成名就。而一般属于前者的我，这一次破天荒成就了后者。这在我，是相当难忘的经历。一直奉守耕耘与收获论的我，头一次体会到运气是如此无常。那时候，我也希望无常的运气能赐我一段十六岁花季少女的甜腻初恋，能有一次十七岁雨季断气回肠的失恋。可是，这座筒子楼除了承载我甜的冒泡的白日梦，也承载着楼下邻居的家里家常。吃过一楼阿姨的饭，喝过二楼叔叔的茶，还抱过隔壁幢奶奶家的孙子……令人安慰的是，即使如今我们已搬离那摇摇欲坠的筒子楼，那时候的邻居们到现在都与我们保持着密切联系，那里的小伙伴和我至今还是好朋友。家，一直在变化，可是交际圈却在减小，以家为圆心的圆也慢慢缩到一百来平方米大小了。如果此时从高空俯视，如果此时有特效，那么小区里的每一户都是一个小小的圆，圆和圆间并未有太多交集，甚至是没有交集。

现在的家，对门是一对年轻的夫妻，一个刚会牙牙学语的小孩子，见到我们家的热闹总是会吵闹着要过来玩，却被爷爷再三阻止，妈妈的盛情邀请都无法动摇他们的坚守。也不知坚守着的为何物。

主持修葺老房子的大伯，也是随着年纪的增长越来越喜欢有味道的农村老屋了，那一片天台任他种植打扮，周围的荒地任他开垦。家，我想不只是身体的归宿，还是灵魂的栖息地，是心的最终停泊点。此时，我选择回归。心向自然归，又归于寂，归于尘，归于土，归于安。

一隅雨榕城

冯子航
福建师范大学文学院本科 2015 级

风雨欲来。

别那么着急打开伞，把自己在伞里躲躲藏藏。

错过了这难得的景致。

且驻足，静看这雨纷纷。

风雨榕城，你何不择一隅观之？

——题记

细雨飘摇·孩提

榕城初停的那一场小雨，就像是一个小宝宝。

刚刚出声，就吱吱呀呀地说个不停，要把所有会说的词都要讲完才罢休。但是会的词毕竟不多，于是它拼命地张开嘴吹气，来证明它的存在。不料竟变成了阵阵凉风，把刚下的雨吹得七零八落。只能勉强地将地面沾湿，丝毫浇灭不了孩子们游玩的热情。

一般说来，小孩子是很喜欢水的。在他们看来，水有着无尽的魔力，使得自己幻想能够成形。所以雨也顺带着纳入了他们喜欢的名单里。每当天空里细雨蒙蒙的时候，这些爱幻想的孩子便会觉得细雨就是从天上掉落的水，连忙伸手去接。两手一摊，便从天上捧来雨水。一滴滴细得很，几乎无形。一入手掌就被体温蒸发掉了。

小雨注定下不了太久。那些蹒跚学步的孩子，在停雨不久后便在公园咿呀咿呀地努力走着。不过性格还是很倔，刚学着走，便想着奔跑，跌倒了也在所不惜。一次次的尝试，最后换来的是自己满意的笑容。刚会一点平衡的孩子像个小企鹅迈着步伐，左右左右地走着。张开的小手就像要抱住全世界一样，希望能把自己与这个世界紧紧相拥。孩子充满着无限韵味的笑容，正呵呵哈哈地用着大眼睛盯着你，还伸开双手让你抱起来。清澈无比的眼神让你不禁惊叹着孩子的眼竟会如此透净。

夜雨迷梦·少年

榕城的夜雨，有时也是很吸引人的。

明亮的万家灯火，经过夜雨这样一折射，便变得迷迷糊糊的，似乎像是来到了另一个世界。周围什么都感觉很朦胧，看得不是很清晰。这时的雨，就像一个刚刚坠入爱河的男子，看着爱人总感觉有一种很特别的模糊感。可是又不想去揭开这层面纱，就让它蒙着，留给自己一个夜梦里的臆想，用来安慰自己的相思之苦。

倘若这时再添上微风来做媒，或许一场艳遇就会在夜雨中发生。两个素不相识的人，就可能会因这场夜雨擦出想象不到的火花。下次你遇见夜雨的时候，别那么紧张兮兮的。在夜雨里，或许会有意想不会的事情发生。在我看来，其实雨也有和夜一样的意境。雨与夜融为一体，把整个世界搅拌起来，让人使尽浑身解数都难逃其掌控。就像突然出现了一个美丽的少妇，引得血气方刚的小伙不敢去正眼看，只敢用眼角去偷瞄几眼，暗暗地留下一个模糊的印象。

木雨沧海·老者

其实细细看的话，你会发现榕树有时也会下雨，不过下的是静态的雨。就像一个历尽沧海桑田的老者，整天笑呵呵的。它把雨下成了木色，下成了一条长长的雨丝。而且榕树历经多少年的风雨，就能在它下的这场雨里显现出来。这时你去仔细听这场雨的话，便会产生和平常截然不同的感觉。一阵微风吹来，榕树的气根就像淅淅沥沥的雨在滴下着，嗒嗒地打在城市里的每一个角落，落进你的内心最深最柔软的地方。师大文科楼前的那棵大榕树便是最好的例子。也不知有多少的风从它那吹过，和它一起组成一场风雨，看着师大的孩子们一起成长。然后守着时光，静静看着那些师大的孩子，慢慢地远走，最终消失在它们的视线里。在它们眼里，这些孩子最终将像它们的种子一样，撒遍整个世界，重新发芽变成另外一片树林。

　　那些围坐在榕树下诉说着回忆的老人们渐渐散去，把跌宕起伏的传奇故事轻轻盖上，等着明日初晓时分再向人缓缓揭开。曾记得有一个说法，说人的面庞变化，常常和一个人的经历息息相关。照着这个逻辑来说的话，老人们往往是城市的一面古镜。这一城的风华最能从他们的脸上和言语间得出答案。有些曾在宦海沉浮见过无数大人物，举手投足间隐隐窥见当年的一丝气度，却只留下一顶秃和大肚子遥相呼应；有些当年也是叱咤风云的人物，各种剧团的台柱子，各个专业的顶尖人才。过去出行的时候也是风光无限的，丝毫不亚于当今的歌手明星的人气；而有些在过去默默无闻，可一到退休就活得风生水起。各种独门绝技在街头出现，也是告慰了他们这么多年怀才不遇的惆怅了。他们的存在就像榕城里的榕树一样，盘根错节，却撑起了这个城市最深处的情韵。正因为有着这群人的存在，这里的故事就没有能讲完的一天。

　　不知是从何处传来的一丝笛声，在江畔的夜里显得格外悠扬绵长。但是始终听不出曲调，只有细细的一丝传到耳旁。让人不得不静下来，用心抚摸着难得的乐曲。于是，这无比宁静的夜里多了一分音乐的韵味。闭上眼，感觉笛声正化作风，和着江水的哗哗声，成了一段绝妙的乐章。我一丝丝地去捕捉那些掺杂在其他声音的乐符。燥热许久的心，终于随着笛声的戛然而止而慢慢平静下来，淡成一滴墨痕，最终成了印在心上的浅韵之味。

　　风雨间，每一处的榕城留足了可以向外来之人娓娓道来的素材，让人一直想听它讲下去。独自坐在一个座位上，寻个时间，听榕城静静诉着故事，便可经历另一番人生。

　　站起时只感觉天旋地转，脱胎换骨，仿若南柯一梦。

初夏·雨

董娴
福建师范大学文学院本科 2016 级

不知道从何时起，外面竟然淅淅沥沥地下起小雨来，密密匝匝的雨珠噼里啪啦地砸到窗台的窗户上，有的顽固如石掉下后还是不甘寂寞，执着地凝成一团，顺着玻璃滑过留下一道深深的痕，如同冰刀在冰面上舞动过的痕迹，轻盈但深刻，久久挥散不去，直到最后被更多的水珠和水痕覆盖；有的终于还是敌不过重力加速度，高空坠落后留下粉身碎骨结局，躯干血液溅得满玻璃都是，寂寞的挂在窗上一会儿便不知道被融到了哪个水珠里。

于是百无聊赖的我就这么抱膝坐在窗台上，倚靠着冰冷的瓷砖将头靠在同样冰冷的玻璃窗上，不厌其烦地数着"一，二，三……""这个还活着，这个死掉了……"只是这样，便能让我远离尘世和喧嚣，打发掉一上午的无聊时光。

这似乎是这个夏天的第一场雨？一向对时间的概念模糊不清总是大大咧咧的我不知为何在这噼里啪啦的雨珠破碎声里竟然突然萌生出一种忧郁的感觉，说不清道不明的。忧郁带着朦胧微凉的潮湿气息，一开始还如太阳初升时山谷里渐渐弥散开的薄雾，一寸一寸侵蚀着我的肉体，可在一瞬间却又突然变本加厉，如同洪水猛兽般猛得将我吞没，咬得我猝不及防，以至于等我恍惚反应过来时，整个人都已经沦陷在了猛兽的胃袋里，里面名为"悲伤"的胃酸似乎将我的心都溶解了。

不知不觉思绪就溜到了一次又一次能够被我称之为"悲伤"的记忆里，

那些往事如同老电影胶片一帧一帧缓慢播放着，那些一直掩藏在记忆深海的"小事"竟被一件一件拉出来再次狠狠鞭笞一通，从年幼时摔坏的心爱玩具，到小学时弄丢了的童话书，从与好友的争吵，到那段无疾而终的初恋，以及过去一次次的考试失利最后与心仪的学校以一分之差擦肩无缘，那些被我堆积在笑容背后不值一提的"小事"却伴随着这场初夏的雨突然火山爆发，好像之前都是在积蓄能量一样，阵阵后悔和委屈渐渐涌上了我的心头，如果再努力一点，如果再勤劳一点，如果……

不过现实是，我还是那个乐观的满脸笑容的姑娘，还是要面对自己所经营的生活，自己所创造的未来。记得有人说，过分的伤怀只是自欺欺人，况且我所谓的伤怀并不是天崩地裂般那么让人绝望，它们只是积累下来的委屈，此时初夏之雨给了它们作乱的契机，如窗上雨珠般爬满我脸颊的泪水，则是它们从我身体中抽离的途经。而接下来的路，我还是要一直往前走，抛却已经无法改变的过去，我还要迎接属于我的未来。

我吸吸鼻涕，使劲用手臂擦了眼泪，跳下窗台冲进卫生间拧开水龙头，把凉水使劲拍在自己脸上，让自己冷静下来的同时，也让那些莫名的情绪跟着泪水一起统统流进下水道。我拍拍脸颊，深吸一口气告诉自己不能再在屋里待下去了。

我应该出去转转。

我撑着伞慢悠悠地出了家门，小小的县城总是几条街便能贯穿东西南北，我漫无目的地踢踏着脚，看着泥水溅起再落回水洼，落到我的裤脚，在心里默默跟母亲说了一句"抱歉"，但是脚上的动作还是没有停，溅起的啪啪水声在我看来就是另一种有韵律的音乐，是我的杰作。远处的天空是灰蒙蒙的一片，混杂着雨丝，还带着若有若无、朦胧的雾气，尽管与往日一般都是灰扑扑的单调颜色，但是今天看起来竟格外的特殊，毫无来由的。反正，儿时那湛蓝澄澈的天空已经是多年未见了，现在的天空总是浓墨被水稀释过的色彩。

街道两旁的树木也带上了丝丝朦胧的美，在雨水的折射中仿佛在缓缓流动一般，生机盎然的春才刚刚过去，站在树枝上的叶们已经是不甘寂寞，纷纷蜕下了以往嫩黄青涩的裙裾，换上葱绿的新装，银色的丝线直直地从天而降绣在这新装上，趁得叶们更加光彩照人，而多余的丝线，则划过叶的新装

相伴

聚在树下形成水洼，越聚越多形成一面镜子，让叶们得以欣赏自己着新衣的美态。带着凉意的风轻轻吹着，高枝上的叶沙沙笑着。

　　雨仍是没有停下的意思，我也不愿回家，只是继续茫然地向前跨着步子，不知不觉便来到了山前的小广场。不远处的山在雨雾里忽明忽暗看得有些不真切，唯有灰暗天空下的浓浓柏绿色划开了山与天的界限，山上的柏树无论在什么季节都有属于自己的傲骨，浓重的墨绿色仿佛永远都不会变。昔日热闹的广场因为小雨的原因终于安静地睡去，淅淅沥沥的小雨成了它的安魂曲，在这喧嚣的城市中竟然与山和天空一起混杂出了水墨画的意味。

　　我不自觉地松开手，任由雨伞脱离、落地，张开双臂仰着头，闭眼深深吸了一口气——

　　坏心情被一扫而空。

院子

侯新月
福建师范大学文学院本科 2015 级

院子，老了。

是老了。

李树，葡萄树，我出生那年栽的，整整 21 年了，枯死了。

斑驳的黄土墙，仿佛是一夜之间，就塌了一半。

冬季还没来，挂着些被风强行剥离的细碎墙皮的黄土坯仓库，就被一场雨狠狠地洗刷了一遍，小半个屋角终是没坚持住，透了雨。

北方的深秋，光秃秃的院子就这么赤裸裸地袒露着。

院子里生活的人，也老了。

老到——

上厕所时，她像是背着沉重的壳子的蜗牛，蜷缩成一团，颤颤巍巍扶着那根被岁月磨得黝黑的拐杖小心翼翼地挪着早已变形的双脚，慢慢走向角落里乌黑色的厕所。

看我的时候，就像走去厕所那样，一步一步地挪着，稳稳坐在老头子十几年前亲手做的木凳子上。凳子，掉了漆的，虽然刷了一遍又一遍。用尽力气将虾球一般的身子向后使劲儿靠，才能努力地"拔出"脖子，抬起那颗一直"乌漆漆"向上的脑袋，露出挂着慈祥笑容的苍老面容，勉强能看见她坐在低矮板凳上已经 21 岁的大孙女。脸上如同身子一样，没什么可以让人摸起来圆润的地方了，面色泛着些许的青，加之下垂的那层薄如"蝉翼"的面皮。幼小的弟弟一向与她不亲，甚至带着些惧意，不大敢靠近。牙齿呢，几处"黑洞"，聊天中途偶尔走神的时候，让人忍不住产生一种探索那"黑洞"背后秘密世界的遐想。身旁那张被她亲手做的菜中滴落的汤汤水水浸润了几十年的旧圆桌，就连她"鸡爪"似的手指微微挨一下，也吱呀呀响个不停。

听电话时，不再是一句一句流畅地接着那头的话，而开始自顾自地挑着说，要不就是"你说的啥？我听不清"；不再是随时都能接起手边的电话，开始要孙女跟她反复强调"万一电话响了，你别急着接，如果是我们自己家人，我们都会打三遍。你慢慢来，别摔着，没接到就没接到，我们多打个几遍就是了"。

这都是什么时候开始的呢？好像和那堵仿佛一夜之间就塌了的土墙一样，也是一夜之间的事情，抑或者不是，只是一晃眼，不，一眨眼的空档，她就老了。

我是记不得这一切开始的时间了。

这是老掉的她，是自己慢慢老下去的。

院子里生活的人，也老了。

老到——

当壮年的大儿子因为观念的不同而向他随意呵斥时，他开始学会慢慢地保持沉默，然后默默离去，不做任何的辩解。最疼爱的小儿子因为一件小小的受骗事件，当着儿媳和两个孙子的面责备他时，他开始学会一边脸上挂着笑，而一边用那双如同老松树皮的手好似无意抹去眼角的晶莹，却借口向儿媳要昨日买的眼药水，说是眼睛又干涩得难受。

从前不是这样的啊，她告诉我他是个暴脾气的男人，年轻时没少吵吵闹闹；儿女们冒犯或者违逆他时，他是坚决不会让手里那根从大门口老榆树上折来的树条安安稳稳地过着"悠哉"的日子。

当在外漂泊耗尽所有青春归来的二儿子要结婚时，他用近乎强势的力量拼尽一个父亲的"威严"，为儿子营造了一个小家的框架。我们对于生活总是这么充满苛求，人对于人也是。看到二儿子的家就只是家，夫妻二人将就着搭着伙过日子，除此之外，便没有了其他。他开始着急，开始催促着要抱孙子，印象里与二儿子向来话少的他，在那段日子里，仿佛转了性，成了一个老小孩，整日里碎碎念。终于同样沉默性格内向的二儿子被他触碰到了底线，在深秋一个的午后把他狠狠地顶了个没话说。

这是我所不知道的，后来，他的老伴儿才告诉我。我猜想那时，他一定又是保持了沉默，然后一个人拿着扫帚，走向那个就连木头裂开的深缝隙里都是粪渣的羊圈。在带着些许深秋悲凉的落日洒在身后厚厚一层羊粪蛋儿上的黄昏，他带着亲手扎好的秃了尾巴的苊苊草扫帚，一遍又一遍地清扫着，刷子挨着那些粪蛋儿，沙沙的声音，就是他絮絮叨叨和老伙计吐着心里的不快。哪里是他苛刻，一个过着倒数日子的人，还能对生活、对人苛刻到哪里去？无非是为了儿子。

遗憾的是，一群来来往往的"儿"，没有一个"愿意"停下脚步听听他。被生活慢慢磨去灵气的儿子们，现在除了一个劲儿地在他面前用同样强势的"威严"来展示他们各自对他在物质上的孝心，已经很难再像儿时，在情感上将他视为一个"重要的人"。

他终于老成儿子们的"包袱"，老成一个"老不死的"了。

这都是什么时候开始的呢？好像和那堵仿佛一夜之间就塌了的土墙一样，也是一夜之间的事情，抑或者不是，只是一晃眼，不，一眨眼的空档，他就老了。

我是记不得这一切开始的时间了。

这时，老掉的他，是被外力逼着老下去的。

要我说，院子，老了哟。它是真的老了。
不信？
你看那枯死的李树枝干和葡萄树的条。
你看那耷拉着半个身子的残墙和那透了雨的小半个儿仓库顶。
你看，老了的她；你看，老了的他。

一起守着这北方农村的小院子。
在这一亩三分地的天地里，
走过了大半生年华。
晃晃悠悠关上院子斑驳的大铁门。
慢慢地，慢慢地，
等着谢幕的那一天。
老了，老了。
都老了。

乡村琐记

赖玉玲
福建师范大学文学院研究生 2015 级

    今年湖南卫视推出了一档综艺节目——《向往的生活》，一处小院，一间"蘑菇屋"，有大棚谷地，有鸡鸣狗吠。人在其中摘蔬择菜，推磨碾米，生火做饭，接待来客，日出而作，日落而息。如此远离喧嚣，悠然惬意的田园生活不禁唤起我日渐模糊的乡村生活记忆。

    那时农村还未萧条，田园还未荒芜，池塘有群鸭嬉戏，校园有书声琅琅。时过境迁，记忆中的乡村早已变了模样，彼时热闹庄重的校园而今安静又空旷，操场上再不见庄严的升旗仪式，再不见生龙活虎的翩翩少年。乡间的小路被蔓生的杂草掩盖，沿路偶现的瓦房多已年久失修，蛛丝满布。曾经齐整的田园早已分不清轮廓……我多么庆幸，多么感谢，那故乡的山水与淳朴的乡民，曾赠与我一段珍贵的生命之旅。

    记忆中最深刻的莫过于乡村的黄昏，一面是余晖遍洒大地，处处温暖，一面是村民和孩子们归家，其乐融融。天上的火烧云兀自变幻多端，层云镶上金边，难掩绯红。地面上则炊烟袅袅，锅碗瓢盆交响，村民们荷锄而归，三人一拨，五人一群，家长里短，有说有笑。偶尔还可见"带路"的大水牛占去小路的一半大摇大摆，甩着尾巴"招摇过市"，它的勤劳、沉默、敦厚、隐忍为它赢得了更多农人的尊重和疼爱。学校这边铃声一响，孩子们一哄而散，住得远的学生背上书包结成一伙儿匆匆离去，不敢逗留。操场和旁边正欲盖楼的空地就成了附近小孩的游戏天堂，乒乓球、跳皮筋、跳格子、丢沙包，游戏的花样实际并不多，但我们乐此不疲，唱一阵歌谣，斗一阵嘴，叽叽喳喳，吵吵闹闹，这里成为宁静乡村的热闹一隅。

乡村的夏夜亦是醉人的一景。当最后一缕炊烟消失在茫茫夜空，吃过晚饭，孩子们做完了作业，大人们安顿好了牲畜，备好了明早的猪食，也就七点多钟的光景。月亮升起，群星闪烁，银光洒满山野和院落，晚风拂过，阵阵清凉，大人和孩子们都喜欢聚到谷架上乘凉。左邻右舍的妇女们最爱闲聊，就着聒噪的虫鸣和扰人的蛙声传播着各类八卦与谣言。比起听那些我理不清的闲言碎语，我更喜欢顺势躺在谷架上，枕着手臂远望星空。深蓝的天幕上繁星点点，澄澈明净的月轮在云朵里穿行，一个俏皮灵动，一个美丽沉静，她们亲密无间却又千年无言，永远这般默契地俯瞰着大地，辉映着人间。我寻找最亮的星，找牛郎和织女，找那状似勺子的北斗七星，我想起月亮上嫦娥、吴刚、桂树的故事，我疑惑为什么手电筒照向夜空会什么都看不到？我害怕用手指月亮真的会被割耳朵，我遗憾流星和萤火虫总是太少……看着夜空，想着传说，披着月光，听着虫鸣，闻着扑鼻的青草和泥土香气，蒙蒙眬眬，昏昏欲睡。

岁月无声，无论是黄昏还是夜景，都已悄然远去，随之而去的还有童年的山野美味。还记得外婆做的鸡蛋饭，那是我的美味早餐。睡眼惺忪的我总是巴巴地围在木桌上、土灶边，看着外婆把鸡蛋洗净，尖端敲开一个小口，小心翼翼地将拌了盐巴的糯米塞进蛋里，再伸进一支筷子轻轻搅拌，慢慢地将它立在铺了一层厚沙的旧锅里，生起火来坐等饭香。经历一夜的折腾与酣睡，此时的我早已饥肠辘辘，短短的等待时间甚是煎熬，却也是最好的调味料。农家鸡蛋向来小巧，这样处理过的蛋既可供我美餐，又可供我把玩，我便总是满心欢喜，爱不释手，外婆见我如此开心，更是心满意足，笑意盈盈。如今外婆早已过世，音容笑貌不在，再也听不到她唤我的声音，再也看不到她忙碌的身影，再也尝不到那番滋味，每想到这我总要禁不住泪目。

难以忘怀的还有儿时采田螺的经历以及奶奶家鲜美的炖田螺。小姑姑最会捉田螺了，据她的采螺经，最好得是傍晚的时间出去，太阳慢慢下了山，怕热的田螺才肯钻出泥土。拎上小竹篓，像大人一样系在腰间，到了田里即使见着了田螺也切不可急匆匆地一下子趟浑了水，而要仔细地慢慢从田头搜寻到田尾，方能一只不落，尽收篮底。专注的双眼，弓着的腰身，深陷淤泥的双脚，着实考验一个人的耐心和眼力。因为深知其中的辛劳和智慧，我从来不敢说"书读不好大不了回家种田"的话，农民可不好当，双腿陷在泥里，把着平衡抡起锄头落将下去，既要挖得准、挖得深，还要不溅一星点泥在身上才算真本事。捉到的田螺一定要放到清水里吐土下崽，第二天敲去尾尖，洗净放进搪瓷碗，加入猪油、盐巴、酱油和家酿的黄酒，中火炖上半小时就可出锅食用，掀开锅盖，撒点葱花，真正鲜香扑鼻，色香味俱佳，因是自己劳动所得，吃起来更是有滋有味。除此之外，自家院里种的桃、橙、芦柑，邻居家的枇杷、梨，山上的野生杨梅、酸梅、蔷薇莓、茶耳、茶泡、桑葚，阿姨家的板栗，野生的蕨菜、苦菜、苦竹笋……数不尽的童年美味，皆是大自然的馈赠，更是农家人就地取材、心灵手巧的明证。

　　远去了，远去了，时光从未停下脚步，村庄在岁月的变迁中渐渐褪色、荒芜，乡亲父老在年月的更替里慢慢凋零，我无法阻挡，无法挽留。树木枯了又绿，嫩叶绿了又黄，地里的庄稼一茬接着一茬，年轮转了一圈又一圈，记忆在一次次摩挲中起了老茧。每当思乡的情结弥漫开来，更深爱那一方蓝天碧水的温暖与惬意，何时再归乡，何处再寻那片心中的天堂？

宽宽的窄巷子

王美琪
福建师范大学文学院本科 2016 级

  窄巷子里头没有了"锵锵锵"的声音——摊贩敲打麦芽糖，没有了"铛铛铛"的声音——破旧自行车发出嘶哑的喇叭声，也没有了"哈哈哈"的声音——穿着开裆裤的孩童莫名被逗乐。抬头一看，只有类似于油条那样窄窄的天空，傍晚再一看，连天色都有点像油条的颜色。侧耳一听，里头有着综艺节目里的笑声，抑或是警匪片里的厮杀声，再靠近一点，就是犬吠的狂吼。

  巷子原本是很宽很宽的，里面的人和外面的马路隔着起码两堵墙，或者三堵墙。巷子里的那条路原本可以容得下一桌四椅八人，其乐融融地开展全民健身运动——搓着南方麻将。麻将的绿和白宛若桌上的白米和蔬菜，无论四季怎么更替，都是必不可少的菜肴。只要是晴天，麻将就会出现在那条宽宽的巷子里，俨然是一条"海上丝绸之路"，连接着左邻右舍的情谊。

  巷子越来越窄，马路越来越宽。巷子里的天空愈加狭长，马路上的天空愈加广阔。巷子里的路是坑坑洼洼的，马路却是柏油平铺的。巷子里头逐渐变得从容不迫，马路上逐渐变得焦头烂额，堵塞不通。斑马线的痕迹慢慢被磨得很浅很浅，浅到怀疑是否走上了高速公路。

  如果说道路是城市里头的"北上广"，那么，巷子应该是陶渊明笔下的"世外桃源"。真的是巴不得在里头播下一颗蟠桃的种子，等到三四五六七八年后，蟠桃树大到堵住了巷子的一端，掩蔽了狭长巷子的一半，众人在蟠桃树下编织一张竹藤椅，随后盘腿而坐，品一杯香茗，嗑着爆香的花生米，打开棋盘，任凭楼上楼下前来观摩。棋手哪怕内心策马奔腾，脸面依旧淡定自如，缓缓来一句："将！你完了！"巷子里头的手工作坊者，有条不紊，循序渐进地在一条细如发丝的线上穿过形形色色的玻璃珠子，大小交错着，相拥着。

虽说只隔着一堵红墙，里头的人想出去透透气，外头的人想进来释放城市压力。清晨，洒水车刚刚带着歌声与清凉为歇息一晚上的上班族开路，歌声依旧是传播了几十年的童谣："世上只有妈妈好，有妈的孩子像个宝。投进妈妈的怀抱，幸福少不了。"洒水车一整桶的水痛快地喷洒在左右两旁，丝毫不顾及正在啃着香甜软糯面包、吮吸着浓甜醇香牛奶、穿着漂亮小裙子和白鞋子的稚嫩女孩。

显然，已经扩张的道路依旧抵不过上班族狂野的占有欲，四个轱辘的和两个轱辘的在驰骋争抢，自带发动机的和纯脚力发动的在呼啸狂冲。天空再广阔又能怎样，反正也无人欣赏，行道树再茂密又能怎样，反正也无人乘凉，马路再宽阔又能怎样，反正还是如此拥挤。

深巷的居民犹豫不决地签下了一纸文件，承让出了一亩三分地，拯救了城市道路的拥挤，到头来却发现城市的拥挤与道路的狭窄无关，更多的是源于焦灼不安的心。但窄巷的人们生活依旧如故，减少了自行车的肆意横闯，穿着开裆裤的娃娃们被幸福地抱在手上，来往的妇女背着竹篓子连声应和，淳朴的生活依旧如常，没有停滞。

那很宽很宽的巷子，已然不复存在，但巷子里头的居民，心可大着呢！冗长的巷子，被蟠桃树占据了一半，又何妨呢！心可大着呢！巷子的公共过道容不下往昔的一桌四椅八人，也没有关系！心可大着呢！巷子是愈来愈窄，心却愈来愈宽。

窄巷子啊！走着走着，就宽了。阔马路啊！挤着挤着，就窄了。

霸王别姬

莫东双
福建师范大学文学院本科 2016 级

铿铿锵锵，一暗一亮，一姬一马一霸王。腔流婉转，字字句句皆是叹。叹，叹，叹！叹这楚歌四面起，叹这乌江水滔滔，叹那美姬共风雨，叹那天下终易手。一剑一抹一美人，一地悲情，一世痴愁。

世人皆知我是虞姬，他是霸王，却不知灯光再闪耀，掌声再热烈，我也只认他一个霸王。人前痴情儿，人后仍是痴情儿。不疯魔，不成活，我荧前幕下都是真虞姬，而他却是假霸王。奈何，奈何，假霸王，我也只认这一个霸王。

世人皆知我是霸王，他是虞姬，却不知灯光再闪耀，掌声再热烈，我也只是个假霸王。虞姬痴情，霸王又怎能不知？不疯魔，不成活，唱戏得疯魔，不假，然吾等皆凡夫俗子，活着也疯魔，在这人世上，在这凡人堆里，吾等怎么活呀！奈何，奈何，真虞姬，我却做不成真霸王。

世人皆知我是袁四爷，他是虞姬，他是霸王，却不知灯光再闪耀，掌声再热烈，也不抵我内心妒意如潮。一笑万古春，一啼万古愁，此景非你莫有，此貌非你莫属。心心念念，爱爱恨恨，你终不是我的虞姬。手起枪鸣，断一世恩仇。可叹，可叹，真虞姬，你却只属于你的假霸王！

世人皆知我是风尘女子，他是霸王，却不知灯光再闪耀，掌声再热烈，我也只想要一个安稳的夫君。兜兜转转，苦甜皆尝，我仍是一身豪爽辛辣。草绳绕梁，我飞天做我的真神仙，你继续做你的假霸王。可叹，可叹，假霸王，你最终还是虞姬的王。

爱恨嗔痴，嬉笑怒骂，脱下这一身戏服，卸下这一脸脂粉，你们都已化作凡尘俗人，堕入了柴米油盐的套，可我仍是干干净净的虞姬。我这一辈子都是干干净净的虞姬。

虞姬终有一死，离开舞台灯光，没有了华光宝剑。

这一世，世人骂我，世人捧我，世人欺我，世人弃我，世人手刃我。

一颗"特立独行"的蒲公英种子

沈云霞
福建师范大学文学院本科 2015 级

一

澄澈的天空中，几朵白云荡悠悠地飘着。

广阔的田野上，小蒲公英们乘着风伯伯的车欢快地向未知的远处寻找扎根的地方。

二

花花绿绿的世界惊呆了自小只看到四四方方一片空间的小蒲公英们，不时有惊叹之声从队伍中传出。

"孩子们，你们要去哪里跟风伯伯说，风伯伯带你们去。"慈祥的声音忽然响起，打断了小蒲公英们的惊叹。

"我要去麦田，我喜欢看秋收时节风吹过麦田，层层金色的麦浪向天边滚去，让我的心不禁也跟着滚动起来。"被称为老大的小蒲公英露出陶醉的神情。

"我要去城里，听鸟姐姐说城里是个好地方，有许多新鲜有趣的事发生。如果我在城里，就能天天看到好玩的事了，多有趣啊。"老二闪着亮晶晶的眼睛，迫不及待地接上话。

"我要去……"小蒲公英们叽叽喳喳地说出了自己想去的地方。

"好好好，不要急，风伯伯这就满足你们的愿望，一个都不落下。"风吹起，载着小蒲公英们沉甸甸的梦想出发了。

三

一路上，小蒲公英们陆陆续续去了自己想去的地方，老大落在了靠近麦田的一个高地上，老二则和一些兄弟待在了城里的一个菜园里。有些成群结队，有些则孤单一人。想好去哪儿的，去了想去的地方；没有想好去哪儿的，跟着大家也有了落脚的地方。

最后，只剩一片"绒毛"孤零零地在风中飘着。

"老五，你想好要去哪儿吗？"风伯伯转向那片"绒毛"。

"我……我还没想好。"老五涨红了脸小声地说。

"你兄弟姐妹们去的那些地方中没有一处你中意的地方吗？"

"没……没有，我不知道自己要去哪儿，也不想去大家去的地方。"老五低下了头。

"这样啊，没事，你先跟着风伯伯吧，看到中意的地方再和风伯伯说。"风伯伯一脸慈祥。

"风伯伯，我是不是很没用？我连要去哪儿都不知道，又不想跟着大家，给您添了许多麻烦。"

"说什么话呢，没关系，时间久了，自然会找到的。再说了，有你跟着，风伯伯正好也不寂寞了。"

"真的吗？谢谢风伯伯。"老五抬起头，露出了笑容。

"当然了，坐稳了，风伯伯要出发了。"

"嗯！"

风吹起，一片"绒毛"在风中飘着，显得格外孤单又坚定。

四

天长日久，老五跟着风伯伯去了很多地方，但都没有找到中意的地方。最后，老五决定回到原来的地方，那个哺育它成长的田野。

风吹起，风伯伯载着老五朝着原来的地方飘去。

五

"轰隆隆",前方响起了震耳欲聋的声音。一个"庞然大物"正在向前推进着,所到之处,尘土飞扬,事物皆被摧毁。

"咦,这不是老二它们当初落脚的地方吗?之前明明是一个生机盎然的菜园,怎么现在变成这样了?"老五一脸疑惑。

这时,一只鸟扑棱着翅膀急匆匆地飞过。老五叫住了她询问缘由。

"哎,甭说了,最近人类在这边搞什么拆迁,拉来了这个叫推土机的东西,很多东西都被摧毁了,更不用说菜园了,这边现在不能待了,我得赶紧走了。"小鸟一脸怨色。

"那……老二他们……"老五露出担忧之色。

"肯定是凶多吉少了,快走吧。"小鸟说完就扑棱着翅膀飞走了。

"轰隆隆",推土机向着老五所在的地方推进。

"老五,不要管了,快走吧,那个推土机过来了。"风伯伯催促着老五。

看着推土机银白色的锯齿在阳光下泛着冷光,想着老二亮晶晶的眼睛,老五只感到一阵眩晕……

六

在风伯伯的劝慰下,老五怀着悲痛的心情跟着风伯伯再次踏上了旅途。

远处一片金黄的麦浪随着风起舞,老五看到了许久不见的老大,老大已经开花了,看样子不久就会繁育出下一代了。看着老大,再想想自己和老二的遭遇,老五想起当初兄弟们一起出发,现在却……老五不禁有点羡慕起老大了。

久别重逢,自然有许多话想说,老五向老大说起了老二他们的遭遇,兄弟两人再次垂了把泪。

"老二他们当初落脚的时候大概也没想到会是这样的结局吧,世事难料,这都是命啊。"老大无奈地叹了口气。

老五脑子里不禁浮现出老二那亮晶晶的眼睛,而今这主人却已经不在了。

"对了,你还没找到落脚的地方吗?依我说,你就随便找一个吧,不就是待一阵子的事吗？那么挑干吗，之前老四和你一样死活要去寻找属于自己的地方，最后熬不住，随便找个地方，听说现在也混得不错啊。要不，你就在哥这儿住下来吧，我正好也有个伴。"老大苦口婆心地说。

"不了，我不找了，我准备回老家。找了那么久，兜兜转转我又想回去了。"老五苦笑道。

"啊？你要回去？哦，回老家也好啊，总比你四处漂泊好。回去记得替我向树伯伯问声好，想当初我们还经常听他讲故事呢，不知道现在他老人家怎么样了？"

"是啊……"老五脑海里不禁浮现出当初大家一起听树伯伯讲故事的情形。

兄弟两人又说了几句，即使不舍，老五还是跟着风伯伯上路了，他深知目标不同，总是要散的。

七

澄澈的天空中，几朵白云荡悠悠地飘着。

广阔的田野下，一株蒲公英结满了籽。风吹起，老五看着一个个即将离家而去的孩子，千叮咛万嘱咐。

"把他们交给我，你放心吧，我会安全把他们带到目的地的。"风伯伯不禁插话。

"由您护送，我肯定是放心的，我只希望他们不要像我这样……"老五苦笑着。

"像你这样怎么了，挺好的。"

"您不懂……"老五欲言又止。

风吹起，一片片小蒲公英满载着梦想出发了……

埋没

左怡扬
福建师范大学文学院本科 2016 级

天黑了。光束影影绰绰，我迷茫地打量身边熟悉而陌生环境——一片小树林，是我父母从前经常带我去的杨树林。

它不是在北京？

我呆愣地站着。鼻尖嗅到雨后湿润的泥土味道，感到清爽沁脾。

我垂首，看到自己缩小的身子和手掌，还有那件我很喜欢的蓝底白花短裙。

"扬扬。"有人叫我。

我循着声源转过头，熟悉的身形，粉色的棉麻及臀短袖衫，黑色打底裤，还有一双灰色的沾了泥水的居家拖鞋——这个女人的这双脚正正地站在我的脚前。

我缩缩脚趾，向后退几步，抬头，想看这个女人的脸，却发现眼前如隔了纱雾，朦朦胧胧。

"扬扬。"

她又叫我了。她是谁？她怎么知道我的小名？她想干什么？

她弯下腰，拉起我的手，十指相扣，熟悉的体香随着她飘扬的马尾袭来——顿觉通体轻松不少。

"走吧。"温柔的声音，让我十分自然地觉得，她的脸上此刻一定也是挂着这样温柔的微笑——嘴角微翘，眼眉上扬，满脸的欢喜愉悦。一定是这样。

我放开脚步，小小的脚丫踏着松软的泥土。

我们左右顾盼着经过一棵棵杨树——虽然我并不知道要寻找些什么。

终于，她在一棵杨树前停下了，弯下腰，伸手在树干上拿了什么，递到了我的手上——一只蝉。

那是一只褐色的蝉。在手电的光束中，黑色的眼珠显得明亮有神，三角形的鼻子上有细细的绒毛，和它圆肥的肚子搭配起来，看起来滑稽可爱。它好像被这突如其来的强光吓到，六只细细的爪子紧紧地抓着我掌心的皮肤，痒痒的。

我们寻到了一张大理石的小桌子，坐在圆墩墩的石凳上，把它放在桌上。

怕它跑掉，我又捡来石头，围成一座城。

我就和那女人一起静静地坐着，看着它慢慢地爬。小小的爪子抓挠着光滑的大理石面，发出嗒嗒的响声。

它爬了一会儿便不再爬了，似是知道自己已出不去这城墙，就静静地休息着——只有两根触须还时不时地动一下。

不再有窸窸窣窣的声响，偌大的杨树林里，我、她和蝉，树、草和泥土，淡淡的清香混合在一起。

我晃着两条细细短短的腿，用穿了红色米老鼠拖鞋的小脚丫拍打着石墩，她就那样温柔地坐着，静静地笑看着我。

好一会儿过去，桌上围城里的小家伙突然有了动静——它的颈部表皮裂开了一条缝。

我忍不住跪在石墩上，用小手撑着桌面，睁大了眼睛靠近去看。

它小小的身躯震颤颈部渐渐隆起，露出里面乳白色的皮肤。它的腹部蠕动着，可以真切地感受到那种撕裂肉骨的痛。

颈部的缝隙越来越大，崭新的头部探出，像剥了半边壳的鹌鹑蛋，软白的颜色，透着些微青黄，又像皎洁的月光，将这方小小的天地照亮。

两只前足也渐渐摆脱陈旧枷锁的束缚，挣脱出来，搭在空洞的躯壳上，像是胜利了的骑士，居高临下，威风凛凛。

腹部和两只后腿还埋在那火热的壳里。我握着拳头，想为它鼓劲，却又生怕惊吓到它，只好屏住呼吸，凝定心神。

它就那样一阵阵地颤抖，几次过后，才可勉强看出腹部移动的距离——几根发丝的宽度。

风起了，卷着泥土和青草——我庆幸着我给它做的石头围城。至少现在对它有利。

似乎与它感同身受，我感到身上灼热的痛，看它蜕变，看它逐渐舒展可怜的皱缩成一团的萤绿色翅膀，看它逐渐从一只土土肥肥的肉团子，变成通身鹅绿，好似泛着荧光的小精灵，舒爽得只想转圈，蹦跳，欢呼，雀跃，放声大笑。

旋转中，手电筒的光束依旧那样，安安静静的，如那女人的微笑一般。

我想靠近时，却发现她蓦然起身，手电筒的光，粉色的雪纺，淡淡的体香，好似就这样即将乘风飘散。

不！我想要呼喊——声音堵在喉头！不！我想要奔跑！

双脚像是被饥渴的寻见水源的树根紧紧纠缠；我挥动双臂，身躯尽力向前探着，探着，却终究摆脱不了束缚我的躯壳。

眼睁睁地，手电筒的光，粉色棉麻衫，那女人一切的一切，皆逐渐湮没在黑檀般的夜色中。

"回去吧。"

耳畔的风声，叹息般呢喃着。

天亮了。晨曦越过枝丫，洒落一地金黄，毫不吝啬。

没有树林，没有桌子，没有蝉，没有那个小女孩，也没有那个穿着棉麻衫的女人。

143

向往的生活

熊姿
福建师范大学文学院本科 2016 级

满月的时候，在阳台上放一碗水，等一小会儿，就可以得到一碗月光。把这碗月光倒进绿葡萄汁里，你就得到一杯月亮葡萄。绿葡萄的甜腻被清凉的月光冲淡，变得清甜可口。也可以再去超市买一小瓶微风，和月亮葡萄兑在一起，喝到嘴里荡漾不停。但要记得，月亮葡萄只能在晚上喝，到了白天则会被辛辣的阳光所干扰。

雨落下来的时候，记得收集一大罐子。在阴凉的地方不断地搅拌，一直搅拌到固液分离——就像法国人制作奶酪那样。倒掉上层的水，留下下面的固体，就叫它雨酪吧。早上拿一片全麦面包，挖一勺雨酪抹在上面，轻轻咬下去，满嘴都是云彩的味道。如果幸运的话，雨酪还会有彩虹的颜色哦。

天气好的时候，找一张干净的纸，放在窗边的阳光下晒一晒。晒过之后轻轻抖一抖，就能收集到好多白白的太阳粉。冬天的时候用太阳粉煲汤，只要一点点，就能让人喝得身子暖暖的。记住，上午八点的太阳粉味道刚刚好；正午的太阳粉很辣，四川姑娘也许爱吃；傍晚的太阳粉就没什么味道了。

黑龙江的冬天最冷的时候，我去找一个会做菜的朋友，请他告诉我红烧肉的做法。他说了，声音却被冻起来，我没有听到，只看到了他张合的嘴。他只好找来一个饭盒把声音放进去。我带着装满声音的饭盒飞奔回家，烧热了油，把饭盒里的声音倒进油锅，"滋啦"一声，翻炒几下，出锅的正是那道红烧肉。

深夜加班回来，一天的压力如果无处可放，就把它倒进水壶里烧开。打开一包方便面，油包和料包都扔掉不要，加上一勺烦心事和两勺抱怨。把已经烧开的压力用来泡面，只要等三分钟，就是一顿美味的夜宵。把面吃完，汤也喝完，一整天的晦气就全都荡然无存，只剩下满满的好心情和鼓鼓的肚皮。

火车站旁烧烤摊的那个老板举着一根竹签，不一会就串好了一串火车的隆隆声。他把这些隆隆串用上好的炭烤到八分熟，不用调料，自带味道。两元一串，五元三串。尽管食客天南海北，喝着燕京、青岛或者珠江啤酒，隆隆串的味道却永远只有两种："离家"和"归乡"。

早上手机闹钟响起的时候，把手机放在杯子上，你就能接到流出来的深黑色现磨闹铃音乐。你可以选择加糖或者加奶，也可以什么都不加，一切全凭你的喜好。你的音乐甜一点，它的味道也会甜一点。但不管你的音乐有多长，最多只能接一小杯。搭配上三片现烤面包，又是元气满满的一个早晨。但要注意的是，现磨闹铃音乐一定要趁热喝。

每年的七八月份，总会看到许多家长站在榕树下，拿着录音机录下半斤知了的叫声放上许久。等到孩子快高考的时候，再把这叫声放出来，准备一斤米，放上足够的水，和着这叫声，就能熬出美味的"知了粥"。吃了知了粥的学生进了考场，什么都知道。不小心打嗝，味道还是"知了，知了"的。

在海边度假的时候，记得找天气好的傍晚，对着大海拍一张晚霞的照片。把照片沿着海平面分开来，上半部分橘红色的晚霞切丝，过热油炸脆；下半部分海水切块，过热水焯熟。等凉下来之后，把两者拌在一起，加少许香油调匀，清咸爽口。记得在做的时候，把海面上的小船摘掉，不然会硌牙，影响口感。

隔岸之景美于曦

陈珂伊
福建师范大学文学院本科 2016 级

枯槁中的黄壤，躁焦中的尘烟，在这荒芜之地中，我弯腰取粒，在涸辙中藏下未来的希望……

——题记

这个世界太美。峰以险为美，沟壑千纵，万丈深渊，只有感触砺石嶙峋、荆棘密布，才能体会源于绝处逢生的峻美生机；海以浪为美，没有风浪怎能誉之海的尊名，平平之水，淡淡无奇，怎能相抵气势磅礴海的魄力；山险浪涌，生活中正因此才生机勃勃，而我满怀憧憬，信心满满，一路向前。

晨曦是经过黎明黑暗前的希望。它映透世界的每个角落，温暖于大千世界，可谁又曾知晓，一花一木追寻晨曦扬洒的过程是怎样的漫长，山谷沟壑、山间夹缝、干涸荒地，黑暗中、昏暗潮湿中、寒冬酷暑中经历了狂风，淋尽了暴雨，不畏冷暖交融，困境横生，突破瓶颈，不也迎来了广阔的前景？

闭眼畅想，扬起手指让和煦的阳光从指尖滑过，让我跟随它，寻找希望。

荒芜、枯槁、肃杀。我环视着周围，一片黄土，没有一丝生命的呼唤，烈日下黄土晒得尤为炙热。龟裂之地蒸腾起烧焦似的干味，混着旋于空气中漫漫的黄沙，烘着脸，火辣辣的灼热便刺入脸颊……热浪侵袭中，朦胧感觉前方一抹新绿，我快步寻去，心情愈发欣喜。只可惜，潺潺之湾与之相隔。我试着扔下一颗石子以探深浅，那石子洋洋漂了几下便没了踪影，近观水面，难以望底，只看见泛起的水纹映着脸颊，疲惫而又沮丧——我畏怯了。望着对岸霭霭雾气中的绿茵，阳光下绽放着色彩，绒绒绿叶，静谧中带着生机，愈发多姿可爱。微风轻拂，树木的醇香伴着萼绿飘香，掠过河湾，湿润之中舒缓入鼻，荡涤心扉。而我所处涸辙，显然与对岸的清灵隽秀形成鲜明对比——这里只有荒芜，只有贫瘠。望着脚下死寂的黄土内心也起伏波动着，风尘扬起，却眯了眼，不觉愈发想要过去。对岸之景依然映入我的脑海，而所有的路却被尘雾层层封锁了，我是应该继续行走，还是驻足遥望？也许，只有继续行走，才能亲临体会风雨兼程中追逐希望的喜悦。

  终于，我决定在这枯槁之地，做些有意义的事情。我在心里描绘着希望之景：细闻晨曦的味道，品着陌上花开的恬淡，阳光如丝织般柔软，混着诗意的微雨，润入莺啼的绿茵，浸入绵绵的细土……拿来种子，将希望与憧憬播种，无论风吹雨打，我都精心耕耘。狂风吹倒毅然扶起，暴雨积淹重新播种，如此之来，重重复复上百次、上千次，失败后重新振作，受挫后重新崛起，我从来没有放弃过内心中潜藏的希望，一直为梦想努力着，奋斗着，坚持着。我时常看看它们又看看对岸的高密丛林，内心中希望它们能够像对岸之景一样簇锦。日复一日，在不断对比和不断耕耘中，这里早已改变了模样——清新自然的景致里，早已存在墨绿的春风；临水照花，隔岸溪水也逐渐清透。

  这里的一切都变了。

  也许彼岸也被这景渲染，便向我递来邀请的信函，而不知何时，错落有致的石板嵌入河湾……

  我向彼岸的希望走近。

  脚步匆匆地赶赴对岸，就像赶赴一场与希望相逢的约定。这约定过尽千帆，让我在苍茫中为之奋斗，才足以抵达那个收藏憧憬向往的彼岸。淌过时间的河流，寻觅到那个有梦的地方，我从隔岸的遥远里，踩着人生深浅不测的纹路，荆棘坎坷，此起彼伏，在晨曦中走出了希望之路。其实，世间的所有路都相似，都需要你为之努力奋斗，此岸与彼岸也只是隔了一缕不算太宽的雨线，在迷茫沮丧中，寻找属于自己的方向。而我，没有停留，没有沮丧，一直奋力向前。

相伴

　　有哲人说过，不要因为你在哪里而沮丧，而要因为你正在走向哪里而充满希望。任何人在向理想目标挺进的过程中，都难免会遇到各种阻力和重重困难，目标是永恒的，而困难只是暂时的。与其抱怨，不如亲手播种梦想，耕耘人生之路，将它化作前进的动力和基石。在茫茫未知的成长路途中，总是担心泥泞和坎坷太多太多，我们不妨换一种想法，换一种思路看待这个问题。比如，纵然泥泞越是顽固，只要行路人踏下坚韧的步伐，定会留下无比坚定和深刻的足迹。正因如此，成长的脚步才会不断加快，追随的梦想的距离才会不断缩小，日积月累，便能用长久的进步拥抱期待已久的初衷。

　　初衷，正似晨曦，孕育着明天的光芒以及未来的希望。

　　守望晨曦，如同暗夜期待黎明，花落等待花开，好似蝶蛹的蜕变；希望映于晨曦，而我正待曦之花开……

职海拾贝

黄修平
福建师范大学文学院研究生 2016 级

骚客说我像他的妹妹，性格傻不拉几的。在路上看到一撮花会说"你看那里有一撮花"。而他想说"关你什么事"。我恼羞成怒推了他一把，他又说，嗯对对对，每次我这样虐我妹的时候，她也会这样推我一下。"骚客"这个名字是有一次他请假的时候，我们三个一起琢磨出来的，美其名曰"企业文化"，即我们四个虽然是伟大事业的接班人，但同时也像某个地下组织成员。打从入职的第一天起，就有从内部瓦解公司的宏图之志。行动组名字都起了好几个，重案六组、吴彦组、光宗耀组、黎明之前、永不消逝的电波之类的。当然，这宏图之志的第一步就是每次以开会的名头溜进会议室拿吃的。我们非常有觉悟，秉承着蝗虫过境、寸草不生的战略方针，搜刮会议室的零食。会议室的糖果和点心一直是我们甜蜜的小把戏。我们四个分别是骚客、贱客、刺客和游客。其实就是四个恰好同一天入职的实习生。骚客对"骚客"这个名号刚开始不太喜欢。我说，那给你两个选择，骚客和骚包，你选哪个作为你的代号？他说为什么要一直说我骚呢？我说，"骚"是一个很文雅的词，好不好！出自《离骚》，后泛指诗文。我一本正经胡说八道地说服他接受这个代号，总之反对无效！不服憋着！骚客笑了，说，那谁是刺客？得知是我，他指着我哈哈哈笑了，说："她这么傻，还能当刺客？她要刺谁？是一出门就要被刺杀吗？"虽然是这样，后来，他却一直叫我刺客，刚开始我都没反应过来那是在叫我。一直被人说傻，还被叫"刺客"，是一种怎样的体验？我希望我一直傻乎乎的。

　　骚客是个会跳街舞的狂拽男孩，我刚开始的时候觉得他酷酷的不好相处，熟识了就会发现，他其实很幼稚。放荡不羁的外表下隐藏的是一颗三岁小孩的心。清瘦白净的脸上总是带着笑意，对着川味面馆里的"辣鸡面"总能莫名其妙地笑一路，看着浮夸的菜单中有个炸厄瓜多尔九节虾，会问："老板，有没有炸胖大星？有没有炸海绵宝宝？"

　　贱客跟我差不多高，但总谜之自信地说"嘿，我这一米八的大个子"，每次讲这个，我都觉得，这个梗我能笑一年。贱客每天总是把自己穿得十分热闹，他的衣服上总有几百只卡通人物在集会，就像他这个人一样活泼、聒噪。他的书包上插着一把鸭子造型的雨伞，如此稚气又梦幻的装扮让人不禁对这人产生一点点怀疑。我总感觉他像是《失恋三十三天》里的王小贱，气质像，说话方式也像，刀子嘴豆腐心。他的代号是"贱客"与这有着莫大的关系。但贱客其实是个乐于助人的男生，很有绅士风度，是一个温暖的巨蟹座。当然，我现在还能想起他的人生规划——以后房子要买在楼下有烧烤摊的地方，在家门口就能吃烧烤、喝啤酒，这样的人生才合理。

　　游客是个可爱的妹子，她古灵精怪，伶牙俐齿。只要她和贱客坐一起，不到三分钟就能开始斗嘴。午间休息的办公室，简直就像是相声专场一样。我总是那个在旁边笑得不能自已的人，他们总担心我笑得岔过气去。游客有次感冒了，用像《天龙八部》里段延庆一般沙哑的嗓音说："我给大家献歌一首《青藏高原》吧。咳咳，那是一条神奇的天路哎……"活像一个谐星的游客总说她的泪点低，看个动画片都能哭，我就在一旁笑得打滚。哎，我笑点低，我也很困扰的。

　　格子间里电话铃声此起彼伏，每个人都很忙。手机铃声从"算什么男人"到"左手右手一个慢动作"都非常有戏。我时常听到一个魔性的铃声："刀削面刀削面全都刀削面……"过了好久才终于听清楚是"都消灭都消灭全都消灭……"实习的时光总是轻松愉快的。虽然在公司，我们还是会偷偷吐槽任务的艰巨和完成的痛苦。但是同时也学习了许多东西，什么都是刚刚开始，什么都想去尝试。我们曾为改不出一个令客户满意的方案而长吁短叹，我们曾为一个创意而烧掉许多脑细胞也挠出许多头皮屑，我们曾为一个项目的执行而加班熬夜,但同时我们也看到了许多以前从未看过的风景。我们设计着精美的海报,斟酌着吸引客户的语言,举办着精彩纷呈的演唱会,参与了华丽舞台背后的故事,体会了一把职场人生。

当然,职场生活不可能像加了滤镜一样美好。坐在我后面格子间的一个同事,上司叫他周末加班写一个策划。他勇敢且决绝地拒绝了,有理有据,不卑不亢,有种壮士断腕的悲壮,我叹服。

实习期满,我的实习生朋友们因为不同的人生规划往天南海北的方向,飘然远去了。而我,仍然留在实习的城市,仿佛还站在原地守候。不忍分离,但聚散终有时,却不得不告别。我们就像是因一个偶然的浪聚拢而来的沙砾,从陌生到熟悉,再一个浪涌上来,我们又被裹挟着汇入广阔的大海,各自天涯。一群有趣的人,来去太匆匆。回忆过去,那些可爱的人和事仿佛从远处朝我奔赴而来,悉数呈现在我的眼前。一些话,一些小事,如果时光不记得,文字会带我穿越,把你们写进我的故事里,你也许不知道,远远地回顾,甚是想念。

孤帆远影碧空尽,我仿佛踩在退潮的海滩上,清冽的海水起起伏伏,望着远去的背影,无尽地怅惘。偶一低头,却发现,海水退去,显露出的沙滩,嵌着一个个精巧的贝壳,在阳光下,闪闪发光。

不会忘记这段小时光,我会珍藏。

屋顶的世界

张六
福建师范大学文学院研究生 2015 级

二十年前的那个傍晚，夕阳格外的惨红。

村庄厨房屋顶上的几十根烟囱冒着青烟，像祭祀的香烛。落暮的天空遥远而深邃，星星眨着眼睛，像一粒粒甜甜的白糖。煤油灯盏的灯芯冒着幽幽的火苗，天空中还剩下几丝血红。宝爷爷捋了捋花白稀疏的胡子，就着夕阳的余热和灯盏的光，冲着我的脸颊喷出了最后一口凉水。牙痛从此消失了，连着村庄和童年的气息。

我悄悄地爬上了屋顶，光着脚丫，手里握一根长竹竿捅烟囱。屋顶上的世界是新奇的。这里和放牛时候在山坡上、在旷野里看到的景象完全不同。阳光尚好，屋顶的瓦片爬满了青黑的地衣，踩上去软软的、痒痒的。没有地衣的瓦片踩上去有点烫脚。前面十步左右的地方，横躺着上次被弟弟踢上屋顶的沙包。

当妈妈叫我去屋顶捅烟囱的时候，我小小的心脏充满了欢乐。村里的屋顶上躺着我们很多的东西。春天里断了线的风筝，被小孩扔上去的木剑，麻雀的小窝，弟弟的弹弓，我花了半个月削好的竹弓……这些东西大人多是不知道的，知道了也不会禁止。妈妈总说："老二还小，我太重了，你爬上去吧，小心着点。"平时被妈妈管着，很多事情只能偷偷地做。我没有告诉她，其实这不是我第一次爬上自家的屋顶。

站在房子的最高处，我猜测屋里面的横梁可能是青枫，也可能是白杨，肯定不会是松树。横梁支撑着整个屋顶的重量，就像爸爸支撑着这个四口之家。

"妈姆，咱屋上的瓦破了！"我大声地叫着，心情激动得像发现了一窝鸟蛋。我的脚下，右脚边斜上方，三四步的地方躺着几片碎成了小片的青瓦。碎片旁边有几撮发青的泥土。我知道这是下院里那个大孩子扔的。他总欺负比自己小的孩子，我不喜欢他。我没看到打碎瓦片的元凶——鹅卵石。妈妈在厨房里没出来，蒸馒头的火还没有点着。

"等你大回来了，换新瓦。"

每年的秋天，雨水又多又密，屋子总是不断漏水。

"妈，屋上那几片瓦换了没？"

"等你大回来了就换。"妈妈总是这样说。北方的秋天，雨水连绵不绝的日子，妈妈总要在柜子上铺上塑料布，用洗脸盆接住漏下来的雨水。

我小心地抬脚，轻轻地放下，踩在不那么烫脚的瓦片上，心里面响起了咯噔，瓦片破碎的声音。我怕爸爸回来打我屁股。青灰色的瓦片一溜一溜地，整齐排列着。这是很好看的安排，我想，写字本上的方格子也整齐排列着。校长的女儿（班主任）要求我们把字写得整整齐齐，不然就打板子。我很喜欢校长，每个周一早上，升完了国旗，他会安排全校学生大合唱。他在前面弹着钢琴，我们五个年级的学生整齐地站着队，唱着很好听的歌。后来校长调走了，听说去了镇中心小学。临走之前，我被他训了一顿。跑完早操进教室的时候，我把住了门口，很多小朋友在后面推我，没推动，他们便告诉了校长的女儿。就这样，我被罚站了两节课。让我很伤心的这些事，妈妈是不知道的。

我不恐高，但是站在屋顶边缘的时候，双腿还是有些发抖。我很想丢下手里的竹竿，抱住面前的那个石棉瓦大烟囱。火还没有烧起来，烟囱里黑乎乎的，啥也看不见。村里其他人家屋顶的烟囱有点脏，我家的却白白净净。这很漂亮，我觉得我家的烟囱不脏的，也不会弄脏了我的衣裳。衣服脏了也不怕，我在捅烟囱，妈妈不会骂我的。

二哥喜欢捅烟囱，把他脸上的煤灰抹我们这些小弟脸上，我用鼻涕回击他。他不喜欢鼻涕，然而我的鼻涕比每天喝的水还要多。"这孩子，长大了会好一些吧。"每次提到我的鼻涕，妈妈总是叹着气。我把竹竿横在两根烟囱之间，伸手抓住大槐树的枝叶，稳住自己。竹竿太长了，我需要抓住比自己高点的东西，才能把竹竿放进烟囱里。

论爬树，我比不上村里大多数小男孩。他们可以爬到光秃秃的白杨树的树梢，可以爬到大柳树最细的枝丫上，而我不敢。粗壮而结实的槐树最好爬，虽然上面没有果子。夏天的时候，洋槐树茂密浓厚的枝叶遮住了阳光和人们的视线。这时候最适合在壮实的树干上乘凉，打扑克。现在，它为我提供了最安全的扶手。

竹竿捅到了烟囱底部，插进了灶台的坑里面。我使劲摇着竹竿，如同孙悟空用金箍棒搅动着东海。烟囱的胸膛里发出锅铲剐蹭大铁锅锅底的声音，陆续有细细的黑色丝线飘了出来，有点像煤油灯盏燃烧发出的黑烟。很多片板结的煤灰掉落灶台，妈妈把灶台里的渣滓铲了出来。烟囱里重新冒出青烟的时候，我急忙把竹竿抽了出来。我的手上沾满了煤灰，手背上沾满了鼻涕。

起风了，树木摇晃。村子前面山坡上的松树林呼啦啦地响，有人喊自家孩子吃饭。崖弧上站着几头牛，牛脖子下面的铃铛叮叮当当，几个人扛着铁锨在柳树下说话。太阳已经不那么热了。远处的山是黑色的蓝，山腰上是一块块梯田，依稀有几户人家散落于对面的大山里。山谷里的村庄烟雾缭绕，几家灯火就有几根烟囱。

我把竹竿扔到院子里，顺着来时的脚印往回走。这次我看到了烧炕时候吞云吐雾的大烟囱，几块砖头砌成的，像是一个四四方方的灶台缩小版。周围乌漆麻黑的，有黏黏的烟油，散发着恶心的气味。我不喜欢烧炕，扯柴火会割伤我的手掌，炕口的烟熏得我眼睛酸。

那时候，我总是想，总有一天，我会过上不烧炕的日子。

转眼已到二十岁的年纪，童年已经回不去了。

齿

陈颖莹
福建师范大学文学院本科 2014 级

我有一位朋友，近来长了一颗智齿。这颗"智慧之齿"害他吃了苦头。智齿疼时，他满脸筋肉扭曲，龇牙咧嘴。不知善给人思想接生的苏格拉底是否也受智齿疼的困扰。大概他与人辩论时需捂着腮帮子方能高谈阔论。不过这并不妨害你在他的胸膛里"发现神的影像"。

白居易对牙齿很敏感："今朝复明日，不觉年齿暮""夜镜藏须白，秋泉漱齿寒""鬓发苍浪牙齿疏，不觉身年四十七"，句句言齿疏鬓白。生活闲散，乃至关心起牙齿来，生命也在琐碎的生活之流中逐渐老去。人到此年纪自然"头白齿牙缺"了。草木至秋摧败零落，肃杀惨淡。树犹如此，人何以堪？韩愈恸哭十二郎时，言己："吾自今年来，苍苍者或化而为白矣，动摇者或脱而落矣。毛血日益衰，志气日益微，几何不从汝而死也"。哀痛至于斯，不禁令人掩卷大哭。

失了牙齿，最不便的当是吃。我父亲不过年近半百，有几颗牙已松动了。他啖食急不可耐，颇担心旁人抢了他碗中美味。某日吃白瓜，他大咬一块，硬生生扯下一颗牙。他的"哎呀"声同嘴里的瓜一起囫囵下咽了。我这才惊讶于牙齿的脆弱。正如丰子恺对"渐"的喟叹，造物者骗人的手段，也莫不如齿的渐疏了。"流连"于齿牙的健全，却不知它每分每秒因啃食的辛苦而损坏。齿疏的本质是时间。我们毕竟不是"大人物"，如佛家般"纳须弥于芥子"。但正由于牙齿的警示，死亡的追赶，生命方在石火光中彰显魅力。

牙齿全部脱落也未尝是坏事。外婆牙齿稀疏，所幸拔去了剩余的坏齿，安上一副假牙。她枯寂的脸庞常带笑，露出的牙齿又白又齐，很是年轻。我见她洗牙，用一柄小牙刷沿假牙的圆弧细细刷洗，纤细的毛刷掸去岁月的余尘。

白居易《吾雏》言："吾雏字阿罗，阿罗才七龄……我齿今欲堕，汝齿昨始生。"我的小表妹，今年四岁，牙已经长齐了，小粒的白牙如小贝壳。小妹半岁时，下齿龈只有一粒牙齿，冒了尖，粉色的牙床涎着温热的口水。等她的牙一粒粒萌发了，她便吃起大人的食物，肉和菜皆要亲自咬断，方有乐趣。人类早期大概也是如此锻炼牙齿的吧。

我的另一位小妹，因为刚换过的牙不齐整，便戴上银色的牙套，每周都要拜访牙医。为了牙齿美观，她不得不束起歪向两边的大门牙，付一大笔矫牙费用，还要舍弃她最爱吃的肉干类坚硬的食物，真是受罪！大人劝慰她，左不过一年的时间，等摘了牙套，什么都由着她吃。十三岁的小妹噘起嘴，"那时我就不想吃了。"确是如此，等她长了一岁，原先爱吃的、爱玩的也随之而逝了。

记得我换牙时，总是自己认真地摇落了牙，一颗颗收起来。有的牙抛上屋顶，有的牙掷入泥里。等屋顶的牙长出番茄树，泥里的牙长出恶龙，我也齿落白头时，我一定挥刀砍树，剑斩恶龙。那时我当满口生花。

门

王晔怡
福建师范大学文学院本科 2013 级

  近几日天气颇有回暖之势，气温却还是古怪得紧。在福州已然两年的时日，却还是摸不准其中的门道，早晚山风满是凉意，颇有"渐霜风凄紧"之感，说的是夸张了些，但相比于午后的太阳当空照，非要人流汗不可的气势，倒也不甚夸大。大概这样的气候，蚊子先生是最乐意的，我在这里谨称其为先生，也不是他有多么广博的知识，实在是这两日双腿遭了罪，不得不服他的实力。

  半夜睡觉贪图方便，一时懒得拉下蚊帐，这陡然给了蚊子先生可乘之机。酣睡之际，耳畔"嗡嗡嗡"的声音实在恼人。蒙上被子乃是懒人当下的决定，但显然蚊子先生是决定与我斗智斗勇了，只要一扯开被子，耳边依旧是那充满着层次感的声音。如此循环往复，挫败的自然是我。

  朦胧的睡梦中，倒还未醒得彻底，我不作为，只盼它能自行离去。似有微风拂过，惊得蚊帐不知向何处摇摆，孤立无援的样子有些可笑。蒲扇的身影就这么大喇喇地出现。它的身姿没有绰约之态，拂过之处却留下一片宁静与安详。蚊帐似是落下了，意外地带着点嫣红的影影绰绰，倒一改往日的素雅。"囡囡，好困觉了，莫挠了。"

  被零碎细微的念经声唤醒，床尾的木门被人细细地合上，只得偷偷漏出一两点光的味道。偷偷起身，打着赤脚，也不觉得凉，脚底是粗糙而敦厚的木板的触感。原想轻轻拉开木门，探一番究竟，"吱——呀"一声彻底暴露行踪。对着佛像虔诚跪拜祈祷的老人倏地转过头。"吵到你了吧，囡囡，天这么凉，快把鞋穿上。"她说着便要起身找鞋……

一恍惚已日上竿头，时间溜得这么快，都不等等我。"囡囡，好起床吃饭了。"没有应声，只有拖鞋踩在木质地板上"啪嗒啪嗒"的声音由小及大。"吱——呀"木门被打开了，接下来是什么声音，我听了却分辨不出。睡意消了几分，跃过墙头的光线斜斜地跳脱进来，不安分地落在了桃红色的蚊帐上。该醒醒了，趿拉着拖鞋有一步没一步地走出内室，余光扫到被供奉着的佛像，摆台上新放了几个红得着实可爱的苹果。原谅我没什么虔诚之心，对佛像的敬意远没有摆台上日日变换的东西来得喜欢。照例是到楼梯口傻坐，我也不知道此处为什么说是照例，对一个没清醒的人是不忍责怪其用词混乱的。坐着敦实的木地板，手在柱上啊墙上啊乱摸……唉，这道门还是锁着，大锁用锈迹斑斑形容实在是不为过。这道门可是承载了往日我所有的幻想，我暗自忖度它就是我想象力的源头。你想啊，一道木门独独地立于楼梯口，既不作通往内室之用，又不是储藏室，平日里还用一把大锁锁住。饶是我是个没有好奇心的人，也实难抵抗揣度它的功用。人也是奇怪，往往记不住具体的事情，却对曾经的思维过程印象颇深。最初怀疑那便是通往隔壁家的门，这怀疑不是没有道理，胡乱说的。两家紧紧连在一起，瓦片一片片叠放，砖瓦之间，邻家的木窗仿佛一伸手就可招致眼前。但后来这个推测是被我有理有据地否决了。既是通道，上锁就有些不能理解了，与邻家依旧是和和气气地相处着，也不会有什么交恶之说。若是说为了隐私，那一开始设这道门就显得多余。两家之间凭空地多出一个通道，还是在阁楼的位置，难免会叨扰对方，也不如正门来得光明。这么说来，它就不是起通道的功用。莫不是存放了些奇珍异宝，需要平日防窥视？好像是在闲聊时听到过"文革"时期把大量的宝贝都扔到了屋外那条小河的零碎信息，也许只是一个幌子，还有些许存在那门后吧。这样想来，门的功能似乎是解释清楚了，但逻辑上还是有些偏差。若是当年视为禁忌的宝贝，到今日早可以大方地见见世人，怎么还落得个破锁幽禁的下场。倘是珍视，也应该换一个更隐秘的地方，而不是放在这道门后，徒然引起人的猜想。到最后这道门的功用还是不得知，大概我也问过知道实情的人，兴许是答案太过无趣，早已记不清了。现在只记得我对它的无端揣测，留一个悬念，保住我想象力的源头也是不错的。

饿了吧，且吃一点饭，再听我瞎说一些什么。冒着热气的泡饭显然是又被热过，配着咸的泥螺、微甜的蟹糊，没有什么比这更美了。一碗下肚，再来一碗也不打紧，早饭总是要吃好的，不似晚饭，吃多了睡得也不舒服。老人早就出门回来了，在厨房拾掇新买的菜。想必不多时就有鱼香、肉香飘出来了。不管他，胃里已经充实了，中饭暂缓一缓罢，也一定是按着我的时间来吃中饭的。大约现在和我一样闲散的就只有那道正门了，白天一径是开着的，还用小椅子抵着，防着它关上。这道门用它最大的善意迎着到来的客人，说是客人未免生疏，不过是常来串门唠嗑、有时也带来一两把新鲜蔬菜的老人家。要说这门最大的神气要算是上面贴着的两尊门神了，门神在上面也待了有些年头了，还是那么威严，我也不敢在这道门上造次，怕是也只有时间这家伙有胆子在上面留下各种痕迹。常偷偷踩门槛，并没有多大的趣味，就是享受被抓包前一时的快意，"囡囡，快下来，门槛是踩不得的。"噢，被抓到了……夜晚待鸡进了笼，人也到了将歇的时候，就要发挥它的用处了。合上门，把木栓拉上，就合得严严实实的了。原来还担心，硬拉着老人关上门，我在门外拼上全部的力气推，门竟一丝都不往里退，只有上面的门神对我吹胡子瞪眼。怕了怕了，再不敢玩闹，先人的心思雕琢得很，我也不猜了，简简单单的木栓就扣紧了一方天地。

屋外的阳光很好，搬一把小竹椅落座，捧上一把冬枣，吐出枣核吓吓正在啄食的鸡。闲时去鸡窝里看看有没有鸡蛋，或者帮老人择芹菜，就是发一会儿呆也是羡人的。鱼香、肉香已经飘出屋来，上午的光景也被我磨得殆尽。"囡囡，吃饭啦"……

我冷得抓了一把被子，阳光好像收紧了，或是未曾出来。人生最不得意的怕是不能主宰自己的梦境，而不是醒了。那后来我大概是醒了吧。

夕阳

黄如燕
福建师范大学文学院研究生 2016 级

橘红色的夕阳下，一条笔直、崭新的柏油公路向远方延伸开去。照旧地，马路中间是绿化带，没有花，只有眼熟的不知名的矮灌木，被修剪去所有姿态，塑造成一模一样的方方正正的样子。在马路的左边，是一艘艘排列整齐的富有朝气的宝蓝色渔船，威风凛凛的红色旗帜在风中尽情舒展着身子，骄傲地望向远方，像一个即将远征的将军。浅滩上，一条废弃已久的碳般的木船虚弱地呻吟着，旗子不见踪影，船舱难寻踪迹，连船板也所剩无几，而遗留下的几块木板，却连当柴火的资格都没有。古老的荣誉已随着船板腐蚀，而今无力再创辉煌。于是，只能静寂地，任火焰似的余晖火化自己，只能无奈地，看着烟般的忧伤轻盈地从火中升起。

站在马路边上看向对岸，曾经模糊的大片树林已变成一栋栋米白色的房屋，清晰得连砖与砖之间的缝隙都看得清清楚楚。

就连江水，也不再是记忆中满怀激情的咆哮模样。时间推移中不断东逝的水，似乎源源不断地带走江的活力，削减着它好似无限的生命。于是，无限就成了有限。

有点陌生，又很是熟悉。

回头看着浸染在暮色中的或红或白的三四层的精致小洋楼，感受那份难得的静谧，思绪不由穿过那一块块砖头，回到那一个个蚵壳中。

小时候的家，红色屋顶像一只展翅欲飞的燕子，轻快又优美；无数石灰人，自己却做不到。我更愿意相信，你一直陪伴着我，沉默却善良，庇佑我和你的放不下，在另一个世界更深沉地凝视着。我知道，每一场雨，都是你。照片里的清明，阳光耀眼，花草盛放，你的墓前，不会下雨。

  清明没有下雨，雨上却有清明。

我们的春夏秋冬

黄诗莹
福建师范大学文学院本科 2015 级

我知道这世上的情感有千千万万种，但终究还是爱最了不得；我也知道春回大地之时，秋风过耳之际，他们始终在我心里。

我用春秋思念他们，用冬夏拥抱他们。

春光从茂密的榕须中洒出，我回到无数个相似的热闹的午后，哪怕那里只有姥爷、姥姥和我三个人。厨房里是姥爷忙碌的身影，空气中却夹带着姥姥的指令和我的挑剔声，还有那咸饭的飘香。我爱吃咸饭，但不容许我的碗里有任何除了米饭之外的东西。直到现在我都想不明白，作为一个被嫌弃的内孙女，我怎么能成为如此有恃无恐的外孙女。最后在挨骂声中我也总能满足地吃下一碗纯粹的"咸米饭"。之后，厨房里的姥爷又开始一顿拾掇，而姥姥则抱着我坐在门外的石板上和女伴们聊天，从三两个聊到成群。尽管后来在妈妈的教育下我学会食不言，但我却一直记得那些端着饭碗，旁边跟着一只小黄狗，甚至是虽站着却聊得不亦乐乎的可爱的人们。我会听到姥姥向她们抱怨爷爷奶奶的不可理喻，也可以感受到姥姥对我的爱意。她说，我们才不管男的女的哩，都是一样疼；她说，我们阿嘤很聪明，昨天老师又表扬她了；她说，我们阿嘤说长大了会赚很多钱给我们花；她说，我们阿嘤说以后要学开车载我们到处玩……就这样，在连石椅都被照得暖和，黄狗被晒得直打呵欠的乡下午后，我许下了无数对他们的诺言，度过了宁静却充满爱的时光。

菊花初生秋露微，长安山的落叶也被凉风裹带着掉落。每一级台阶上的落叶仿佛都在撩拨着离别的记忆。有相聚便会有别离。明明前一晚我还因为长蛀虫牙疼而坐在塑料椅上和穿堂风一起哀号，第二天却因为不肯离开而死死抱着姥姥屋外小小的拱形石柱椅痛哭不放。姥姥难过得没有出屋，我只记得姥爷一直重复说着"不想走就不要走"。和平静的离别不同，我的离别是悲壮的。爸爸妈妈甚至阿姨姨丈都劝不动我，一气之下要把我拖走。我死死抱住屋外的石柱。我想，我人生的意气用事大概全部聚集到那一次了吧。然而任性并不代表能为所欲为，人生的变迁从来不会放过每一个人。

中学时每周五一放学，我都会一手拎着小行李包，一手抓着用省下来的生活费买的两份手抓饼、板栗饼抑或是武大郎烧饼，急匆匆地搭将近一小时车程的公交车上姥姥家。都说童言无忌，但是爱让我谨记着我所承诺的对姥爷姥姥的好，而中学时代的我所能支撑的只有这几个新奇的便宜的小吃食罢了。所以当时哪怕是一个三块钱的油滋滋的饼，我也恨不得煁在怀里不让它凉掉。

后来，我考上了大学，拿到了驾照，拿到了奖学金。我记得我做的第一件事情是自己载着姥爷姥姥上市区，给姥姥买了一件红色外套，给姥爷买了一双黑色棉鞋。我记得姥姥一直说，没想到我们阿嘤也能开着车带我们出来玩了，还记得你以前说学了开车要载我们到处去哩，时间真快啊。回家后，她立马去向老人伴们炫耀他们阿嘤给她买的衣服……

再后来，姥爷的牙齿，姥姥的膝盖、坐骨相继出现问题。姥姥甚至疼到躺不下，走不了。每次电话里的姥姥都不说难受，她还是说着那些话："阿嘤，你自己在外面一定要多注意，要按时吃饭，天气凉了一定要多穿衣服，不要太累了……"而这时的我什么都做不了。

我相信，这世上总有这样的人，让你一想起他们会莞尔，会不禁湿润眼眶。我最不愿面对的就是姥爷姥姥的衰老和病痛。我知道天下没有不散的筵席，但是我却自私地希望他们能一直陪着我。我还没有赚钱给他们花，还没有带他们到处玩，还有好多好多的事没为他们做。我坚信佛说的有愿就有缘，我有愿，我们一定也会有足够多的缘。

春有景，夏有雨，秋有风，冬有雪，我们还要一起走过许多个春夏秋冬，一起看四季的变化。

庄公梦蝶

曾苏婉
福建师范大学文学院本科 2015 级

  天台上，迎着烈日，闭上眼，贪恋着这炽热的血色。一刹那，迅猛地张开手，扑向那一团火。他想这团火将会把那一切烧得彻底，不带一点灰烬。身体急速地下坠，风裹挟着一些人的声音，一排排针似的，劈头盖脸地刺进骨里。蓦地一睁眼，他看见无数张狞笑的面孔，将大地撕裂，裸露着无尽的黑暗。那是地狱。不！他绝望地尖叫着……风忽然停止，一切都沉寂了。

  左手紧紧地勒住脖子，右手则向前挣扎，似乎要抓扯着什么东西。这种扭曲的姿势几乎掠夺走所有空气。庄东风痛苦地惊醒过来，发现自己正在重重地喘气，凸起的眼球因为缺氧而充血，汗水在额头上密密麻麻地渗出，两边的发鬓已被润湿了一大片，神色恍惚。

  窗外，好像有什么躲在那黑色面纱的后面，肆意地偷窥着。他的一对瞳孔骤然扩散，蜷在掌心的指尖，猛然间扣紧。一颗，两颗，三颗……这千千万万颗尽是他们的眼！越来越近，越来越亮，越来越那么不怀好意！轻垂的眼皮颤动着，后背绷紧到脊骨发疼。猛地用被子把自己缩成一团，像个茧一般，越来越紧，越来越紧。

  氤氲的水汽模糊了整间浴室，抹去镜子上的一片朦胧，慢慢浮现出两个黑魆魆的窟窿，如旋涡一般，陡然地将他卷入，天旋地转。

  "你问我为什么这样子做？我害怕呀，害怕别人否定我，因为别人否定我就会讨厌我，讨厌我就会攻击我，没有人保护我。我必须要努力上进，必须要学习成绩好，必须要按照他们所说的方式去做，要对所有人都谦和，要对领导、老师如何如何，要对亲朋好友如何如何，不要考虑自己。但我觉得我所做的一切都没用，不论怎么努力，那些人都不开心，他们总觉得我没有达到一个更好的状态……"

"你问我是不是生气了？是不是累了？是不是委屈了？是不是对谁愤怒了？我什么都不知道！什么都不知道！别问我！"

他突然放声大笑。

热腾腾的水汽蒸红了他的眼，这让他即使在笑的时候，也总有一种马上就要哭出来的微表情。

"砰！"他猛地一拳砸在镜子上，反溅起点点晶莹血色，这把他怔住了。他背倚着墙缓缓地滑了下去，顿了一下，便半躺在冰凉的地上。白色的墙上留下一痕刺眼的鲜红。侧脸僵硬，后颈机械地往下弯曲，头往胸口垂。一阵冷气从左侧扑来，忽地打到他赤裸的身体上。他猛地闭上眼，牙止不住轻颤。好一会儿，空气寂静得好像一切都死掉了。他想起来了，刚刚那一瞬间，那个人似乎说了什么，他有些记不大清。犹疑片刻，他便迟缓地站起来。

浴室的温度渐渐冷却，镜面的雾气慢慢褪去，青色的胡茬、消瘦的脸庞……枯瘠的生命，触目惊心！他好像也被掏空了什么。空气里的血腥和手背上的疼痛刺激着神经，他忽然明白了，"那个人就是我自己呀。"他哭了，那个人也跟着哭了。他们哭得那样伤心，那样懊悔，那样悲恸。

他记起来了，他记起来那个人说了什么！

"我爱你。"

他自己也弄不清楚为什么他这样抑制不住地想吻着镜子，把镜子吻个遍，并且疯狂地发誓要爱它，永远爱它。

看呀，他那又哭又笑的表情，是多么滑稽！

后背的血早已凝结，并起了一层薄薄的红红的痂，仿佛下一秒，就会有什么东西从那冲破出来。

"庄东风，吃饭去？"

"你先去，我钥匙不知道丢哪去了，我去补办一下。"他大步地走出宿舍。

傍晚的霞光，酡红如醉，晕染了半边天，万物也都涂上一层朦胧的瑰色，如梦似幻。庄东风突然发觉似乎有一种奇异的力量将他的脊骨撕裂开来，随之这种感觉又烟消云散，他摇了摇头，笑了笑。然而，他的背后有什么东西，泛着淡淡柔光。

一轮红日，一道影子，一双亮亮的眼，一抹浅浅的笑。他知道"万事俱备，只欠了我"。

起风了——

最后一缕斜阳落在天台上，一枚钥匙流转着淡淡的光晕……

古韵凤凰

张蝶衣
福建师范大学文学院本科 2016 级

　　文学巨匠沈从文先生曾有这样一段描述："若从一百年前某种较旧一点的地图上寻找，当可有黔北、川东（今为渝东南）、湘西一处极偏僻的角隅上，发现一个名为'镇筸'的小点，那里同别的小点一样，事实上应当有一个城市，在那城市里，安顿下三五千人口，这就是凤凰古城。"而今，凤凰古城在地图上却是十分显眼。

　　从时间的深渊中打捞起沉浸五年的旧时光，拭去微尘，古老的凤凰城剪影便逐渐清晰起来。

　　到达古城时已然黄昏，彼时内城已关，于是只能在外城附近择小旅馆留宿。在我的记忆中，只消一个钟头不到，外城就变得索然无味了。外城虽是还保留着旧时的模样，青砖不改，绿水悠游，但早已被旅游业侵蚀。商品一条街、酒吧一条街，古旧的外表下处处是现代化的繁华内涵——像是白胖胖的大包子切开来流出的却是芝士培根。鼎沸的人声掺杂着城市灯红酒绿的庸俗气息，生生坏了青石的古韵雅致。粼粼河面映射的霓虹灯光，一下子戳破古城幻影的气泡，把故旧的梦粉碎。

　　终于熬到翌日开城的时间点，随着人群进入内城。踏过陀河上的石桩，寻一偏僻处，看烟雨凤凰。

　　滴翠的河水穿城而过，有老翁披蓑戴笠，撑着竹篙架竹排溯游而上。两岸的吊脚楼临水而立。多年的夫妻隔着水，以安宁平和的目光对望，少了热恋的情愫，更多的是老夫老妻的恬淡。

　　晨间的薄雾带着氤氲的气息自陀河下游缓缓翻滚，吞没水面，吞没远方的小石桥，不紧不慢地溯源而上，形成了烟起凤凰的朦胧感。不待晨雾穿梭披覆整条绿河，旭日便撒下金光，为将褪的薄纱缀上金亮的鳞片，片刻后又开始大变脸，急不可耐地掀起柔水的面纱，用自己的恩泽替换雾的纠缠。

　　竹排驶过，漾起的水波在水面上层层晕开，隔空轻摇两岸竹楼里的睡梦，柔声唤醒安歇的人。对岸吊脚楼的小窗呼啦一下子打开，一双素白的手攀住窗沿，探出半个身子来，带着蓬勃的朝气在日光下熠熠生辉。深吸几缕金黄而嫩绿的空气，复而坐下，那是苗家的少女趁着晨光对镜梳妆，温婉纯净得叫人移不开眼。

　　老翁小心翼翼穿过虹桥的涵洞，印在眼眸里的是虹桥上三层屋宇，朱梁红灯，娇俏的檐角蘸着青灰色，透过几扇镂空木窗，隐隐可以看到远方的青青山色。廊桥上摆摊的小贩，吆喝中带着歌唱的婉转，直叫人侧耳倾听，去捕捉不小心从半掩的窗子里流溢出来的细碎言语。圆润的涵洞落进水中，绘成一个大大的圆，而老翁就穿圆而过，在天水的接缝处飘浮。

　　竹排渐而远去，绿水悠悠，和青山相连接。是绿水融成了青山，还是青山化成了绿水，我们无从知晓。老翁渐渐隐入虹桥的身影后，消失在人的视野中，遁入山水，无迹可寻。

　　青砖青墙，绿水绿山，细雨微光。雨珠坠下云层，亲昵地吻着青石板，弹起复而落下，最后化为一摊柔水瘫软在青石板的怀抱。于是黛色冰凉的石板上便留下浅浅的水泽，经年拥抱的痕迹——淡淡的小水窝莹莹发光，折射悠远的过去。

　　我以为凤凰像极了一位女子，或着古裙或着旗袍，柔而雅，古韵十足，仙气飘飘。

　　或问当你漫步在凤凰，你是否曾遇一名女子，撑一只纸伞，过街串巷，感受不知何来的芬芳。

黑夜怀想

罗若钦
福建师范大学文学院本科 2016 级

2010 年，一个孩子开始了对未来不可名状的恐惧。如今，我回想起了那个寒雨瑟瑟的夜晚，雪白灯光所照亮的，是空白的存在。我的恐惧，来自现实空白对内心空白的映射。

思绪在被我贴上苦痛标签的过去与坦然无惧的当下游走时，于今难以清晰感受那时心情的事实让我诧异。后来我明白，回忆中的往事已被抽去当初的情绪，如尘土飞扬的青春逝去，尘土也所剩无几。

然而，以现在的心态代入过去，直接的感知还是回忆过去时，肠中酸水的灼热感，愁怨时而像酸水，一滴一滴腐蚀神智，时而像软刀，一点一点啮噬神经，让我想将自己的胸膛剖开，看看里面是怎样的浊液翻滚！

时间会冲淡百味，而如今在自我精神的基石下，仍能嗅到其间渗出的酸腐气息，因为过去仍然活着，只是永远停滞在了那个时空。

我仍然记得，翌日直视太阳时，积蓄黑夜的苦水蒸腾时的不安，那是对于光明的恐惧。周围人的欢声笑语让我恐慌，当我哭丧着脸默默走开时，人群中时而爆发出的谈笑似乎都是对我的嘲讽。

愤怒的力量终究转化成了悲哀的自我怜悯，一个脆弱的存在所幸还有所慰藉。多年以后我才知道沉溺黑暗也会享受黑暗，虽然那是带着痛的快感，是满目疮痍的苟且，但苟且也是一种精神依赖。黑夜的洪水滚滚而来，吞没了欢笑，也就吞没了恐慌。我可以依偎我厌恶的存在了。

相伴

　　人生如戏，一个极端是另一个极端的伏笔，渺小的自卑也会幻化高大的自负。以当时的标准看，也算有自负的资本，只是现在看来可怜的资本被无限放大。当我朝现实低头的时候，我开始在文字方面翘起滑稽的尾巴。我俨然以文学才子自居，凭着幼年朦胧的文学感受力和胡乱借读的几本名著，在这方面自负起来。我仍然记得那时的个性签名"胸藏万汇凭吞吐，腹有诗书气自华"，以及自我拼凑的"曾经沧海难为水，心存高洁不低头"，年少的豪气、自卑的怨气、书生的意气、少许的才气，调和成一股酸气，空虚的内在总算得到除黑夜之外的补充。

　　狂骨会给内心增加韧性，如同黑夜给我抵挡黑暗的力量，虽然我终将挣脱它。

　　我不知道为何我的小脑袋开始充斥对人生的思考。在一次次地尝试后，我知道没有人可以给我答案，孤独感产生的"虽千万人吾往矣"的豪气让我继续思考，后来我知道，那不仅是寻求自我解脱的尝试，也是青春特有的思想变动，伴随着青春的阵痛。

　　当我能对过去的苦痛侃侃而谈时，我知道，放下即是拿起，拿起即是放下，平静下的暗流总是很汹涌，但已流向远方。

　　尝尽百味，方知生活有千万种可能，而一个人他只能活出一种模样，成长不是变得世故，而是当你发现世界对你越发残酷的时候，你对它的善意仍与日俱增。

　　黑夜吞噬眼睛，让它焕发光明。

青山明月不曾空

卢诗婷
福建师范大学文学院本科 2016 级

  父亲说他们的好时光是在山上，裸着上身，光着脚，如油老鼠那样滋溜钻进坟地。抬头看见的就是月，脚底下踩的就是墓里陪葬的钱贝。一群野孩就戴着头盖骨，拿着枯木枝，在月光的见证下，群魔乱舞。这确实是他们独一无二的好时光，旁人难以体会其多么逍遥。

  在父亲的眼里，明月不是诗人眼中的嫦娥，也不是科学家眼中的不发光球体，它就是世界上最大的一个地瓜，金黄并且散发混杂泥土的香味。因为好时光都是用来怀念的，所以掺杂了太多自己的情感。父亲曾经靠山吃饭，而今，他是我的山，喂我吃饭。从青山那里学到的本领，够用一辈子的了。明月曾带给他的想象，而今也具体化到了地瓜的身上。他那从我儿时就念叨的好时光，也似乎能讲一辈子。只是那山和月，是不随人走的，一个稳坐，一个紧挂。偶尔细听，那模糊的切察声，却早已分不清是油老鼠，还是野孩子。

  父亲的故事，只有他才能懂。而父亲不过是大山子孙中的一个。那一群钻坟地的野孩子一个个穿上鞋子，拘进了单元房。精瘦得能见肋骨的身躯松弛得装得下西瓜，念叨着好时光的那群人，却离开了这好地方。他们曾经躲在坟堆后面，看着村里的困难户哆哆嗦嗦地潜入地瓜地，仔细地抚摸着垂在地上的藤条，最后才下定决心挖走了一个小地瓜。他们这群最有正义感的士兵选择了沉默。转过坟堆一看，地瓜地的主人就杵着铁锹，站在草棚的旁边，目送着小偷离去。月还是那样紧挂，但似乎变得暗了些。这群士兵感到了胜利，殊不知，那是疏忽的善良。他们在青山明月中发生的故事仿佛用尽了笔墨，耗光了才情，才成就了他们的好时光。

每当父亲喝醉了的时候，常常对我说："以后你若嫁了，我就和你妈妈回山里去，建个小楼，每晚都到竹林走走。"是了，青山明月不仅抚养他长大，还给他留了一个念想，类似于游子身后那沉甸甸的故乡。在父亲生意出现困难的那几年，他嚷着回到山里去，可他清楚地知道，青山明月不曾空，只是少年难再有。王昌龄曾吟出"莫道弦歌愁远谪，青山明月不曾空"，在这一刻，我找到了他俩的共鸣。父亲感谢山和月给了他灵魂，也埋葬他那充满地瓜香的甜梦。所谓越是怀念，便越是走远。

我很羡慕古时的隐士能把自己放入这青山明月中，可后来便也释怀——不过是当时的明月换拨人看，山和月还是一个端坐，一个紧挂。大山的子孙们，都能从自己的祖辈里找到好时光：迷雾的山林、头顶斗笠的人们、山谷里传来的动人歌声。毕竟，青山明月不曾空，寄畅天涯聊慰君。

阿嬷的厨房

魏琳
福建师范大学文学院研究生 2016 级

　　清明节，阿姐回了趟老家，阿嬷非常愉悦，一接到电话就忙活开了：到地里择菜拔葱，把冰箱里冷冻的鸭肉取出来退冰，到柴火间里多抱了两捆木柴，放到锅灶前。邻居的依姆过来找她串门聊天时，看她忙前忙后，好不热闹。还没来得及发问，阿嬷就笑着急忙抢道："我们家大妹今天回来，说是陪我过生日。"阿嬷过的是农历生日，今年恰好碰上清明节。按照老家的风俗，清明节过生日不能买蛋糕庆祝。不过阿嬷已患糖尿病多年，几个儿子虽然常年不在身边，但总是在电话里忌她的口，加上嗜好甜食的阿公离开也好几年了。阿嬷的厨房里便几乎看不到甜食的痕迹，除了灶台上的一罐见底的且早已受潮结块的白砂糖。以往几年阿嬷都是自己一个人过生日的，往往就是煮两颗鸭蛋，下一碗长寿面，像平常煮面、吃面那样就过去了。虽然会接到几个儿子从各地打来的电话，但阿嬷的语气总是难掩失落。

　　阿姐说，这趟回去，阿嬷的厨房又有了新变化。去年刚买的不锈钢烧水壶旁又多了一台微波炉。那是三叔过年回来购置给阿嬷加热饭菜用的。阿嬷做惯了一家多口人的大锅饭菜，虽然一个人生活了三四年，但做饭做菜的量还是没减多少。再加上后院的竹篱笆里总是围着一窝鸡鸭，她就怕饿着这些家禽们。每次热剩菜时，她总要在大灶台里生火，往大锅里倒几瓢水，水上搁上一个竹架，将所有的剩菜带碗摆到竹架上。我们从小最怕吃这样加热的饭菜了，所有的味道在蒸汽里混杂到一处，一掀开铝制的大锅盖，一股错杂的热气便扑面而来，看着一盆盆发黄发灰的菜肴，顿时食欲大减。但当初跟阿嬷生活了七八年后，我们就渐渐习惯了。只是多年后的现在，再面对这样的饭菜，尽管有些难以下咽，却不敢拂了阿嬷的盛情美意，只能扒着饭用力塞进肚里。而因为担心她一顿菜又要加热好几顿，我们每次都要拼命似的夹，拼命似的咽。好容易把前几顿的剩菜解决了，下顿饭阿嬷又开始磨刀霍霍，麻利地又做了几大盘又要吃好几顿的新菜。

　　阿姐渴了想喝水，阿嬷就从几案上摆着的各式茶叶里取了一包，撒在大口的马克杯里，取过一旁的电热水壶，沏了一大杯茶。她说现在喝的这些茶叶都带着各种花香味，一点茶味都没有，还是过去自己摘自己炒的土茶好喝。的确，那土茶水苦中带甜，充斥着植物特有的清香，在炎炎的夏日灌上一两杯，只觉身心通畅。记得从前还没跟阿嬷真正一起生活的那会儿，我们姐弟仨每次午饭后，都要"蹬蹬蹬"地跨过阶梯走廊，到廊下阿嬷的厨房里讨一杯土茶："阿嬷，些大（喝茶），些大（喝茶）。"当时我们还住在老宅里，阿嬷的厨房地势较低，处于我们那个大宅院的中段。由于被四周的屋子隔着走廊挡着，大白天必须要点灯。整个屋子非常大，是中间没有阻隔的两个厨房的结合体———南一北各有一个灶台。当时三叔已经成家，北端分家给了他，阿嬷和阿公就在南端那处生活，直到几年后小叔成家才搬出。记忆中阿嬷的厨房里有一个高高的木桌，上头摆着两只大号的印着红双喜或者龙凤图案的搪瓷杯，周围放着三四个黄华山白酒的玻璃杯。小弟当时才两三岁，每次都跟在我们姐俩屁股后面，我们总要搀着他跨过厨房门口的门槛。阿嬷每次都会喂他夹一两口配菜，看到他吃得笑眯眯的，这才起身走到木桌前给我们倒茶。她直接从开水壶里把热开水加到大搪瓷杯的凉水里，再一一倒入玻璃杯里递给我们。我当时个子很小，还够不到茶桌，只能努力伸直脖子，抬头观看阿嬷的动作，有些急切地等着她把杯子递给自己。这茶水已泡过好几遍，杯子里的茶叶都展开到最大程度了，一片片地在水里绽放。虽然茶味很淡，但对于年幼的我们来说，却是比碳酸饮料更好喝的饮品。如今回想起来，虽然已记不清当年的茶味了，那段记忆却成为唇齿留香的美好回忆。

　　如今，阿嬷已离开老宅，在十年前新造的砖房里度过了她的花甲之年。而今那老屋已满目是蛛丝，当年那高高的茶桌也不知被闲置到哪处去了。而阿嬷厨房的墙上，总是一成不变地挂着一本老式的日历，绯红的封面上不是观音菩萨就是财神爷图案的那种。墙上的挂历从2000年一页页翻到2007年，从2008年一页页翻到2013年，忽然间，就翻到2017年了。在这十多年时光中，阿嬷厨房里饭桌上的人数从两个到四个，从四个到五个……最后，只剩下了她一个人。在这匆匆而逝的光阴里，我们从少年成长为青年，成功摘掉了留守儿童的帽子，却将留守老人的标签，贴在了阿嬷身上。

明亮的空屋

张丹华
福建师范大学文学院本科 2014 级

一 预知梦

人很多，但睡梦的种类有限。如果我们在同一个晚上，把所有关于逃亡和坠落的梦重叠起来，就会看到一小群狼或者鬼魅追着几亿人奔跑，人群分散逃亡到不同的摩天高楼上（因为"悬崖"已经过时了），然后排好队从上面一个接一个跳下去。人类像雨一样坠落，把他们的视角集中到同一个图层，庞大的高楼群正像爆炸后的云翳一样崛起。我站在队伍的末尾，一个声音不断鼓动着："去吧，你的手里还有时间的赌券，还有明亮的眼睛。去吧，用它们换一个温暖舒适的新世界的房间。"

二 新世界的房间

我在空房间里醒过来，世界悬挂在梦和睡之间的细线上，蒙着雾水。光线被百叶窗割碎，栅栏状的阴影从天上垂下来，笼罩所有东西，连带着它们在我脑海里的形象都被涂上灰色。在一间空屋子里，灰色恰好。

这不是我的房间，它更像酒店的短租客室。这样的房间，一年里我父亲会住五天或七天，我会住一两晚。窗外有几株紫荆和两三棵玉兰，它们只在我的想象里开过不知什么颜色的花。每个月，物业的雇工来修剪横漫的枝杈，咔嚓声却没惊响过我的晨梦。我从电话和视频里知道大门岗亭换了新保安，楼道粉刷了新漆，但每个保安的脸、楼道的颜色都是我记忆里泗湿褶皱的一块。从概念上说，这里是我的家。但我的钥匙串上不挂这里的钥匙。

十年前，我站在老屋门口，看着父亲载着我爷爷和一车未抛的旧物驶向他们的新居。如果我爷爷这时候回头，一定能看到车后飞荡的尘土不断沉降，淹没了老屋里留下的杂乱。

如果旧不如新是一个定律，那我爷爷一定正在成为世界上最幸福的人。从家到医院的路，我已经走了几十天。但对他来说，每一天都是新的。

我牵着他走过健康路、然后左转走过两个路口，第一个路口如果遇到红灯要等75秒，第二个要等90秒。接着走过如意河大桥，下桥后顺着安乐路向北走六分钟。

在这样一段路上，要反复告诉他我们在哪、我们要去哪、路上要走多长时间。遗忘症沉重的第三个月，我只能每天步行送他去医院，因为他不愿意坐"陌生人"开的车。在我爷眼里我有很多身份，有时候是他的学生，有时候是他的女儿，有时候是他十六岁就死了的妹妹小杏，不过大多数时候我都是"陌生人"。

得病的第一个月，他还记得他有个孙女，只是不记得孙女的名字和长相。这有什么关系呢？很多年前，我也怀疑过他不是我爷爷。那时候我刚上小学，和堂弟抢一罐八宝粥，把堂弟推跌了一跤，弟弟坐在地上哇哇哭，惊动了厨房做饭的爷爷。他把八宝粥从我手里夺出来塞给弟弟，斥责我没有做姐姐的样子。那天晚上我委屈到吃不下晚饭，在饭桌上冲他嚷嚷，说他重男轻女，只护着弟弟，根本不是我爷爷。第二天，我爹从外地打电话给我，让我别和爷爷赌气，他说爷爷从小把我带大，却从没带过弟弟，他心里有愧。他还说那天我一晚没吃饭，我爷爷就一晚没合眼。

种以稚气，还之老衰。当时我赌气不认我爷爷，现在我爷也不认我了。最开始他只是记不得我的长相和名字，后来他已经忘了孙女的存在。有时候，我也想找人给他打个电话，告诉他，他不是每天孤单单地住在陌生人家里。

他的新居已经不再是他的家。屋子外面的紫荆和玉兰不再是家门口的点缀。以前，他总在电话里和我絮叨新房子好，门前的花树又开花了。小区的草坪刚刚修过，下个月月季和石榴也要开花，问我什么时候回家去看。明知故

相伴

问,从我去外地上学的那一年,只有每年春节才回去陪他两天。有花盛开的日子就是我离家的日子,那些淡白、紫粉、深红浅红只是我脑海里模糊的色块,没有形态、没有声音。现在,他和我一样,也记不得楼下的花几月开了。

他偶尔能记得早被卖掉的老房子。很多次他穿着大衣和拖鞋,在客厅里团团转,找他的皮包。他说皮包放在沙发上,里面装着他昨晚批改的卷子。那个不存在的皮包,确实安稳地躺在十几年前老房子的沙发上。我该怎么帮他取回来?我不太记得旧沙发的样子,但我还记得那时候,每天中午放学回来,我趴在沙发上看电视,隔壁厨房热油滋滋地唤起焦黄的香气、小锅里咕嘟嘟煮着或甜或鲜的暖融融。老房子的厨房不整洁,架子的阴影里藏着放蔫的蘑菇和发芽的生姜,案板旁边丢着用剩的葱白或蒜瓣。新房子一切都很新,灶台和菜刀反射着冷光,大概因为我不在家的日子,爷爷一个人总提不起精神做饭。等到我回家照顾他,我们的三餐都潦草得进了医院的食堂里。

买新房的时候,附近的医院远近,被我父亲看重。人对医院的态度始终是矛盾的。理想世界里,医院应该是一个永恒陌生的地方,但回到现实生活,我们又希望它离得近一些。得病的第一天,我们相信医院,后来我们怀疑医院,但最后我们只能相信,因为其余一切可能的希望都已经失效了。不管我们的态度如何,我爷一直觉得医院是座荒谬的牢房。得病的第三个月,他自己拔了滞留针从医院跑出来。

最后,我爸在冰冻的如意河堤找到他,那天冷极了,柳条上坠着瑟瑟絮霜。我爷穿着蓝白条单衣,怎么都不肯和我爸回医院,他哆嗦着嚷他没病,别人要害他才把他关进医院,他要出来接他孙女放学。

快80岁的老头,一辈子在儿孙们面前把"立家法"的鸡毛掸抽得叭叭响,站在河堤上对着自己儿子淌了一脸泪。他不想去医院,他不知道自己在哪,他只想接他孙女回家。可是等我从两千公里外回家,他已经连孙女都忘了。

医院陪护是困难的工作,你无事可做又不能分心,长久地盯着输液管滞液的透明小瓶,看它像数时的沙漏,一点点满上又一点点地空下去。你去捂白床单上被药液冻得冰凉的手和小臂,他的指节和手肘都突在皮肤下面,连骨头也是冷的。其实你一直知道最终的结果不过是或早或晚的事,可他却被你牵拽着,在最痛苦的一段路上反复徘徊,你觉得自己自私心狠,又觉得自己可怜。

　　这么想的时候，通常都是在深夜，躺在陌生的房间里，窗帘扬落不停，我爷睡在房间另一头，白天的药水冲淡了血液，让他能够镇静。但这里也太静了，仿佛一颗荒星。我冲着宇宙深处不断叫喊，宇宙是不传声，什么都唤不醒。《飘》的结尾，人们说："Tomorrow is another day."在明亮的空屋里，我等着明天，其实更想回到过去。

三　预知梦

　　我站在楼顶，前面的队伍越排越短。遗忘已经走到我身边，他一手拿着钥匙，一手伸开向我讨要眼睛和记忆。一个我缴付费用，带着钥匙下坠，另一个我攥紧自己的记忆和眼睛，把遗忘推了下去。于是，第一个我在下坠中沉入甜美的睡梦，第二个我站在楼顶上，看见冷风掀起无数片窗帘，露出无数个明亮的空房间。

相伴

时光列车行有轨，青春到站终有时

杨勤
福建师范大学文学院本科 2016 级

动车运行的声音塞满我的耳朵，这类似轰鸣又似许多人哼出来的嘈嘈杂杂的音色大概同时光穿梭机运行时一样。因为突然地，有关所谓青春的感想之潮向我席卷而来，形成一波波庞大的模糊。

是回忆么？青春也无需回忆。现在迎面走来一位二十岁左右的姑娘，黑色网纱裙裙摆轻盈，牛仔外套愈显活力，齐肩长发跟着步调飘摇，颊映桃花，微微一笑。这般的容颜和姿态可不就是青春？它活生生地比人还要长久。

随处可见美丽的女孩子、帅气的小伙子。对于青春的定义往往是年龄轻的。我想起，有一年春节姑姑到我家里去，见了我就说一个词——老成。原因在于，她说我新买的那件外衣颜色太暗，看起来像是她那个年龄的人穿的。我那件大衣款式其实还是很流行的，只不过是深藏青色，穿在身上的整体效果是严谨的、显得有些不苟言笑。长辈们愿意看你穿大红色衣服（某种程度上来说是非常愿意），不愿看你穿一身灰黑。在他们眼里，年轻应该是多彩的、张扬的、绚丽的；这或许是回忆所形成柔暖晕圈的缘故，人慢慢地经历过一年年的岁月，回忆起来觉得青春应该是最美好的那段日子，可不就应该配上最美好的颜色。

但是好好想想，我发现"挥霍"二字常与青春连在一起。你很难定义，甚至很难告诉一个走在你后面的人，你曾经走过了什么样的路。回想我的初高中，中考前紧张备考、高中选择文理分科，甚至于高考，这些看上去有重大转折意义的时间点，却什么感觉都没有给我留下。这大概也与我并不刻意去记忆有关系。在美剧《吸血鬼日记》里面，女主角一直保持着记日记的习惯，因为她觉得"回忆弥足珍贵"。我不否认，也确实是这样，但我不甚爱"思前顾后"。我想我可能是棋盘里不顾一切径直前进的卒，仿佛知道某一条道路永远都属于我，所以肆无忌惮。

我非常喜欢人生是一条道路的譬喻，它非常贴切。以前偶然看见北岛的一句诗——"你行走的范围，就是你的世界"，只消看一眼，它便刻进我的心里去了。行走的范围、必走的路途都是你的，可是一路上所将遇见的，不太可预知。我虽然不是一个喜欢冒险的人，但是这样必然的难以预知还是让我激动，尽管有时不只是欣喜，也会有悲戚。有人陪着一起长大悲喜，有人张开臂膀给了拥抱，有人点点头就带来小小欢欣，有人一句"长大了"似醍醐灌顶……朋友、师友、亲人，有人和你一起丰满你的记忆，在共同陪伴中，你能察觉有时他们的眼神会说"你现在可不就是年轻嘛"。

纪伯伦曾写道"无声的忧愁"，我也有着时为人所诟病的青年的悲伤情怀。纪伯伦回想的青年时代里忧愁必不可少。就我的理解而言，这种忧愁含着些许迷惘和抉择的责任。人们很难对正在经历的事做出精确的论断，所以我无法说清现在如何，现在还要怎么走才算正确。不确定可以是悲伤的一种来源。我就一步步走着，忽然发现：啊！这儿有路，以前没有走过的路；它看起来通向一个遥远且令人向往的地方。那么，走走吧。

很多时候，我后悔做过的决定，悔自己的轻率，悔自己的无知。过去的几年里，我貌似做过许多傻事，而直到如今才有所发觉。这无知也是后知后觉，人不可能总是聪明的。有时做出的没有把握的决定，反而是迈出的最重要的一步，或许还能驱走忧愁。

一辈子要做许多选择，选择能有多难？只不过一切结果都要自己接受，愈是年轻则这种因果愈是明显。做决定时，我心里总好像有小人儿在争吵，徘徊和坚定，停顿和前进，无赖似的反反复复。但若不是这样会更奇怪吧。只是不要犹疑太久，岁月会等你，它也有自己要到达的终点。

相伴

岁月悲情

李选龙
福建师范大学文学院本科 2016 级

  过了今晚，我就二十岁了。每个人对于这一天都有着不同的理解和感受，有的人会在烛光的闪耀中欢喜，庆祝自己又大了一岁。而我却独自坐在昏黄的路灯下，守着十九岁的最后一个夜晚，当岁月的闸门再一次打开时，我看着生命之河的奔涌和流逝，一个人沉默于岁月的悲情中。

  我不曾想，这七千多个日子是怎么从我掌间溜走，在这漫长的日子里，岁月给了我什么，又把什么从我的生命中拿走。在这二十岁的年华里，我同情每一个二十岁的人，因为我们都受到了时光和岁月无情的劫掠。我们只知道岁月给予了我们很多却不知，在我们满心欢喜的时候，它又把我们更为宝贵的东西悄悄拿走，动作是那么轻，那么不易察觉。

  多少个繁星满天的夜晚，我们不再抬头凝视夜空里的星星，不再追问星空的秘密，我们忘却了星星的话语，忘记了那双灵动的眼睛；多少个沉静的黎明，我们不再守望太阳从天边升起，不再怀着朝圣者的心，我们忘却了生命的颜色，忘记了时光的身影。岁月让我们失去了仰望的本领，于是我们只是埋着头匆匆路过，满脑子盘算着如何通过考试、如何找到工作、如何更讨人喜欢、如何过上更体面的生活。岁月之手推着我们匆匆前行，让我们的阅历变得更丰富，却让我们的灵魂变得更浅薄！也许我们不会知道，岁月是一个高明的魔法师，给我们的是看得见的，拿走的却是看不见的，于是我们还洋洋得意。殊不知，在岁月面前，我们是半个盲人。

岁月教会了我们很多，但也让我们忘记很多。它教会我们如何适应社会，如何赚取名利，它把我们改造成了一个个以适应社会为原则的人，同时也改变了生命的本真。岁月冲淡了我们的记忆，让我们忘记了自己原来的模样，于是我们找不到原来的自己。当曾经的真与美在我们的梦中闪现，当现实的假与恶刺痛我们的心灵，我们会比较，但不愿得出结论，因为往昔不再，而现实就在眼前。如果我们的灵魂足够深刻，我们会再次诘问，过去的生命与现在的生命孰真孰假？岁月是把我们从过去的真实拉到现在的虚幻中，还是把我们从过去的虚幻拉到现在的真实中？

尽管岁月带走了我们很多宝贵的东西，我们却很难察觉到，因而很少为之痛苦，最让我们感到痛苦与无奈的是岁月也带走了它本身。逝者如斯，不舍昼夜，没有谁能够阻挡岁月之河的流淌，我们只能无力地望着它流去。青丝暮雪，鬓若秋霜，没有谁能阻止岁月在我们脸上留下痕迹，我们只能无奈地感伤。岁月一直在给予着我们，当我们有一天突然发现岁月也在消逝，我们会从梦里惊醒，岁月终将会带着它所给予我们的一切永远离去！那时，有人会发出"无可奈何花落去"的感叹，也有人会言说"本是无一物"。

也许，人生的空虚在于人与岁月的彼此漠视。当花开花落不再引发我们的感叹，当燕去燕来不再触动我们的愁思，往事也被匆匆步履带起的那阵风吹散，我们冷落了岁月，岁月也冷落了我们。当有一天黄花满地，我们会埋怨岁月的变迁和无情。当流光的暮声敲响，我们会惊愕，然后惊慌失措地打开生命之匣到处翻寻，却找不到一件珍贵的东西，于是我们怅然。

岁月以其特有的魔力雕刻着我们的生命，在这把刻刀前，我们有意或无意地改变着自己，有的是出于无奈，而有的却缘于无知。但无论怎样，当我们带着陌生的面孔去叩问灵魂生命的意义时，灵魂一定会讥笑着反问："既然选择丢弃生命所赋予的最本真的自己，又何必追问生命的意义？！"

生命赋予了我们人生的主线，这条主线贯穿了我们生命的始终，岁月牵着这条主线前行，也许不经过岁月的淘洗，我们无从得知。但岁月不会因为人生的短暂而怜惜任何人，一部分人找到了这条主线，然后真实而自由地活下去，他在岁月的冰河中感受到了它的温情，怀着一颗虔诚的心，感谢生命与岁月的馈赠。也有一部分人离这条主线越来越远，在恍恍惚惚中度过虚无

相伴

的一生，岁月悲歌在灵魂的困乏中奏响。但我相信，岁月还是有一点人情味的，在它给予我们的最后时光里，会让所有人看清这条主线的样子，但那时会不会太晚？

也许岁月本属悲情，但如果我们在岁月的激荡中不改生命之真，不忘心灵之志，不失灵魂之本，那么即使岁月属于悲情，在悲情中我们也能获得生命与灵魂的慰藉！

菩提树下桃夭盛

彭义猜
福建师范大学文学院本科 2016 级

  缘来弃一世光景
  只求再见心念人
  年复一年终无果
  静待生世那人在
  世人都寻菩提子
  怎奈菩提本无子
  菩提树下寄相思
  菩提花下现人魂

  老家的深山老林里有一座庙，我本不信佛，怎料外婆却无端相信佛的传说。从小我就是在沉香和烛火的熏染下长大的，家里的弄堂中央立着一座小小的金光如来佛，在佛像前还有一个周身纹有莲花的香炉，香炉里盛满了灰白灰白的香灰。而我记忆最深的要数外婆的那一串菩提珠，依照外婆所说的那是由菩提树的籽做的，每次外婆在念经时她都会不由自主地转动手中的珠子，但我自始至终还是没学会那佛经。

  外婆告诉我，如果没有她的虔诚向佛就没有我，由于妈妈怀我时常常动怒而动了胎气，又不怎么注意营养，当生下我时，家里人都认为，小得像猴子的我是活不下去了，但外婆倔强地要一个人养我。从那以后的好长一段时间，外婆便用她充满母性的爱养育着我，用她有些佝偻着的身躯背着我，翻山越岭来到那个能让普天众生化去灾难的圣地。小时候外婆常和我说，我是菩提落下的菩提籽，必须要心向佛门。

所以，当我稍懂事，每月十五我便拿着沉香和纸钱自己去寺庙，一边看着路旁的变化，一边欣赏着此刻的宁静，每次都慢悠悠走到寺庙。在巨大的香炉前抽出三支早已暗黄的沉香，看那熊熊烈火燃过香头，不等火再往下窜便把它扑灭，留下顶端那点点红光，插在香炉的一角，看着它一圈一圈静静地燃着，燃尽的香灰耷拉着身体伫立在那点点星火的上方，不愿就这样消散，但它们终究逃不过零落成泥的命运，还是掉落在香炉中。而那缕缕的青烟盘旋着升上天空，慢慢地熏染开，化成了白云分子。

这样的日子持续了十年。而我每次遇见的都是一个个满脸皱纹，毫不掩饰岁月刻下痕迹的中年人，如我这般大的孩子鲜少有见，他们双手合十，虔诚地念叨着自己的愿望，然后匆忙离开，那时，我不懂他们的行为代表着什么。十多年来，我献上我最虔诚的信念，奉上最珍贵的心香，最终还是没有保外婆长命百岁。随着外婆的离去我再也没有去过那个地方，而存有外婆余温的东西都被封存起来了，唯有那串菩提珠我一直戴在身上。我也终究还是离开幽静的老家来到充满喧嚣的俗尘，自从来到现在居住的地方，我的梦中时常都会隐隐约约出现一棵菩提树，它告诉我，只要我找到菩提籽，我就能见到我心心念念想见的人……不知过了多久，我再次回到老家，想起远处的菩提神，我突然想去看看，凭着儿时的记忆，走在那如我这般高的杂草丛里，每走一步都仿佛听到佛在对我说，你一直寻找的菩提树就在不远处。经过曲折险阻，我来到这个承载着我童年信念的地方，而这里早已荒无人烟、破旧不堪。

这时，不管怎样偏僻，总有一个声音在指引我向里面走去，我站在那早已逝去先前的佛光而如今蒙着厚厚尘埃的佛像前问道："佛祖啊！我要怎样才能寻找到那棵菩提树？"佛说："山上的那棵桃夭旁就是菩提树。"我寻了好久，终于在幽静的山腰找到了那一片桃夭，但我却没有找到那棵菩提树，但我此刻却明白了"菩提本无树，明镜亦非台。佛性常清静，何处有尘埃。心是菩提树，身为明镜台"。一切众生，对万事都切勿太过于执着，唯有保持心境，才能明心见性，自证菩提。山上桃夭盛，让人心静，除去凡尘俗世，才能寄去相思，才能在俗尘往事中不完全沉沦。

离开之前，我把外婆的那串菩提珠埋在了那片桃夭树下……

散文随笔

赖朝虹
福建师范大学文学院研究生 2016 级

这些小短文都是我平日里随手记下的一些零碎思绪与感想。第一篇是在看到了一位哲学家对爱情、婚姻、幸福、外遇的定义之后所引起的思考，第二篇描绘了花儿与蝴蝶相爱的场景，它纯属于一个渴望爱情的女孩对爱情的一种遐想吧！第三篇《咚咚咚》是几年前的一个冬日午后写下的颇有童话色彩的短文，笔触仍很稚嫩，但今天回过头去看却倍感当年那份童心的可贵。

爱的思考

爱情使人成长，婚姻是刚刚好，假如与所爱之人走进婚姻，那是何其有幸。命中注定我们终将与自己的百分百擦肩而过吗？即使命运安排我们遇到了，我们也能第一眼就认定彼此吗？即使我们相遇并相爱，我们也能够在平凡岁月中相濡以沫吗？

所以，那是奇迹。奇迹是不能去等待的，奇迹需要我们去寻找。

外遇，是一个我不敢轻易下的定义。如果外遇仅仅基于贾琏式的"淫"，那就令人不齿了。可是摆脱传统伦理道德观念的束缚，那些来不及在婚姻之前发生的美好爱情却常常凄美得令我不能自已。那样的爱，即便时时浸淫着辛酸与苦痛，也定像滚动晨露的蓓蕾一样令人心动。那样的爱，是塞林格的"想抚摸却又缩回手"，是卡西莫多的"想紧紧抱住却又静静躺在身旁"，是克制、牺牲、守护、珍惜，是一种更崇高意义的爱。

爱，并且能够爱，那就牢牢抓住不要放弃。

爱，却不能够爱，那就把对方深埋在心底，让彼此相忘于江湖。

因为，有些事，你把它藏在心里，等时间长了，也就变成了故事。

愿你的爱，注定不会仅仅是一个故事。

花儿与蝴蝶

清晨的林荫道上，没有阳光的拥抱，没有清风的抚摸，你却没来由地、幸福地笑了。

我猜，那一定是因为有只蝴蝶闯进了你昨夜的梦里吧？它的身子是那样轻盈，刚好可以踮起脚尖轻轻吻你；它的羽翼是那样美丽，刚好可以与你纯白色的衣袂一起，交相晖映出一个让人怀念而不感伤的夏季……

你说，你叫七里香。

你说，你爱上了那只蝴蝶。

你说，蝴蝶偷偷吻你时，月亮是浅浅弯弯的新月。

你说，蝴蝶牵起你的手时，星星早已打起了呼噜。

你说，蝴蝶只在那晚出现，梦醒后，它已消失无踪，只在你的百褶裙上留下一丝丝粉末，带着微微的香甜……

它还会再来吗？你望着天空痴痴地想。

当蝴蝶爱上花，它就不再自由；当花爱上蝴蝶，它就不再纯粹。

因为爱，本身就意味着牵挂和惦念，伴随着快乐与悲伤；因为爱，你绝不能忘了来时的路；因为爱，你开始要承担掉眼泪的风险；因为爱，这个梦变得如此动人，这个季节变得如此芬芳。

尽管梦终究会醒，季节终究会消逝，但是爱不会消失，爱就在那一抹纯白的微笑里，爱就在那一对美丽的羽翼里，爱就发生在蝴蝶的自由与花的坚守交融的那一刻里。

咚咚咚

毕淑敏说："风，不能把阳光打败。"十二月的艳阳也没有把风打败啊。暖洋洋的冬日里，风因为阳光变得温柔了，阳光因为风变得活泼了。空气里散发着五彩斑斓的香气，有婆婆因早起择菜残留在鞋底的泥土的香气，有爷爷把藏了好久好久的宝贝草药拿出来晾晒时散发出的时光的味道，有孩子因为妈妈不给买棉花糖时抹在手背上衣袖上咸咸的泪水的味道……

小花猫不哭不哭，你看小金鱼在阳光下游得多欢啊，你听得到它和鱼草仙女在说悄悄话吗？它们是在商量一场英勇的逃亡计划呢！世界上最美丽的棉花糖就在天上啊，它有着阳光一样迷人的香气，它裹挟着纯白纯白的衣袂，清风喜欢呼呼吹着它，不知不觉一种叫做"白云"的棉花糖就这样诞生在天空的摇篮里了！鸟儿才尝过它们的味道，让我们快快找爷爷讨到吃了会长出翅膀的神奇草药吧！

小馋猫别顾着吃啦，你看庭院里的玫瑰和海芋已经快受不了没有雨露的生活了，一直很尽职的龙王爷是因为最心爱的小龙女嫁给了猪八戒太伤心才不小心失职的吧！那么，善良的小女孩赶快去提水，趁太阳还没下山去给玫瑰们浇浇水吧，毕竟比起新鲜的蔬菜，美丽的花朵在奶奶的眼里逊色多了。狐狸留在了神秘的森林，小王子去了遥远的星球，除了你，谁还能细心地照顾玫瑰呢？

阳光呀，清风呀，天空呀，海芋呀，种子呀，泥土呀，云儿呀，鸟儿呀，风车呀，郁金香呀，星空呀，窗台呀，玫瑰呀……我们是不是都睡着了呢？那个叫做"春天"的梦是不是踏着轻轻的脚步溜进了我小小的心田？如果是的话，能不能让她留下一粒香樟树的种子呢？听说在香樟树下许愿是最灵最灵的……那么我要许愿，让小金鱼梦想成真，获得自由，如果不能回到大海的怀抱，也能像波妞一样，遇到爱她的男孩！

一的世界谁的世界

林丹萍
福建师范大学文学院研究生 2015 级

当一个人扼杀灵魂，灵魂作何回答？
当一个人爱上灵魂，他如何爱上尘世？
当一个人忘记灵魂，灵魂如何召回灵魂？

灵魂需要多大的勇气才能扼杀灵魂？呼喊的流星、啼血的杜鹃和纯真的赤子，凝望的深渊不断上升。那天，我没有转过头微笑，而是低下头无声哽咽，背对世界的焦忧，面对泪水洗净的回忆，我听见了爱。

曾以为我愿永恒居住在灵魂的世界，那是一个自由到没有龃龉、心在四季都开花的大观园。最高的智慧是爱，灵魂的世界里爱的琼浆是唯一的食物。灵魂的世界从尘世的根长出，又复归尘世。若灵魂凌空高蹈，踩在孤独、幻想的云朵上的精灵也会随着云化雨流入大地的血脉，流入各具姓氏的山川河流。灵魂的世界里有多少丝线，不具我姓名的千千万万牵扯出我，我牵扯出的千千万万不具我姓名。追忆似水年华，追忆那些幡然醒悟的溪水，那些若不寂灭便不悔改的花朵，那些有前因无后果的柳叶。一的世界是谁的世界？不是谁的世界？

那些天沉溺在同窗自杀的春雨里，那些天无助在宝黛爱情悲剧的春雷中，那些天绝望在爷爷住院的春晓，蓝色的忧郁像是赴春天的约一齐开在我生命之树上，闪烁在我意识的星空。试图给这个春天一个解释，海子的死亡只是我忆起的偶然，而这忆起的偶然是终极的偶然，偶然的骰子带来偶然的消息，

相伴

　　偶然的消息唤醒偶然的我，偶然的我摇曳在偶然的世界。是吗？这是一个偶然的春天，偶然间被死亡摁住，与害怕撕扯，走向一个暗恋无果的教训。

　　偏执的悲伤，认定的悲剧，恐惧的虚无，花信年华的婷婷大概拥有的是雪的灵魂，她跳下像一颗流星；木石前盟的宝黛大概拥有的是杜鹃的灵魂，彼此相知彼此无彼此；耄耋之年的爷爷大概拥有的是鱼的灵魂，他重复地忘而不忘重复地问。当无数的灵魂涌向一个灵魂时，它抓住的是它自己，如同雪的白，杜鹃的红，鱼的蓝；它放开的也是它自己，作为一个灵魂流入无数的灵魂。也许我面对的不是死后的世界何在，而是灵魂也有死亡的真相。我从云朵跌落，在一棵四月的桃树前驻足，这吸收春天乳液的孩儿枯萎时有绽放时的欢喜，桃花化为泥土化为气化为雨，落下。

　　灵魂是尘世永恒的处女地，它在高处终会跌落。人们在灵魂与尘世之间穿梭，在伊甸园的美好与尘世的违逆之间走出人生的旅路。我一度以为爱笑的婷婷就是阳光，却想不到她在夜幕时悲壮地日落，照常升起的不是太阳，而是她父母的一夜白头。我一度以为宝黛这对灵魂伴侣的至真理应在尘世里对应至高的完成，却想不到灵魂的双翼注定无法在大地上行走。我一度以为爷爷会以微笑迎接我的归家，如同他以蓄满泪珠的苍茫送我离家，却想不到他像待陌生人般哀矜地朝我点头，孩子般地翻玩报纸然后无心地丢掉。与其说是"想不到"，毋宁说是心想事不成。心是属灵的，事是属定的；心是向内的，事是向外的；心是天空，事是大地。在爷爷不慎摔倒的那些天，我梦见在家中与爷爷饮茶，母亲在电话那头以平复了惊讶的泰然口吻告诉我，这几天爷爷都在问我在哪里，是否就要回家了。我在电话这头泪流满面，为的是心有感应，更为的是脑海里可怕的谶事。母亲曾讲过，古厝里有一位老爷爷一直卧病喘息在床，可巧有一日她孙女急着要回来探看病中的爷爷，就在孙女到家的夜里，老爷爷握住孙女的手安详地闭上了眼睛。再见若是再也不见，我宁可停在回家的时日。

　　终是不能安心，终是希冀着破谶，爷爷见我的第一眼竟不是我期待中往日熟悉的问候"咦，你回来了"，取而代之的是惊恐甚至躲闪而木讷的眼神。躲过了谶语，却躲不过现实，爷爷竟想不起我是谁了，我为何回家。过后的几天，我陪着爷爷，他像个顽皮的孩子令照料者不得安宁。爷爷或许是臂力

196

神的转世，家人惊叹老人家的精力胜过青年人，他枯萎的肌肉里蕴藏着未老的臂力，单手支撑着一会床上一会床下来回折腾，刚刚手术完的左脚令他无法自由走动，他则会固执地用他身上尚有知觉的部位告知家人他要去的方向。

那晚，或许是吊瓶里的冷液沁透爷爷的意志，他坐在床边，垂头丧气，他的左手紧紧握住我的手，而后右手也伸过来覆盖在他的左手上，我感到了爷爷在无声的陌生的世界的无助，他是否知道他握住的是我的手呢？不，他不知道，他的灵魂有太多空白，他的灵魂只需要一只手的温暖。

回福州的前一晚，我来和爷爷道别。说什么道别，其实只为我能多看几眼他。他的眼神游离在情感之外，我看着他两手用力拉扯又复合地在扣中山装的第一颗纽扣，脸上露出费力的神情，我伸手想去帮他，母亲阻止了我，"让你爷爷玩着吧，要不然又要折腾了"。家人都把爷爷当成了不懂事的孩子，我觉得爷爷只是暂时失忆了，我曾试图唤醒他的沉睡的灵魂，我把他平日里所爱的洞箫和笛子伸到他跟前，他果然正襟危坐起来，用他枯槁而有力的手指摸索箫孔，刚开始有点艰难而后利索起来，覆盖箫孔的速度越来越快，当他把气息流动到箫管中时，吹出的只是一声沉重而干瘪的叹息，他再没有力气吹奏一曲完整的曲子，而我知道他的灵魂正在这淌过回忆的指缝开合间慢慢苏醒。正如他重新学习扣扣子亦是在召回曾经的自己。

支教漫谈

余成威
福建师范大学文学院研究生 2016 级

你有见过大海吗？
你感觉大海应该是什么样的？
是辽阔的，是澎湃的，还是蓝色的？
……

2015 年 8 月 18 日，面对未知，我带上梦的行囊，跨越了 2300 多公里，辗转 6 个省份，历经 34 个小时，从东海之滨到了祁连山麓。对于从小在海边长大的我来说，甘肃一直是个遥远而陌生的地方，记忆中似乎只有关山飞雪、孤城落日、平沙万里、春风不度。

初来乍到的我发现，八月末其实是这里最美的季节，蓝天、白云、羊群，如世外桃源一般的词汇。但面对着干裂的土地、低矮的房屋和一望无际的黄土地，那一刻，我真实地感受到同在一片蓝天下的不易。未曾踏上这片土地，我不敢期待一个异乡人能为他们做些什么，也不曾料想异乡竟会给我生命留下如此深刻的印迹。

铃声响起，意味着我支教的一天开始了。从小，我们经常会被问及几个简单的普遍问题：你的梦想是什么？长大后你想要做什么？其实对于包括我在内的绝大多数人来说，生命中最初崇拜的人，除了父母，就是老师。老师站在那三尺讲台上，滔滔不绝地讲着课本知识的时候，我的心中的向往，就是以后一定要成为像老师那样的人，我也是！第一次成为老师的我有些激动，还有紧张，因为我不知道人生中的第一堂语文课该怎么上。虽然在课前总是竭力将所有可能遇到的问题在脑海里预演一遍。孩子们的热情，很快打消了我的顾虑。其实，当我真正站在这三尺讲台前，一种不曾体会过的使命感便油然而生。我渴望着在这转瞬即逝的四十分钟内，尽可能缩短我与他们的距离。

偶与孩子们说起大海，说起我的家乡，说起象牙塔般的大学，他们的眼中抑制不住地闪烁起好奇的光芒，对于大海，他们充满了向往和期待。

可大海在他们心中到底是什么样的？

我开始思考这个曾经无比熟悉，现在又如此陌生的名词。

渐渐地，我开始了解这块土地，也试着去亲近这里的孩子，每当翻山越岭来到乡村小学时，总能看到那些稚嫩、纯真、无邪的笑容。当然，还有他们身上层层的泥垢和皲裂的皮肤。对于我们的到来，他们总是欢欣雀跃，或许是因为我们能带来新的礼物，也或许我们已经渐渐成为他们的家人。

菜子口小学，是我们最经常到访的小学之一。依稀记得前两次去的时候，孩子们都远远看着，不敢靠近。第三次去的时候，孩子们才渐渐放开，不那么怕生了，他们就围着我们一起唱歌、打闹。从小失去父母关爱的他们，对于来自异乡的我，也曾畏惧，不敢接近。为了试图了解他们所思所想，我竭尽所能。跳皮筋、排火车、老鹰抓小鸡，这些早已尘封在儿时记忆中的游戏，此刻却成为我与他们之间最紧密的纽带。当每个孩子都沉浸于嬉闹带来的快乐时，那一刻，我也不自觉地忘记了年龄，忘记了身份，忘记了贫穷，让欢笑声成为最简单的关爱。我们想用直接的方法，带他们领略和城市孩子一样的乐趣，哪怕仅仅是奔跑、运球、投篮，都会让他们兴奋不已。相互之间的竞赛，更是让整个操场响彻这浪潮般的欢呼声，他们会为每一次成功的得分呐喊助威，更会为了小组巧妙的配合欣喜若狂。在一旁默默关注着的我们，不禁感慨：篮球，一种对于城市孩子来说再普通不过的消遣，在这里竟成为如此奢侈的运动。但是我相信，虽然他们选择不了出身的家境，但仍然有权力选择快乐的方式。

在欢笑的人群外，我们发现了一直沉默不语的杨梅，她一个人孤零零地站在一旁，不愿走进嬉戏的群体里，从她怯懦的眼神中，流露出对本该习以为常的欢声笑语的陌生和不安。带着强烈的好奇心，我们试图走进这个封闭的世界。始料未及的是,当我走到一个由塑料棚子搭成的简易住所时,不由诧异于这竟是一个四口之家的栖身之所,是他们每天起居生活的"家"。走进家中,满是破败棉絮的床榻竟是家中唯一的家具,沾满尘土的电磁炉则是家中仅有的宝贝。由于从小缺少关爱,孩子似乎已经忘却了如何表达自己的情感,只能用清澈的双眼去述说孤独和坚毅。那一刻,我们百感交集,只想紧紧握住他们的手,给她最无奈、最微不足道的关心。父亲患有羊癫疯,母亲五年前就已经离家出走,六十岁的爷爷最大的愿望就是想多活几年,能多陪两兄妹几年,让两个孩子能再长大一些。因为"哪天他走了,两兄妹在这个世上真的就孤苦伶仃了"。我多希望时间能慢一点,再慢一点儿,多寻回一些本该属于他们的无忧童年。也许是坚强了太久,兄妹俩已不愿打开心扉,更可能是不愿说起再见,以至于只能借小猫的手与我们挥别。这一幕让我们因贫困而再次撕裂,转身的那一瞬间,泫然欲泣。回程路上,心中默默感伤,用了一年时间不断与他们建立感情,产生联系,终于从陌生到逐渐熟悉,有了简单的问候和嬉戏的笑声。可时光荏苒,已奏响离歌,这也是我们每个人心中的遗憾。总希望多用一点力,多做一些事,多募一次款,试图为这些对未来几近迷茫的孩子们点燃希望,照亮前方的路,哪怕只是在他们心中种下一颗很小很小的种子。

久在樊笼里,我们习惯了对亲近的父母大呼小叫,对陌生人却和颜悦色;习惯了和挚友小聚时玩着手机,缄默不语,而在上司面前百般逢迎;当我们还在老人摔倒扶不扶间矛盾,还在高房价的重压下喘息,还在拥堵的城市里抱怨,他们却用质朴带给我们返璞归真的纯粹。每声稚嫩的"老师好",不需要反复字斟句酌;每句随性自然的哼唱,不需要考虑韵律音调;每份亲手制作的简单礼物,不需要担心是否顺遂心意。我们传授给孩子们知识与能力,孩子们反而教会我们淳朴和善意,撕裂社交中的伪装面具,褪去人海间的冷漠外套,重获予人玫瑰后的手心温存……

一期一会,与有荣焉。分别时,我们总是用力挥动双手,哪怕距离已模糊了彼此。不是因为我们舍得告别,只因为不愿让你们看到转身离开的泪水。每颗种子都将茁壮成长,每条江河终会奔流入海,愿你们冲过险滩,越过断崖,撞过暗礁后,都能汇入浩瀚无垠的海。

那条街

朱榕
福建师范大学文学院本科 2016 级

  那是一条怎样的街？北达大什字，南转火车站，倘若你在北头，要往南头去，那一定是一个漫长、热闹，却又不舍得走完的过程。
  当东山道观特有的乐声弹跳而起，闯入晨练老人的耳膜时，氤氲的雾气渐渐散去，太阳一点点露出那张羞红的大脸，云儿反倒嬉笑着跑开了。阳光爬满了山野，也爬进了那条安谧的街。
  店铺的门窗陆陆续续敞开，车辆一辆接一辆从南驶向北，或从北飘向南，自行车跟着小电动悠悠而过，"咯吱——咯吱——"卖菜夹饼的大妈通红着脸，乐呵呵地推着饼车，来到了街道的中央———一中的大门口——挂起招牌，开始了她的一天。炸油条的大叔也吹着口哨，推着篷车，走来了，见大妈一个人在那里，学生还没有来，便一边摊开自己的摊子，一边和大妈聊了起来。
  身着校服的学生终于匆匆忙忙赶来了，五六个早餐摊位被五六圈学生围得滴水不漏的。大妈、大叔们笑得很开心。也有很多学生冒着迟到的风险，去刚开门的面馆吃牛肉面。面馆里，白气弥漫，吃客们熙熙攘攘，争先恐后地买餐票，紧张地交到窗口。焦急的等待是一个能把一分钟幻化成三分钟的过程，但触到热气腾腾的牛肉面的那一瞬，内心的狂喜是按捺不住的。正宗的牛肉拉面有着清晰的特征：一清、二白、三红、四绿、五黄。一清，即牛肉汤清澈如水；二白，即汤里漂着几片白萝卜；三红，即辣椒油亮丽鲜红；四绿，说的是汤上漂着鲜绿的香菜和蒜苗；五黄，则是指纯小麦面条的光亮透黄。面条从粗细上就分好多种：大宽（两个指头宽）、二宽（一指宽）、韭叶子（韭菜叶的宽度）、二细（直径四毫米左右）、三细（直径三毫米左右）、细的（粗细若铅笔芯）、毛细（细铁丝般粗细）。要知道，从大宽到毛细，大师傅都能拉得完美无缺，全凭一手好活。所以，吸面入口的那一声 Q 弹，才会那般让人上瘾。

一中的上课铃打响后，街道的快节奏便销声匿迹。太阳越升越高，之前的清冷也被阳光一扫而光。

街道的两边很快便布满了各种各样的摊子，一个挤着一个，互不相让。卖菜的三轮车艰难地将脑袋插入一个弥足珍贵的小摊位，费了好大的力气，终于撑开了自己的场子。烧烤摊子小巧玲珑，四海为摊，说走就走，说卖就卖，反正哪里有人群，哪里就有他们在默默热卖。卖酿皮的摊也有，只是不及烧烤摊那样星罗棋布，一般都是在店里卖。当炎炎夏季踏着即将逝去的柳絮款款而来时，酿皮子这种清凉可口的面食，便成了整条街道开胃解暑的主角。说起小吃店，就想起冬日里的那碗"灰豆子"，质朴又暖心。街中央的那个阿姨，总会多盛几个大红枣给刚放学的学生。寒风凛冽的隆冬里，如果不慎感冒了，热冬果是最好的吃食了。把冻梨加热，蒸熟后文火慢热，做成汤水，加入红糖、陈皮、冰糖，煮好后，颤颤巍巍地喝上一碗，入口即化。感冒若不是很严重，那么很快就会好起来。这时，再上街，便是一身清新舒适。卖袜子的小摊主，会拼命吆喝自己的商品有多实惠；关东煮小哥无需叫卖，分分钟都会有几颗禁不住诱惑的脑袋凑过去；卖古玩的蒙古衣大叔席地摆摊，买的人少得可怜，可因为好奇围着把玩的却从不缺席；时髦的衣摊，靓丽清新，女孩们心里都明白那些都是所谓的"地摊货"，可还是忍不住去看，去摸，去问……

一到饭点，沿街大大小小的餐饮店、小吃店、饭店，便拥挤起来，仿佛要挤出街外才甘心。"重庆火锅店""南京包子馆""上海米线店""骨汤麻辣烫""青青盖浇饭"……我不知道那些店的吃食，是否真的是地道的重庆火锅、南京包子，但每家的味道都非同一般，让人欲罢不能。

街道边，一中旁，有个大花园，花园的中心是圆形小广场。白天总有人坐在广场的长椅上，或看书，或听歌，再或者谈情说爱。傍晚的小广场，总有一群伴着超大分贝音乐的大妈，热情又欢快地跳舞。花园周边围着几家书店，还有礼品店。周末，这些小店的前面，总会有几个白发苍苍的老人，聚精会神地坐在一起研究象棋。

然而近来的街道，白天时摊位少得可怜。据说城管不让在此处摆摊。于是，一到晚上，城管下班，路灯亮起，摊位才会一涌而现，整条街道又热闹得一如从前。

那是一条怎样的街道？

那条街，从南走到北，从头走到尾，有着亘古不变的热情，焕发着淳朴、温厚的魅力。再走多少次，都走不够；再逛多少回，都逛不完。那是一条走过，便让人不会再忘记的街。

窗

姜诗霖
福建师范大学文学院本科 2016 级

坐在窗前，刚冲好的奶茶热气不断升腾，时不时被贸然闯进的风吹歪了上升的轨道，挂在窗边的风铃叮叮当当地响个不停，那邻居家顽皮的猫正上蹿下跳，还说着人类无法理解的喵星语。这个闲适而又平常的午后令我睡意萌生，昏昏欲睡。突然空调滴的一声停止了制冷，电器的指示灯都暗了，玩到没电的手机也因无法再充电而电量不足自动关机，房间仿佛被凝固了，安静得没有一丝声音，甚至连外婆雷鸣一样的呼噜声都听不见了。可窗外的世界依然繁忙，人们行色匆匆，不曾因为停电而驻足。

窗外，雨中撑着黑伞、不紧不慢行走的白领，任雨水跃上他的鞋面，又调皮地跳上晃动的裤脚，拿着公文包的手指节分明。他面无表情地路过卧地乞讨的老人、拿书包罩在头上狂奔的少年、因下雨没有生意而咒骂天气的小贩……他扶了扶眼镜，抿着双唇，突然蹲在了一个破碎的被人丢弃的花盆边上，小心翼翼地扶起盆里沾满雨水的玫瑰花，为它撑着伞。停驻了许久，他好似终于下定了决心，连盆带土轻轻地捧起玫瑰花，放到脱下的西装外套上，将玫瑰抱在胸前离开了，心里好像传来了一个稚嫩而又坚定的声音："因为她是我的玫瑰。"

深夜，女人收了小吃摊后，将摊着的作业边折起的小角抚平后合上，再擦去书皮上的油腻，又把写断、用钝的铅笔一根根用小刀削尖后，和桌角不起眼的橡皮一起放进有污迹的硬纸盒里。全部收进塑料袋后，女人轻轻拍醒早已进入梦乡的瘦小男孩,温柔地擦去孩子嘴角半干的口水印,轻轻地抱起他,放在小三轮车里的凳子上。疲倦的女人载着眼含水雾、迷茫懵懂的小男孩消失在夜色中。昏暗的路灯时不时照出他们的影子,伴着如水的凉夜和断断续续不着调的儿歌渐行渐远。

  窗外,是身穿长裙的女孩娇羞地坐在男孩的自行车后座上,男孩时而炫技,转弯时故意将车压得很低,女孩紧紧搂着男孩的腰。男孩骑得更加带劲,女孩飞扬的长发缠着姣好的脸庞,男孩衣角随风扬起,勾出精细的腰线。光落在他们脸上,可爱一如往常。女孩的惊叫和娇嗔,一路的欢笑,还有男孩嫌弃声中浓浓的宠溺,那是我期待过的少女时代啊。

  窗外,是老夫妻并肩坐在椅子上,悠闲地晒太阳,消遣所剩无多的时光。那养了多年的狗从原先满草地绕着跑、撒欢,变成了如今连伸个舌头睁个眼都费力的老狗,懒洋洋地趴在他们脚下任蝴蝶飞过它的头,任鸟在身边啄食。老人浑浊的双眼也不太转动了,愣愣地注视着身边费力织毛线的老伴,仿佛阳光再温暖些能将他融化,化作一阵温柔春风、一朵飞花、一片落叶,环绕在她身边,死亦长相守。

  窗外,是放学后两个女生手扣着手,站在人潮拥挤的车站,等待坐上回家的公车。少女时不时偷瞄倚在栏杆上兀自玩着手机的清秀少年,少女的伙伴凑过去不知道和她说了什么,少女羞红了脸,伸手就朝她的肩上打,趁她没注意挠她痒痒,直挠得同伴讨饶为止。然后,她又偷偷瞟了少年一眼,又希望他注意到自己,又害怕他的目光令她不知所措。不经意间,他们对上了视线,她飞快看向别处,脸更红了些许,人面霞光相映成朱。

  窗外,是几个小孩赤脚在街上狂奔,横冲直撞,爬墙上树,偷摘瓜果,在车上乱涂乱画,放轮胎气,无恶不作。他们还冲过去掀了背着书包的小女孩的百褶裙,女孩愣了一下,号啕大哭,男孩手足无措,翻遍裤兜,把摘的果子、藏的糖一股脑塞在女孩肉肉的手掌心里,粗声粗气地说:"哭什么哭,鼻涕虫……"一会儿女孩止住了哭声,他们才又赤脚狂奔去继续捣乱。

  窗里的我,托着腮,静静地坐着发呆,先前嚣张调皮的风早已偃旗息鼓,风铃也不再吟唱清脆的歌谣,默默等着风的到来,活泼顽皮的猫阖上了琥珀般的眼,乖巧地趴在早已斑驳掉漆的矮墙角,我有一搭没一搭地摇着手中的蒲扇，不知不觉汗水已浸湿了我后背的 T 恤。

　　空调又开始呼呼作响，清凉的冷气从风口像房间扩散。灯都亮了，外婆房里收音机咿咿呀呀的唱戏声伴着起伏的呼噜声。供电恢复了，仿佛过了几个世纪之久，墙上悬挂的时钟却慢悠悠地只走了一格。

　　我凝视着，观照着，我又面对这世界的窗，心中温柔满溢。思索着，思索着，透过这扇窗能看见什么？"窗"又是什么？

羊儿走了

徐文芳
福建师范大学文学院本科 2015 级

鸡栖于埘，日之夕矣，羊牛下来。

——《诗经·君子于役》

这个山头上再也见不到羊儿们披着落日余晖三三两两地回家了。

那个山坡底下曾经有过一群快活的鸡鸭、两只高傲的花鹅、一圈杂色山羊、一对水牛母子、一只从不叫唤的黄狗。哦，还有兔子，一大窝的兔子，因为实在太安静了，又总是藏在角落，因此常常被忽略。喂养并陪伴它们的是一对老夫妇。白天，羊儿和牛由老阿伯带着，去远处的荒山荒田；鸡、鸭、鹅就在房前屋后刨食呷水；兔子出窝就找不回来了，因此都圈在圈里嚼着青草、竹叶和菜叶，春天还有杜鹃花叶子。黄狗没啥机会开荤，有时会坏心眼地偷吃两口鸡鸭的吃食，满足了好奇心便敬而远之，跑到山林里或者镇子上找食，不知何时又会自己回来。

他们住的地方在我时常郊游的必经之路，又有那么多动物，因此我很难不被吸引过去瞧瞧。第一次拜访他们是循着小羊羔奶里奶气的叫唤声而去的。羊妈妈不在身边，这小小的羊儿竟那么敏捷，在突兀的土坡上一跳一跃地寻找青草和嫩叶。它离我很近，似怯非怯。我渐渐看呆了，突然发觉多了成年羊儿的叫唤声，循声而望，原来是大羊爬上山坡回来了，一只，两只，三只，黑的、黄的、白的，刚刚还在吃草的小羊羔奔向妈妈，母羊亲昵地低头和孩子蹭着脸儿。牛儿慢悠悠地跟在羊之后，似乎尽兴而归。

走在最后的是一位阿伯。看到有人，阿伯微笑着朝我走来，一直在屋里的阿嬷也出来赶鸡。有人来，他们看上去挺高兴，我们仨便聊了起来，谈的都是牛呀羊呀。不一会儿，羊儿们已经全部回到圈里了，我寻找着那只棕色的小羊，只是它被其他羊挡住了。夕阳的光辉照在山坡上，提醒我该回家了。我便赶着在天黑之际到家，虽然挨了母亲一顿骂，心里仍是快乐的。

这次告别之后，心里一直记挂着那只小羊，没多久，我又去了一回，两回，三回……此后，看动物成为首要的事情，往往在阿伯阿嬷那里待很久，离开后走一会儿便回家了。阿伯阿嬷经常把喂养的任务交给我，两人把上山砍给兔子吃的竹子交给我。其实要喂的也只有兔子。有只母兔似乎没有意识到自己的母亲身份，和十几只还没断奶的幼崽另在一个竹筐里，却很不安分，豁豁嘴一动一动，东瞅瞅，西望望，一蹦一跳。阿伯阿嬷回来后，我问兔爸爸是什么颜色的，他们笑着说不知道。我数着那窝各色的小兔子，用刚学不久的高中生物知识，推算着最大的可能性。

羊儿们不容易看到，只有赶上还没出圈或者它们回来时才能看一会儿。在所有的拜访里，我只再遇见过小羊儿一回。羊毛上胎里带来的圈圈儿已经没有了，变得十分齐整，小小的羊角也探了出来。

我还曾上过房子二楼。那次日头很好，老两口正在阳台忙活着。到了阳台，他们正在切芥菜，空气里氤氲着微微的辛辣味儿。

后来，我上了大学。每次回家，也许是阔别，害怕因此带来的距离感，很多地方都不愿去了，也包括那座小屋。这次清明回家，趁着春日，我央求母亲和我再走一趟。进山的土路被雨水冲刷得不像样，堆满了切割后剩下的花岗岩，我们只好从旁边的菜地绕道。半路上的几座土山也全没了。快到目的地时，机器的轰鸣声挤走了动物们的叫唤，空地上到处堆着炸山后留下的巨大的花岗岩。

担心的事情还是发生了。石头屋只剩一堆瓦砾，人和小动物都不见了，只有边上的荒地仍保持着昔日菜地一畦一畦的高低状。

尘土飞扬的大路边有个公示牌，这里即将变成一个安置房小区。

羊儿走了。我在心里默念着。

走的又何止是羊呢?

于我而言,上大学只是进入一个更高等的学府,但随之而来的变化却始料不及。首先是要独自面对各种各样大大小小的选择。要和许多人打交道,这又是一门深深的学问。在跌跌撞撞中,我的变化在一点点地积累着。我开始思考未来和人生,开始权衡利弊,开始在心里有所盘算……父母的态度也变了,父亲不再强硬,母亲甚至也不再说"健康就好",转而希望我瘦一点、穿衣服好看。周围人总是问我还有几年毕业,说毕了业就可以挑起家里的担子了,有时还会调侃一下有没有恋爱。我知道,他们在提醒我,不能再是从前那个只知道读书和玩耍的小孩了。我也知道,现在的确要做出改变了。

改变并非没有代价。对于动植物和手工的喜爱渐渐减弱了,似乎是没了爱心和耐心;开始怀疑乞讨者,尽管这种怀疑使我觉得十分市侩;学会话不尽意,虽然并非恶意……

我常常觉得,自己没能在改变中抓住虽然笨拙但最本真的自己。那个给流浪狗洗澡的女孩,那个在荒地上建起秘密花园的女孩,那个在夏日里撒欢的女孩,那个为了和喜欢的男生成为同桌而用颤抖的手给班主任写了一封长信的女孩,那个在高三复习时还会悄悄跑出去骑车踏青的女孩……

羊儿走了,再不会回来。现在的我,虽然不舍过去,但多少能让别人少为我操心,多少能让自己更好地迎接未来。只是我仍相信,羊儿在某个地方等着我,也许我很快就能找到,也许,要等到我老得没了牙,身体缩小到像个小孩之时……

相伴

花自飘零水自流

刘雪
福建师范大学文学院研究生2015级

　　一棵早已被人遗忘的老树，枝头缀满了一朵朵粉白的梨花，染着点点红晕，倒卵形的花瓣簇拥着中央的黄蕊，倒映在湖面上微微地摇曳着。忽的，你猛然跳起来，跳起的高度刚好够着一朵垂在半空的枝条。枝条上浅白的梨花经你这么一撞，顿时抖落了无数的花瓣，一半留在黄色的泥土上，一半纷纷扬扬地洒落在湖面上，随水自流，任意东西。一条红鲤游到花瓣的周围，突然衔住其中一瓣，便又坠回湖底，激起了一浪浪的小水花。

　　我凝视着打着旋儿的水花，不经意之间又遇见了你的眉眼。水花痴恋着低回，水波亲吻着梨花。我独自伫立在河边的梨树下，浅吟低唱，徘徊又徘徊。"倾我一生一世念，来如飞花散似烟。醉里不知年华限，当时花前风连翩。"

　　此时我热切地渴望你能听见我悦耳的歌声，看见我的千娇百媚，爱上我的浅浅笑容。在黄昏的梦境里，你陪着我一起看遍空谷繁花，幻化成满城的花雨，踏遍千山万水，寻找爱的永恒。这一切，似梦，似幻，又非梦，非幻，不知是我的执念，还是梦魇。一心一境，终究是我放不下内心的那份赤诚的执着罢了。但不善言语的你知道吗？也许最后，感动只能留给沉默的自己，而爱留给心中的那份执念。

　　我的喜怒哀乐随着梨花的飘零而最终归于平静。什么时候起，你能随意牵动我的情绪，我感到讶异、无奈，更多的是几丝窃喜。也许你看到我如此窃喜，你会因我的小女儿情态而发笑。我多希望，你也能有同样的窃喜。这样我们彼此的爱就能站在同等的高度上，没有谁会有恃无恐，也没有谁会卑微到尘埃里。看着朋友们义无反顾地落入世俗的婚姻套锁里，为了房子、车子和物质的充裕享受而选择结婚对象时，我内心止不住地难过、悲痛。我知道自己是没有理由去指责她们的，谁都有权利去选择自己的生活，但我也深切地体会到没有爱的婚姻是可悲的。这是时代物欲横流的附加影响，是一张逃不开的网。幸好我遇见了你，才没有让我卷入这种毫无情理可言的世俗观里。门当户对终究抵不过细水长流的眷念。

可你什么时候能回到我的身边？是我的思念还不够久吗？我重复地逼问着自己。花开一千年，独看沧海化桑田，也盼不到清风的顾盼流连。难道我望穿秋水的思念，也抵不过你对繁华世界的爱恋？轻叹复轻叹，花自飘零水自流，清风难解相思愁。我为什么要指责你呢？你何曾留恋繁华，终究是我不愿相信你的离开罢了！若不是祝英台纵身跳入坟墓里，我想世间便不会有梁祝化蝶的美梦，若不是金岳霖对林徽因克制的爱，我想世间便不会有宛如人间四月天的爱恋，若不是你在我耳边的呢喃，我想我不曾能体会如斯种种的心绪。

"十年生死两茫茫，不思量，自难忘，千里孤坟，无处话凄凉。"遇见你已经花光了我所有的好运气，我以为你的离开只是短暂的，但怎么也想不到会是一生的遗憾。因为失去你，我曾经将自己的心灵封闭，拒绝他人的关心，以为这样就不会害怕有人会替代你在我心里的位置。可是，时间太过残忍，它逐渐地侵蚀我甜蜜的回忆，抹去了你的音容笑貌。你曾说，若我爱你，就该振作起来，好好生活。也许，你说得对，我不该让自己的心随你一起埋葬。可我需要时间去消弭那无止境的痛苦。

若是有来生，你是否还在原地等我，若是有来生，我会幻化成漫天的梨花雨，希望重新遇见你，即使一刻的相遇也能成为永恒。我多想时光定格在人生初见的那一秒。今生的擦肩而过，已是遗憾，愿此生对你的眷恋能换得来世的回眸一笑。也许你会担心没有你，我会寂寞、孤独。失去你的很长时间里，我已忘记春夏秋冬的更替，已忘记地平线的飞鸟，只余满心的思念，如海洋一般深邃的眷念。

相伴

三毛有一首诗，我非常喜欢：

如果有来生，要做一棵树／站成永恒，没有悲欢的姿势／一半在尘土里安详，一半在风里飞扬／一半洒落荫凉，一半沐浴阳光／非常沉默，非常骄傲／从不依靠，从不寻找／／如果有来生，要化成一阵风／一瞬间也能成为永恒／没有善感的情怀，没有多情的眼睛／一半在雨里洒脱，一半在春光里旅行／寂寞了，孤自去远行／把淡淡的思念统统带走／从不思念，从不爱恋／／如果有来生，要做一只鸟／飞越永恒，没有迷途的苦恼／东方有火红的希望，／南方有温暖的巢床／向西逐退残阳，向北唤醒芬芳／／如果有来生／希望每次相遇／都能化为永恒

可我希望有来生，即使又是一次无尽的思念、寂寞、痛苦的循环，我也甘愿在这宿命里轮回。我也可以化作孤傲的飞鸟不断地旅行，做一棵大树没有悲欢，化成远行的风没有孤独，但我依旧需要你的陪伴，渴望你温暖的手。问人生，何处话离愁，无端酸鼻，几番梦魇。梦中泪已沾湿双颊。爱，忧矣，伤矣。多情人，怜清影，落花时节却伤离别。此情此景，古来多少相思泪，千般惆怅！

我的情感或许很多人无法理解。我想，人因为有了情感，生命才富有鲜活的魅力。孔雀东南飞，尚且五里一徘徊，人更何以堪！人的命运如飘零的花，随水漂流，没有方向，亦不知最终的目的地。我们唯一能做的，且行且努力地爱着、生活着，从不放弃、从不忘记。做个面对感情坦坦荡荡的人吧！若能在正好的芳华青春里，找到值得爱的人，何不放肆、轰轰烈烈地爱一场。山无棱，海水枯竭，天地合，也不能阻挡思念的蔓延。但愿有来生，如此我们便约定来生再来一次回眸，再去一次青瓦白墙的小镇，再看一次梨花落水的轻盈。今生，原谅我只能把你存放在我的回忆里，带着这份回忆寻找新的生活。

春倦

黄岩菲
福建师范大学文学院本科 2016 级

四月。初春。
可他恍惚至今，来不及赴这场春宴。

他们说，春天是万物复苏的季节，可他体内的细胞渐渐衰退，沉寂，死亡。他在沉睡的前一刻惊醒，想询问和解释些什么，却发现已无从开口，无从下笔，他将要丧失说话和写字的能力，曾经的满腹诗书付作东流水，却无能为力。

他心意纷乱地翻看书本，有好些幼时已经背诵的篇目，记忆深刻。只是幼时不懂，应是良辰好景虚设，便纵有千种风情，更与何人说。春天的宴席依旧紧张地筹备，可他没有收到邀请。他一直都是被遗忘的人，性格古怪，不甚合群。若是以往，还能以清高傲岸自居，婉拒这群居的活动，心无波澜甚至暗自庆幸。可如今他却惊慌失措，失去了思想和写字的能力，他已和庸碌无为、随波逐流的人并无不同，既然如此，又何来的理由沾沾自喜？

何至于此，何至于此？他不明所以，听见耳边风神的低语，悲戚地回望。油灯的火焰摇摇欲坠，笑意明灭像呼吸，像是昌盛过后的衰亡。窗外河水涣涣，三更的寒露，绵延的寒气伴随着夜晚的月光侵入他的身体，可他文思枯槁，无从诉说。他愈发自我怀疑，是否他所谓的才华都是矫饰的哀伤，果然是个无病呻吟的人，一樽清酒干了半入睡，遗憾已晚，哭泣声不够壮胆，前事已过,谁也别妄想推翻。

车水马龙碾碎了他的梦境,他不再是意气风发的少年。自卑和敏感扎根于心,旁人一句有意无意的话语,都足以让他心有余悸。成为威尔斯笔下的隐形人是他最大的愿望。他对自己的嫌弃和厌恶无法摆脱亦无法遣散。可他不知道人生初始,之前的一切不过是一盏开胃酒,泯一小口便下肚,早已在胃中温柔地千回百转,无处可觅。可经过时间打磨,他已过了写伤春悲秋、义愤填膺的文章的年纪,笔下生花的矫情与不平,在那座围城里消耗殆尽。他其实深知如何取悦他人,但他良知尚存,无法放纵自己和他们一起疯狂,无法暂时忘却虚空。讽刺的是,在这扭曲的世上,背德之人得到了最多的快乐和宠爱,而他什么也不配得到,注定没有救赎。

传说,貘以梦为食。他恍若隔世却又近在咫尺的过往,像是一场梦境,被毫不留情地吞噬。旁人无从窥探他的内心,他的心里有一个被遗忘的国度。那里有独角兽、瀑布、清潭、微温的红茶和玫瑰燃烧的宫殿,灯盏彻夜不灭,等他回家。梦长梦短俱是梦,年来年去是何年。他将那里唤作世界尽头的冷酷仙境,可他已遗失城门的钥匙。是神手拿尖刀,划破了他的梦。他终究要孤身面对扑面而来的痛苦和恶意,他不确定他是否会用极端的方式回到他的乌托邦。他走不出潘神的迷宫,潮水已经淹没他。他嗅到阴冷潮湿的味道,像黑暗角落里长出的青苔。他们说他生病了,寂寞逐渐从他的皮肤渗透,散入空气。他们不知道,这只是一场华丽的放逐。

像马尔克斯所言:"寂寞是造化对群居者的诅咒,孤独才是寂寞的唯一出口。"他们说他病了,避之不及;可他们不自知,他们才是病入膏肓,无药可医。绝望自有绝望的力量,就像希望也有希望的无能。这幕戏剧何时散场?他在日复一日的清醒中游走,在夜不能寐的混沌中挣扎。他常常惭愧于自己的种种矫情,却暗地里明白,他的体会真实而切肤,情绪找不到合适的出口,只好在语言动作上纠结,来掩饰混乱的心绪。世人皆是如此,只是没有城府不懂遮掩的人表现出来罢了。

在这隐世之国,在这浮忆之阁,潮水涨起涨落,就要淹没他。他没有足够的技巧去隐藏自己。但无妨,不如装做真性情,灯火阑珊处,觥筹交错间,换君一盏笑意。他想，这样他或许就能寻觅知音。而后结舌无言。

远方骊歌奏响，实则是一首挽歌。他的人生总是充满离别，他只是那么多说"再见"的平凡人里的一个。他告别了大雨倾城的盛夏，他目送了没有融雪的寒冬，一片冰心在玉壶，他又怎能空回首？

他想要去赴一场不散的宴席，他想要安然无恙地度过这个春天，能否拒绝"再见"？

下起雨来，他突然想起初中时在书上看到的一首词，寥寥数语，却一直铭记于心：

兴亡千古繁华梦，诗眼倦天涯。孔林乔木，吴宫蔓草，楚庙寒鸦。

数间茅舍，藏书万卷，投老村家。山中何事？松花酿酒，春水煎茶。

"山中何事？松花酿酒，春水煎茶。"听起来多美妙，他想。或许这才是他最终的归宿罢。就让他蜷缩在灰暗的角落，就让他沉在回忆里枯朽，让他把孤独和压抑酿成酒，慢慢品尝。或许遮住眼睛，就能对污秽肮脏的世间视而不见；堵住耳朵，就能隔绝窃窃嘲笑和阵阵喧嚣；捂住嘴巴，就可以不重复无疾而终的对话。

还好，还好。不算太晚，人世很长。他应当要歇息了，春倦如潮水将他淹没。空空两手来，挥手归去，阅过山与水。走过的人说树枝低了，走过的人说树枝在长。

世间再无瘦金体

肖杨颖
福建师范大学文学院本科 2015 级

北宋宣和四年（1122），宫城东北之隅，一座工程浩大的皇家宫苑终于竣工了，是名寿山艮岳。这座园林可谓是主持者宋徽宗赵佶又一件惊艳世人的艺术作品。雕栏长廊曲径通幽，亭台楼阁错落有致。移步换景，流连忘返，既望天下瑰丽之灵石，又见南方珍奇之花木。也许就是徜徉于如斯的人间仙境之时，生性浪漫的宋徽宗不禁诗兴大发，用自己最得意的"瘦金体"挥笔写下一首五言律诗：

秾芳依翠萼，焕烂一庭中。
零露沾如醉，残霞照似融。
丹青难下笔，造化独留功。
舞蝶迷香径，翩翩逐晚风。

一卷精美的绸绢在墨香缭绕中缓缓铺开，于是一幅杰出的瘦金体书法作品从此流传于世。后人取诗句开头二字，称其为《秾芳诗》。其实宋徽宗的瘦金书作品多为寸方小字，但是《秾芳诗》却为大字，整整四十个字，每行两个字，共计二十行。所以每一字每一笔都显得那样清晰而夺目，即使历经千年变迁，依旧能感受到那种银钩铁画的锐利锋芒扑面而来。我们不难想象，当时年富力强的宋徽宗是怎样意气风发，笔下又是怎样龙飞凤舞。笔下一切只需畅快淋漓,锋芒毕露,好似断金割玉一般,精心雕琢出粲然的光辉,映照在中国书法史上的重要一页。

一般来说,书法可以大致分为"瘦"和"腴"两种风格。宋徽宗另辟蹊径,将"瘦"发挥到了前人从未尝试过的极致。转腕灵动似水,运笔快捷若风,笔画舒畅自如,笔迹潇洒大气。瘦金体是一种风格相当独特的字体,大胆地突破以往书家的禁忌,毫不犹豫地袒露书法家运用的笔法,所以我们可以明显见到藏锋、露锋等运转提顿的运笔痕迹。正如遍布人体的经脉筋络,根根分明,细微入骨。按照形象来论,这种字体本应名为"瘦筋体"。而以"金"代替"筋",是对宋徽宗御笔的尊称,他个性极致的张扬就通过自己创造的瘦金体展现得淋漓尽致。真正的书法家必定会形成独特的书法风格,而宋徽宗则以自己出色的艺术天赋创造出一种崭新的字体。

元代著名书画家赵孟頫这样评价过宋徽宗独创的瘦金体:"所谓瘦金体,天骨遒美,逸趣蔼然。"和赵孟頫一样,宋徽宗同样精通书画,而在创造瘦金体的过程中也融入了许多绘画的技巧。自古以来,书画同源,而将书法的骨架和画的用笔的完美融合,当首推宋徽宗。就以《秾芳诗帖》为例,顿笔藏锋如同横斜的树叶,提笔侧锋如同挺拔的竹节,勾丝粘连如同飘逸的云纹,满园灿烂的春光跳跃在纵横的笔画之上。恍惚间,那突兀逸出的笔锋好像就是那香径旁的翩翩彩蝶,正追逐着晚来的清风落到了绢纸上。清代陈邦彦曾跋宋徽宗瘦金书《秾芳诗帖》:"此卷以画法作书,脱去笔墨畦径,行间如幽兰丛竹,泠泠作风雨声。"画意入笔,书中有画。当我们在这幅作品面前驻足观赏,似乎有幽兰的暗香盈袖,有竹林的身影摇曳,风雨泠泠作响,诗人且吟且行。倘若我们能像陈邦彦这般有敏锐的鉴赏力,是否也可以面对宋徽宗的瘦金体,解开蕴藏其中关于书画一体的艺术密码呢?

可是这位错生在皇家的艺术家,注定不能永远做个忘我逍遥的富贵闲人。无论是山水园林,还是书画音乐,给予宋徽宗的快意享受都将如镜花水月,转瞬即逝。醉心于艺术的宋家天子没有注意到,眼前壮丽的艮岳,掩盖了百姓的无数血泪;纸上潇洒的墨痕,勾勒了王朝的颓败背影。为了建造寿山艮岳,宋徽宗曾下令苏杭等地官员搜刮运来南方的奇花异石,而奉命运输的船队就称为"花石纲"。由于船队所过之处,当地的百姓必须要供应钱谷和民役，有的地方甚至为方便船队通过，拆毁桥梁，凿坏城郭。因此，这往往让江南百姓苦不堪言。事实上，这恍若仙境的艺术天地，根本承载不了沸腾的民怨，宋徽宗的浪漫人生，也因此止步于孱弱的国力。

北宋靖康二年（1127），就在寿山艮岳竣工短短五年之后，金军攻破东京城。金人的铁蹄踏碎了艮岳，踏碎了满园春色，也踏碎了宋徽宗赵佶的所有荣光。史称"靖康之耻"。

之后，宋徽宗被金人俘虏，受封"昏德公"，并被囚禁于五国城。伴随边塞凛冽的北风和纷飞的大雪，国耻家恨日日夜夜啮咬着他脆弱而痛苦的内心。于是悠长的悲叹凝结成了诗歌填满无眠的夜：

彻夜西风撼破扉，萧条孤馆一灯微。
家山回首三千里，目断山南无雁飞。

满纸的瘦金体是那样地触目惊心，故国不堪回首月明中，汴京被纳入敌人的版图，艮岳多半毁于战火，满庭秋芳也早已凋零无踪。

从此以后，世间再无艮岳，再无赵佶，再无瘦金体。

随父母一同老去的树

汤苏雨
福建师范大学文学院本科 2015 级

我家乡的村口有棵老树，那模样像极一只长满茧的手掌。闲暇的时候，许多老人会在那棵树下谈天说地，说的大都是他们那一代人的事，而倾听者也只有那棵大树。在时光的缝隙间，它看着一个又一个的孩子背着书包离开，一个又一个年轻人拎着行李走远。村庄成了空城。那些老人们聚集在树下，和树一起成了忠实的守护者。他们的一辈子都扎根在了山里。

在老爹 40 岁时，我才出生。人家是老来得子，老爹是老来得女。在农村盛行早婚早育的观念里，这是不常见的事。而这也注定了一个事实——我成长的速度远赶不上老爹老去的速度。他不会使用功能复杂的智能机。他的手机一响，《好运来》的铃声在木房里回荡很久。每次和他通话，我都要扯开嗓门大声说话，所以我不会在公众场所接他的来电。他的来电里也不会有新的内容，总是机械重复地问："天气怎样？吃了没？吃饱了吗？"自从我来福州上学，老爹便更加关注每晚七点半的天气预报。倘若天气预报提示福州即将下大雨或者降温，那我一定会在前夜接到老爹的来电。有一次我在上晚课，手机吱吱震动了半天，一看屏幕上是一串熟悉的数字。我伸手滑过拒接键，老爹又拨，反复三次后老爹才罢休。下课后我急忙回电话，一开口就传来老爹劈头盖脸的询问。"咋不接电话？明天降温，你带厚衣服了吗？""喂，听到了吗？"我不耐烦地回应："我早知道了。"电话挂断，我突然意识到，也许这是老爹和我仅有的交流话题，我无意间剪断了这根联系的线。

相伴

　　我的老妈在我的教学下学会了使用微信。她最爱湖南卫视的青春偶像剧。她的文化水平不高，但她极爱外面的世界。去年六月，她带着外公去北京小姨姨处。我很难想象，连动车都没坐过的她，居然能顺利地坐飞机到达目的地。老妈在北京打电话给我，她激动地告诉我，她正站在天安门广场，北京天气很好，就是空气不如家里香。她让我长大也去北京转转。每当我回家的时候，我们娘俩都会挨着坐。她会从手机里调出一张张照片，伴随着她的讲述和藏不住的笑容。那时，我总觉得时光很慢很慢，慢到可以畅想几十年以后。

　　后来我来福州上学，大学里的周末总是被分割成一块一块，事情很多很多，多到做不完，这成了我总不回家的正当理由。在很长一段时间里，我记不起家门口的石头壁上青苔延伸的方向，老房子对面那条河流涨水的样子，还有村口那棵像手掌似的大树落了叶只剩躯干的样子。花菜成熟的时候，老爹老妈和我说，我爱吃的花菜就要消失在田野了，要不要回家吃。但每次我在犹豫是否要回家时，"有空再回"魔咒总会把回去的念头扼杀干净。

　　时间越久，自我安慰的话语越经不起推敲。深夜推开门，我望着空寂的还下着雨的长安山，内心一阵恐慌。那一头的他们，是否还会在茫茫的雨夜里想起他们的"小棉袄"？回家的距离真的如此遥远吗？辗转反侧，闭上眼，我满脑子是他们模糊的背影。在一个不安的晴天里，我终于还是踏上了回家的旅途。在动车上，我看不清疾驰而过的景，那光和影像是家的方向但似乎又不是。离家门口几百米的地方，我小心翼翼地踏入那片区域。村口那棵像极一只长满茧的手掌的大树还在，只是那些老人们不再像以前那么阵容庞大地聚在树下，只有稀散的几个。也许他们知道，自己等待的人并不会因为他们的等待而回归。而大树果真落了叶，只是模样与我猜测的差了许多。老房子前的河流也并没有涨水，已经接近消失，比以往多了许多石子，而家门口的石头壁上的青苔早已不见。

　　我的心还在追逐青苔流失的方向，双脚踏入家门，老爹兴奋得走来，顿时切断我脑海的画面。老爹抢着提我手中的衣物，老妈在忙着准备午饭，一边炒菜，一边朝着我的方向喊着"你回来啦？""嗯"。我突然感觉自己那么像客人，在这个家里显得格外生分。望着忙碌的老爹老妈，我脸上一阵发烫，像做错事的小孩不敢动弹。等着我坐下，一桌子都是我喜欢的饭菜，唯独不见花菜的身影，它没有等到我回归便已离去。午饭间，我不经意间将目光对准了老爹老妈，看见时间在偷走我曾经认为他们永远不老的容颜。而白发是最好的证据，原来他们已经老了。皱纹像毛毛虫布上老爹的眼角，而雀斑也像雨水滴在老妈的脸颊。猝不及防，我像吃了一记耳光。我怔怔望着，如果可以的话，那雪白的鬓角由我来承受，那弯曲的脊梁移交与我。他们看着我长大，我却只能望着他们老去。

在我青春正好的年华里，他们却逃不过岁月的魔爪，在逼近消逝。我惶恐不安，只能望着，呆呆地望着。那些该死的周末，我为什么可以过得那么安心？回家是那么艰难的旅程吗？大树下等待的人群中也许会多了老爹的背影，但有多少人可以等待？只怕到了无法驻足等待的那天，回归的人将会痛心一辈子。离家那天，在村口大树下，我微笑着对着他们说："回去吧。家里的事情还有很多呢。"他们却不知转身时泪早已润湿眼底。

最近，福州的雨天又来了。翻翻日历，才发觉是清明要到了。我有种不知不觉间像冬天里一只冷冰冰的手突然伸入脖子那样的惊醒。我知道这是提醒我回家的音讯，我走出了大山，背负了他们的梦。他们的一辈子为了我们，而我们的一辈子又要为下一代。在出走寻找另一片天地的旅途中，我们一味向前忘了回头，也总是忘了那一句念了许久的"家是避风港"。

在那棵像极一只长满茧的手掌的大树下，也许他们在等我，而我正在回家的旅途中。

母亲

罗文
福建师范大学文学院研究生 2015 级

母亲，一个书面语，有点沉重，还是叫妈妈亲切点吧。

我妈妈是一名普通得不能再普通的农村妇女，和大多数这一群体的人一样：勤劳、朴素、友善……而这又和我妈妈的自身家庭有关，妈妈在家里是最小的，本应可以"享享福"，但外婆在妈妈出生不久就因病去世，三个哥哥都在外读书，一个姐姐又嫁得早，家里的劳务活自然也就落在了妈妈瘦弱的肩上，这让妈妈从小就很懂事。现在过年也常听外公、姑妈、舅舅讲他们小时候的事情。外公说，妈妈是最乖巧的，喂猪、插秧、缝缝补补等事情，没怎么教，她就学会了。因为外公是篾匠，有些时候要出远门，晚上也住在雇主家，家里就时常是妈妈孤身一人。我现在还记得，妈妈很怕雷声，尤其是那种毫无征兆的轰雷，我小时候问过妈妈，为什么会怕打雷，妈妈从来没正面回答过，只是笑笑说"我胆子小"，现在我知道原因了。

妈妈二十岁就嫁给了爸爸。那年爷爷家盖房子，包工伙中的厨娘，瞅见我爸相貌平正还单身，对着爷爷吼道："你大儿子都这么大了，还不给他找个媳妇啊？"爷爷愣头一想，问道："良妇[①]，有好的闺女就帮忙介绍介绍。"厨娘立马提着嗓门说："我村上倒是有个，长得挺标致，待人和善，活也能干……"厨娘没说下去，爷爷急着问："堂上[②]怎么样？"厨娘放低声音，盯着爷爷说：

[①] 良妇：方言，指结了婚的妇女，有良家妇女的意思。
[②] 堂上：家乡对当家人的称呼。

"她娘死得早，由她爹一手拉扯大，不过家风很好。"爷爷没过几天就跟着厨娘到外公家先看看。从外公家回来，还没等房子盖好，爷爷就筹备好聘礼，选了个黄道吉日，一大早就带着爸爸前去提亲。妈妈总是躲着爸爸，羞羞答答的，但也帮衬着外公招呼客人，显得大方、懂规矩。由于妈妈家里穷，刚好三舅又考上大学，急需钱上学，加上爸爸人也不错，妈妈也就同意这门婚事，后来妈妈还把彩礼中的一匹布亲手做了件衣裳给三舅，说要让三舅穿得精神点去读书。虽然这是一门"媒妁之言、父母之命"的婚姻，但可能是上苍垂怜妈妈，婚后的日子妈妈过得很美满。

我是在农历十月出生的，那天上午十点多，妈妈快要生产了，可为生活操劳的爸爸还在另一镇上卖鱼。二叔就跑去叫我爸，爸爸嘱咐好二叔看管好鱼，跳上自行车就使尽全身力气往家里飞奔。回到家，我已经呱呱坠地，爸爸激动得像是在颤抖，紧紧地抱着妈妈。十月怀胎之苦，一朝分娩之痛，最后凝成妈妈脸上的微微一笑，当时我的出生给家里带来的喜庆不言而喻。有人说，有孩子的女人的人生可能才算是完整的，活得才更有尊严，但接下来的日子就苦了我妈妈。虽然那时妈妈有了已为人母的经验，但照料一名婴儿还是很费力劳神。时值冬季，那时我家还住在曾祖父馈赠的屋里，挨着祠堂，所以一出门就是一个大池塘和一口古井，妈妈每天都要等我睡着了，提着我换下的衣服去池塘边洗衣服，有时我顽皮得不肯睡，妈妈就会用一根深红色的长条布袋，把我背在胸前。后来，我问妈妈，为什么不把我放在背上。妈妈说："不想让你一个人孤孤单单，再说我累了，看看你娇嫩的小脸蛋，再艰辛都是幸福。"

在我七岁那年，哥哥开始去村小上学，每次哥哥放学回来，妈妈要求哥哥教我认字读书，那时我很淘气，总是把刚学会的字写墙壁上，妈妈也没责怪过，只是偷偷地把它擦掉。有次我发现妈妈擦掉了我写的字，就大哭大闹，妈妈也就安慰我说："我不擦掉，但你要好好写。"我咧着嘴，笑着点点头。等我慢慢长大，发现厨房的墙壁上还歪歪扭扭写着雷锋过河、小蝌蚪找妈妈的故事。现在回想往事，我对知识的热爱原来是源于妈妈对我的"偏爱"。妈妈在学习上不但对我们兄妹三个要求很严，对自己也严。虽然妈妈只读了小学二年级，但总是在努力认识生字，主动叫我们教她，也总是夸我们讲得好。

记得我在乡镇读初一时,给在外打工的妈妈写过一封信,后来妈妈总是会很自豪地说,信上的字大部分她都认识。高中时,我开始写春联,因为张罗年夜饭,妈妈总是在厨房和大厅间来回走动,额头的头发已被汗水浸得一缕一缕,呼呼地喘气,步伐也很快,但每次经过我身旁时,总是要停下脚步看看。她遇到不认识的字,就叫我念给她听,并叮嘱我要一笔一画地写。高三复读那年,妈妈为了更好地照顾我,在校外租房。有一次妈妈蒸鸡蛋给我吃,按家里的做法,在蒸蛋里加点酒会更有营养,但由于我喝酒会脸红,妈妈怕老师知道而让我受批评。就这样,她矛盾着,最后还是往碗里滴了几滴,又滴了几滴。那年是我和妈妈情感交融最深的一年,每次学校发了电影票,我就会把不去看电影的同学的票拿来,和妈妈一起去看。有次电影院放《唐山大地震》,妈妈看哭了。其实我也是感情冲动的人,但我竭力抑制自己的眼泪,那是我第一次感觉妈妈内心的柔情。以后的日子里,只要我遇到困难,妈妈都会鼓励我要像方达那样坚强、努力。在高考的那两天,我每次去考试,妈妈都会送我到门口。我叫她别送,她就站在门口目送着我,我知道这目光里有一种期望。

高考结束,我上了大学,到现在读研,彼此的思念却愈加浓烈。

谁言寸草心,报得三春晖!我愿化作一泓清泉,来滋润母亲那深情的目光。

橄榄

王诗
福建师范大学文学院本科 2016 级

橄榄很多地方都有，广东的、浙江的、台湾的，但让我最有感觉的还是福州橄榄。倒不是因为它口感有什么独特之处，而是因为我上次吃橄榄，还是和爷爷一起吃的。

我一直盼望着夏天来临，希望借此赶走福州这多变的春天天气。福州的雨季不同于闽南地区，这里雨量丰沛，一下雨就得一星期，不然就是阴天。但是这几天气温却只升不降，燥热难耐的空气使古墙上青苔的阴影干净得都让人难堪，我不再在自己身上追寻比例不同的明暗尺度的变化。太阳晒得我晕眩，我随手撕开舍友给的福州橄榄，扔进口中，刹那间意识空白，回过神来，已是几秒钟后的事，却仿佛有十几年那么漫长，心被撕裂开来形成一个巨大窟窿，透着泛红的血光。

眼角染上了些许湿意，我错愕地赶紧擦干，慌张望了望周围，幸好，没人。其实，我一直不是多愁善感的人，我始终觉得做人要率性而为，该吃啥子吃，该玩啥子玩，不要做现实的奴隶，近来却不如此了。我猜，湿痕是我下意识的反应吧。

爷爷不在了，我反复嚼着这几个字。脑海里闪现过他突然呼吸急促、喝不下汤水后紧闭双眼的画面。心上的痛浅浅淡淡的，不再是初时痛得深入骨髓，但却挥之不去，就像橄榄的余香一样萦绕心头。

关于爷爷去世，我觉得我还在做梦。国庆放假回家时，我感觉他还坐在

相伴

藤椅上打瞌睡，我高兴地和他说"我回来了"，还拿了福州橄榄给他。但当弟弟不再向我诉说爷爷近况时，我才清醒。是夜，我在床上辗转反侧，半梦半醒。

夜色被天边的黎光渐渐染白，阳光透过窗缝偷跑进来，我的心一瞬间变得躁动。在家，爷爷会催促我起床上学，现在想想真难得。

爷爷在后门梳洗，中风多年的他行动并不利索，颤抖地握着牙刷。大家都说爷爷从小命苦，父母很早就去世，哥哥嫂嫂对他又不是特别好，很小一个人就在外打拼，刮风下雨时还在工作，所以非常自立。洗漱完后的他，喝了几杯自己泡的早茶，就走出弄巷锻炼去了。由于腿脚不方便，他只能保持基本的平衡，颠簸地走在路上，渐行渐远的背影让我的意识飘忽到六七岁时的时光。那时爷爷还身体健壮，每天都会出门运载各个雇主的货物，在天渐渐不那么亮堂的时候，我就会寻着"嘟嘟嘟"的车声冲向巷口，因为我知道爷爷回来了。小时候我不懂事，满脑子只有玩乐，爷爷辛苦工作回来，还没来得及喝口水，就把我抱在膝盖上，骑着他的三轮车晃悠悠地带我到西边公园玩耍。他会带我在草丛中奔跑，会耐心教我认识每个动物、人物雕像，会小心地帮我推我爱玩的秋千。等夜色彻底席卷整个天空，街道上的行人多起来的时候，他才会带我回家。之后，爷爷盛上一碗饭，坐在我旁边，看我一口一口吃，他偶尔搛两口小菜。我吃完了，他这一天算是收工了。

我从小跟爷爷的时间比跟爸妈在一起的时间都多。闽南地区普遍重男轻女，但我爷爷却不同，这是我在我弟弟出生后才知道的。每次放学后，爷爷来接我，我总会去小卖部逛逛。我想要的玩具，爷爷都会买给我；而一旁的小女孩，总是会哭着被她们的爷爷拉走，这时我总会骄傲地看着他，心想：他是我爷爷可真好。每年压岁钱，爷爷总是分最多的给我，平时我考试考好，爷爷也会特别奖励我，尽管我还有两个弟弟。

爷爷是穷苦出身，没读过几年书，但爷爷却非常有志气，他沉默有内秀。我一直觉得，作为生于二十世纪五六十年代的长辈，古板是肯定的，爷爷却打破了我的思维定式。爷爷思想是开明的，他总能猜懂我的小心思，比我爸妈更了解我。他也常常跟我讲他不曾跟家人讲过的以前的故事，和我说读书的意义是什么。他会在我非常难过时，迈着不稳健的步伐，扶着楼梯，一口气上三楼，亲切地坐在床边，安慰哭泣的我。

我出门时，总爱买他喜欢吃的东西，不管在哪。但是每次拿给他时，期待中笑呵呵的夸奖并没有出现，他总会板着脸，不高兴地说我乱花钱。以前我也曾憋屈，难过得大吵大闹。到后来我才知道，爷爷是节俭惯了，不舍得让我破费。其实，他到处跟邻居夸耀我懂事呢。

爷爷叫我起床的声音越来越弱，越来越不清晰。不管我怎么竖起耳朵，都听不到一点声响。

我难受地睁开酸涩的双眼，思绪迷离，看到四周包围的床帘，原来，我还在学校宿舍里。心头空荡荡的，我将脸埋在枕头中，不发一丝声响，让眼泪渗进棉花，让它们替我隐藏悲伤。

爷爷终究不会再出现了。

清明第二天，我和家人一起来到祖地，站在爷爷墓旁。望着眼前的青山，我心情复杂。这真的叫叶落归根吗？爷爷真的能入土为安吗？家的概念到底是什么？看着忙碌的大人们，我不知道，心是荒凉的，时间是凝固的，我恨自己以前不懂事的争吵，我懊悔没在爷爷生病阶段的周末回去陪他。我把压坟纸小心翼翼地错落放在墓地上。

我撕开一袋橄榄，咬了下去，让酸涩刺激我的味觉神经。对我来说，橄榄像一个味觉定位系统，一头锁定了在异地的我，另一头永远牵绊着爷爷，召唤我的不只是熟悉的味道，更有亲情。我不会像别人一样再也不触碰令人伤心的事物，因为橄榄也是我和爷爷的联系之一。

我很珍惜现在和家人在一起的时光。

我们总在怀念过去平凡的日子。想着，我又撕开了一袋橄榄。

青灯江影

刘晓晴
福建师范大学文学院研究生 2016 级

这几日，我的心里颇不宁静。看着窗外日光倾斜，忽然想起日日经过的闽江，在这西坠的残阳下，总该另有一番样子吧。未及细细思量，"砰！"干脆的关门声将我推了出来。

我沿着大路缓缓走着，车流像是一群奔驰中的蜗牛。右手边是成排的商店，店门上的霓光有节奏地吆喝着，红红绿绿的声音钻进眼睛里。恍惚间，我转头看向左边，川流的车子在红灯前看似乖巧地卧着，又像是起跑线上的运动员。一抹绿光如无声的枪响，一辆辆车迫不及待飞驰而过。有迟钝些的，便遭遇一顿刺耳单调的叫嚣和隐约的问候。

一阵凉风袭来，我缩了缩衣襟，深吸一口气，熟悉的咸凉直达心里，那是令人安心的味道，属于江水和懂它的人。江，不远了。在最后一个路口，右拐。

到了江畔，天已经暗了。我终于还是错过了夕阳。或许为了弥补我的失落。江畔的灯齐齐亮了，乳白色的灯光投在绿树上，有种耀眼的深沉，像是陷入了冥思。金山大桥的桥灯也点上了，一排排如虹伸展，像瀑布泻落，映在清江水里，修长婀娜的倩影摇曳生姿。对面高楼上闪耀的灯光也不甘于寂寞，或变幻着模样争宠，霸道地占据着我的眼，或恬静地笑着，在江水里舒展着银白色的水袖。我便也明白了水榭歌台的妙处，戏台上的美人，腰肢柔软，倒影在水里，轻颤的唱腔如微风拂过清波，愈加动人。

灯光热闹，四周却只有我一个人，我面对着江，站在灯影里，天地间似乎也只剩下我一个人，似乎到了另一世界。没有孩子的欢闹、老人的歌声，一并消失的还有招摇的风筝、来往的游船。今晚，一个人在这交错斑驳的灯影下，夜风带我远离了世间红绿的规则。没有一定要做的事，也没有一定要说的话，没有方向，也没有梦想。

三声笛鸣，唤出的是一艘游船，拨开清江灯影，碾细细碎碎的波纹，很快留下一抹暗色，在拐角处消失。一只白鹭，懒懒飞落，扑腾几下，便随波逐流，不时变换着羽毛的颜色，然后钻进黑暗里，再也寻不见。江岸的阴沉树影，漏出几点灯光，强撑着不陷入烟雾般渺茫的黑暗里。或许，它们早已在夕阳下迷失。

我忽然想起大学的白鹭林来，白鹭林在勿忘湖上，湖畔扯开一对白帆，白帆下是木椅，木椅下是蚂蚁，蚂蚁身上是轻巧的落叶。自行车停在一旁，目光落在木栈道蜿蜒的静好弧度上。那便是最好的时光。还记得这样的诗句：

白鹭脚尖的／那，一抹朱砂／点破夜的墨色／透过半缕颤抖的阳光／涟漪出世间／极美

还有人说，愿把白鹭林装进背包，随他流浪。今晚的灯影江水，如何装进行囊？到底还是惦着那里——梦和恋遗落的地方。那木栈道依然在守着湖水明月，我却在灯影里迷失。这样想着，一声车响呼啸而来，我小心翼翼地穿过车流，走进那条掩映在树丛里的小路。

人与城

林颖
福建师范大学文学院本科 2016 级

人与城永不相离。因为一座城爱上一个人，恨上一个人，从古至今，都被写成一个个凄美的故事。人与城有着斩不断的永世情缘。

人少则为荒城。战火纷飞的年代，人被迫站上了城，举起了武器，保卫城。此时的城与人如恋人。敌人来犯，城中人威风凛凛，视死如归，大喝一声："为城而战！"冰冷的剑光划破天际，战斗的号角不绝于耳，将士一个个英勇倒下。四周一片寂静，夕阳西下，映着彩霞，孤雁飞起，长鸣两声，落在城上。余晖下的城凄美地落泪。远处传来阵阵箫声。城睡了，眼角带着未干的泪痕，化作白云朵朵，飘荡在天际。人亡，城亡。人在，城在。

权力中心，呼之为皇城抑或京城。皇城管理，甚为森严，是达官贵人的集聚地。城中，灯红酒绿，莺歌燕舞。然窥此城无以知天下兴衰、民间疾苦，还需更观他城。这便是所谓的"人以城分"。

城住着各色各样的人：穷人、富人、读书人、好人、坏人……穷人吃着糟糠，富人吃肉喝酒；穷人住在破烂的茅草屋，富人躺在大气的府邸里；穷人吃了上顿没下顿，富人饭后打着嗝，哼着曲；穷人家里有鸡鸭，富人家里有八哥……城有乐，城有泪，城静静地看，穷人、富人都生活在这座城里。

城包罗万象，冷眼观看着城中人的一动一静，如一位祭司。它看多了，自然也看惯了。今天东家和西家因为一块地吵上了嘴，明天李家兄弟又要闹分家，张家夫妇又闹掰。王家的狗偷吃了赵家的饭……邻里不和，鸡毛蒜皮，吵上一嘴便了事。城不想管，它没这心思，它知道，这就是人——人不同于城，人遇事不吵他心里憋得慌。为此，城锻炼了"两耳不闻窗外事"的能力。它不食人间烟火，超然脱俗得令人羡慕。然而即便如此，城又岂能做到完全跳出三界之外？城中人、城中事毕竟还与城骨肉相连，割舍不断啊！

　　城会哭，会流泪。最美司机吴斌受伤后，忍痛停好车，救了一车人。他走的那天，一座城送一个人。城也哭了。它舍不得他呀。城会在心中将他铭记，伴随自己万古永存。城对周总理也如是。城至今还记得那十里长街送周总理的悲戚场面。人哭，城也跟着哭。人哭有声，城哭无声。他们都流泪了。城流的泪是雨，泪尽成河，绵延至远方。城红透的双眼是天边那抹凄美动人的霞。

　　城因人而名。一个鲁迅扬名了一个绍兴，一个莫言造就了一个东北高密，一个乔伊斯创造了一个都柏林……人书写了城，人也因城名。绍兴人、高密人、都柏林人……一座城赋予了一代人以城的符号。

　　城有城的历史，城的历史由人创造。陕西西安作为几个朝代的故都，历经人世沧桑和沉浮，城中人创造了可歌可泣的历史在此沉淀。于是，城便有了年纪，分为年老的城、年轻的城。城如人，人有历史，城也有。其实，城不关心人中谁来当王，它关心的是王是否对民好。历史就由人、由王去书写吧，城不在意。

　　现如今，高楼大厦拔地而起，挤挤攘攘，压得城喘不过气来，城不反抗，默默承受，它尊重人的选择。只是有时候城心里会莫名地一阵悲哀。哀谁呢？城无语。

　　而人们似乎偏爱某些城，拼了命往那挤，这座城要爆了，却留下另一座空城孤单寂寞，与同样孤单寂寞的老人相依为伴。呵！这些奇怪的人，城在思考，它不懂。

　　漂泊的人说，有城就有家；露宿街头的人说，城是一个心胸宽广的好人，它腾出一块地给穷苦人；被铁门关在屋内的人说，城很冷峻，不懂人的情感。而城笑了，说，我是城，却非城，是人？

　　也许这就是人与城斩不断的永世情缘吧！

忘归

林思媛
福建师范大学文学院本科 2016 级

  清明刚过，和往年一样，福州的天气在清明后便渐渐燥热起来。本应是"清明时节好天气，不妨游衍莫忘归"的日子，却因特殊原因，让我真正地成了一次"忘归"之人，也是第一次成了"忘归"之人。生活之中，和我一样忘归的人应是比比皆是，很多时候，我们会懊悔自己的选择，让我们错过了一些原本不应错过的那些生命中最重要的人。

  小时候的我从来不会忘归，大概是因为有爷爷在的缘故。依稀记得爷爷高瘦却十分有劲，留着一个男孩似的小寸头的模样，还有他那双布满老茧、留着厚厚指甲的双手。之前每次清明，爷爷总是挑个小扁担，拿个大锄头，带着弟弟妹妹和我上墓山给太爷爷扫墓。他总是除完草，烧完纸钱，便坐在空地上，看着我们一群孩子把祭祀品全部"瓜分"完，然后担着空篓带我们下山。每年的扫墓对我而言，也可以说用"清明快乐"四个字概括了。

  昨天偶然间在微信上看到一则推送，内容大致是这样的："在我们的生命里，曾出现过很多人，他们带着光亮现身，把温度流转给我们，然后某一天，慢慢淡出了我们的生活。"对我来说，爷爷就是那个带着光亮的人，包容我偶尔爆发的公主病，包容我的一切。记得小时候他给我藏的泡面，记得我满足地吃完面后，爷爷转身把汤喝完后去洗碗；记得每次挑往他碗里的我不吃的猪皮肉、猪肚、葱姜蒜……昨晚我还和奶奶打趣道："我把猪脚的瘦肉挑出来吃了，把肥肉放回去，阿公就知道我回来过了。"果然，当我们意识到做错了些什么的时候，也就意识到有些人是再也见不到了。

　　五年前的事情也许不会像昨天的事那样，记得那般清晰，但我在某时某刻依旧会想起。五年前，刚好是我初二学年开始不久，他就那么走了，在我为了每天繁重的学习后还要连夜奔波回老家照看他而抱怨生气的后一天，他就一声不响地离开了这个世界。我从没和几个人说起，甚至刚开始的那段时间，白天我仍旧装作无所谓，与同学们嘻嘻哈哈，晚上回家躺在床上哭到睡不着。七八天前仍旧和我们聊着天，仍旧叮嘱我要好好学习的那个人，在我抱怨完我的辛苦之后，就那么突然地走了。带着我最差的一次分数，带着我的抱怨和不理解，带着没能实现看着我考大学这个最大的愿望，他就那么走了……

　　记得那天，妈妈直接病倒，奶奶哭得站不住。殡仪馆的冰棺晚上就到了。我所有的眼泪吞进肚子里打理家事，却被亲戚们说是没有良心，连眼泪都没有。那之后，奶奶还是每天按时打开他房间的灯和电视，一个人在房间的时候，都在和爷爷说话，说着说着，就哭了……现在的我，总喜欢和奶奶讲学校发生的事。想起爷爷以前喜欢让我讲身边发生的事，我老是不愿意。现在想讲，也没有机会了。

　　想起殡仪录像里的那首背景音乐《父亲》。从前的我，"总是向你索取却不曾说谢谢你"，而今"多想和从前一样牵你温暖手掌"，你却"早已不在我身旁"，唯愿"清风捎去安康"。

　　情无尽，唯愿安，清明雨时莫忘归……

相伴

心雪

张 鑫
福建师范大学文学院本科 2016 级

　　长久的沉睡之后，她终于睁开了眼睛，让翠绿色映入她的眸子，遮盖她的脸颊。她看着陌生的南方城市，听着陌生的口音，不适应的闷热气候让她身上迅速出了一层薄汗，微微打湿她的白色衬衫。一滴汗，顺着她的额角，一直蜿蜒向下，直到在下巴与另一滴交融。"啪嗒"一声，砸在地上，留下一个潮湿的印记。

　　她突然无比怀念北方的雪，记得她曾那样喜欢随心地做些毫无所谓的事——休息时间跑到操场上，站在一栋栋建筑前，戴着耳机，独自一人静默看雪。这时，她也理所应当地觉得自己仿佛有几分张岱湖心亭看雪的"痴"情。她那么多次身手敏捷地偷偷爬上天台，眺望苍茫大地上一片白茫茫真干净。她在天台上如蒙昧的原始人祭拜古老神秘的图腾一般，一边听着喜爱的乐队，任由主唱低哑深沉的嗓音反复在脑壳里无理冲撞，一边随着鼓点无法自制地手舞足蹈起来，在那小小的空间里体会着无限的自由，肆无忌惮地呐喊、吼叫，从口中呼出淡薄雾气，仿佛在呕出自己缥缈的灵魂。

　　似乎在更小时，她最喜欢跑去学校后院，冬天一到，下起雪来，那里总是有积攒起来的高高雪堆。那对于她几乎是个宏伟的雪山了。几番攀爬下来，瘦弱的身子和肥大的棉服之间的空隙全部被雪填满，衬衣闷闷地贴在身上，感觉很奇妙。而她仍不满足。这个不懂事的孩子啊，总是背着书包，里面塞满自己喜欢的零食，冲到雪堆的最高处，企图爬上一根树干，想要在那里看雪，看星星，吃她已经冰冰凉的晚餐。有时她真希望心事变成天上的浮云。被阳光照射后，就算乌云也会闪现淡淡的梦幻光圈，微微的褶皱。

　　对于童年的她来说，世界上最远的距离恐怕就是小小的手掌和树枝的空隙罢。一点点，总是就差那么一点点。可这一点点不仅恰到好处得不能让她尽兴，而且还能精准地挑破她的衣服。黑夜的树枝看起来无比生硬，生生地带了些冷酷而不近人情的气息。于是，无语的守夜人终于向追梦的人刺出了一刀，几缕羽绒凄惨而尴尬地被挑在刀尖上，随风可怜兮兮地颤抖着，发出微微的抽泣声。她只有轻轻叹气，沉重地伤心着，仿佛经历了一场精心策划却仍失败的革命。她那般惋惜。

　　后来，她长大了一些，可也算不上很大。她依旧是个孩子，尽管她开始穿胸衣，围上了曾经讨厌的暗红色围巾，还看些奇奇怪怪的外国诗，结交了一些各怀心事的人。她虽然不再攀爬树干，可她仍喜欢秋天的风，并深爱着雪。

　　她依然期待着冬天的到来，渴望见证那雪的降临，可她还是变了些。

　　她希望以后看雪的，不再只她一个人。

　　她是个孤独的人，一直都是。

　　她开始读《情书》，然后凝视大雪深处，浪漫地幻想着藤井树，默默地感动于那样单纯真挚的感情，然后，可耻于自己的孤独。

　　她无法对着雪山深处喊出"我很好"。她胸膛里呼啸着的，是北方凛冽寒风，配着一口热血呛在她的心头。

　　最近她有时会感觉喘不过气来。

　　时间不会因为她的迷茫和无助驻足，反而在匆匆中加快脚步，溜得更快。她开始记不得日期，越来越脱离手机，同时越来越喜欢书籍、一些很激烈或很安静的音乐。她不发一语，冷着一双倔强的眸子，抿着嘴唇，摆出一副不妥协的态度，尽管旁人根本不知道她在拒绝什么。

　　转眼，又是一年。她嗅着空气里鞭炮的烟味，踢踏着脚下红色的纸屑。

　　她无聊地猜想，八成是快到元旦了罢。

　　北方的冬天，夜总是快马加鞭而来，似乎要让这些车水马龙城市，这些喧闹不休的人们安分下来，陷入沉睡。下了雪的街道闪闪发亮，似乎是银河倒映在她的脚下，似乎是朝霞折射在她的眼中。那天的雪真大，即使在北方，

相伴

也很少见到那样大的雪。不是雪屑稀稀落落地飘下，被风卷起又抛洒，六角形清晰分明，一触即溶的场景，而是大片大片的雪叶子飞舞在空中，淹没双眼。下雪天静得出奇，她可以听见雪花掉落在地上，碎开来又与其他雪花交叠的细小声响——窸窸窣窣。

窸窸窣窣。

她在黑夜里只身前行，缓慢而坚定地迈开步伐，直到在一盏昏黄路灯下停住脚步。

路灯看起来是温暖的。在惨白的世界里，那是唯一的暖色调。她抬起头来呆呆地看着那灯。那雪过于大了，她甚至看不见月亮，只能看见面前的一团昏黄。向更远看去，雪花像夏天的飞虫一般，直直奔向地上投下的小小光影，像天上撒下的银沙。

这即是光明吗？她想道。身处黑暗的家伙，就是这样可悲又可笑的垂涎着光明吗？即使那光明如此微弱？

她不由得感伤起来，世界上有那么多的人啊，她找不到一个人和她并肩看雪。

她眨了眨眼，将自己从回忆中抽离出来，眼前的景象又逐渐清晰，一棵棵巨大而苍老的榕树将她包围，簇拥。她一瞬以为自己步入了森林。

南方。南方是不会下雪的。她想道。

提着不多的行李，她侧目注视着不同于北方的南国风光，或是因为漫不经心地左顾右盼，她留意到一根榕须轻轻在她头顶上方微微随风摇晃。她紧闭着嘴唇向上看去，不知怎的，她忽然很想踮起脚尖，想要拽住那根榕须。她奋力伸出手臂。

差一点点。

她又用力跳了起来。

就差那么一点点。

猛地，她浑身一震。

她仿佛看见黑暗中的自己站在大雪的中央，拼命哭喊着，想要去触碰头顶上那就差一点点的电灯开关。

236

我的南方姑娘她去了北方

冯子航
福建师范大学文学院本科 2015 级

一

我记得和你说过，雪是最美的雨。当雨被寒风冰冷到了零点的时候，晶莹剔透的雪便会改变形态，从萧索的针变成了一片鹅毛，悠悠然飘落，最后噗噗坠落于地。所以你选择了去看雪，因而跨越了大半个中国。

你拎着行李，选了漫长的旅程——一辆从南至北的火车。

闹腾的春节刚过，南方的暖阳下，一路向北的滋味是不太好受的。你手机壁纸里闪过的一张张雪景，使得你想念起北方大雪纷飞时的欢快。身处在北方的很多同学问过你，为什么要选择那么远的地方？你并不知道回答什么，搪塞过去是最好的方式。记得有一次，我听人说，南方的姑娘总是在水乡里度过童年，所以有着如水般的柔情。而我想到的是，等到时光慢慢长大，那些由南至北的南方姑娘会在北方寒冬下蜕变得像雪儿一般洁白无瑕。

你应该是这样的吧，我默念着。

火车站的广播把你的车次播放了一遍又一遍。是时候走了，你两手提着沉甸甸的行李进了月台，挥手告别南方的阳光。而火车也发出了声声嘶鸣，铆足劲要带你穿越大半个中国。

相伴

二

  长途火车上的时间不知为何总是过得很慢，挤在满是人的卧铺车厢也是难熬。所以人们在火车上免不了闲谈，聊得最多的往往是各自将要前往的目的地。

  在各色的方言夹杂间，你听到了有的人说自己要去长沙做生意，准备要大展宏图；有的人说要去武汉上大学，准备今年把所有的证都考下来……在纷杂的聊天中，有个诗人显得特别另类，他说他这一辈子就准备这一次去北京，想在北京的二环边上高歌一曲，在天安门前朗诵自己的诗歌。正当诗人说得热火朝天，乘务员走了过来。诗人赶紧转身朝另一个车厢走去。

  诗人走了，人们没有可以继续倾听的谈资了。人们发现了你的存在，他们好奇地问你目的地在哪的时候，你给出了一个更为遥远的地名。

  "啊，一个理想已经下车，现实还裹着棉袄的目的地！"诗人不知什么时候回来的，评论了这么一句话。

  "那地儿可冷了！"一位老大爷开着满口京腔说道。

  你笑了笑说道："我都去了好几年了，没关系的。"

  "像你这种南方姑娘可耐不住寒哟。"老大爷回了一句，靠在窗前望着远方，像是想起了什么似的。

  "嗯嗯，"你点头称是，"多穿点就好了。"

  "我以前去过那，那还是四十几年前的事了。那时雪厚的时候没过膝盖，一不小心就陷进去。我和我战友两个人有一次去交班，他走在前面和我说着说着……"大爷像是想到了什么似的，眼里已然泛起了泪花。

  大爷讲着故事，很快黑夜就笼罩了整个车厢。经过小站时，暖色灯光从车厢里的双层玻璃透过，将车内的物什裹上了金黄色。

  火车哐哧哐哧地向前开着，一路向北驶去。深夜，火车在一处站台缓缓停下来。

  被月台广播声惊醒的你，脑袋里还在重放着火车的晃动。你拥着卧铺的棉被坐在床上起身望去，发现刚才和你谈话的人们都陆陆续续地离开了车厢，拉着行李走向了出站口。车上已经没有多少人了。终点站过不了多久

238

就要到了。呼噜声和磨牙声像是商量好似的，长音拉长吊嗓，短音急促地念白。

你起身坐在床上，发现窗前站着之前聊天时说自己想去北京的那位诗人。你本想去和诗人聊聊天，但是长途旅行的疲惫还是无法克服。

诗人在这时突然念了一句诗，你听得很真切。

"跨越大半个中国去看雪。"

"不知道北方还有没有雪呢？"想到这里，你便倒头睡了下去。

三

火车行驶到旷野上时，天便亮得格外开阔。阳光从火车的车窗里斜射进来，照在诗人昨晚站立的地方，折射出那些悬在半空中的灰尘。你突然发现，你怎么也找不到昨晚那个诗人了。你起身望了一眼周围。发现周围都是一群不认识的人在整理着铺位上的被子，将被子叠好放置在一旁，将自己多余的行李搁置在床边，削起了苹果。

"不知道北京有没有下雪？"你也不知道你为什么要说这么一句话。

"没有吧，寒潮都过去了，都立春多久了。"对面的大妈坐在下铺，收拾着大包小包的行李。听到你说话便以为你在问她，顺口回了一句。

"也许还有吧，我挺喜欢雪的。"你回答道，心中带着小小的失落。

"你是南方人吧？"大妈坐在床上，从包里拿出刚在车站买的煎饼果子吃了起来。

"你怎么知道？"

"爱雪的姑娘，往往是没怎么经历过严寒的。"

四

车终于到站了，你拎着行李出了站台，踏上了另外一趟车。

"应该还有雪吧，但愿还有。"

你呼出一口白气，搓了搓自己冰冷的手。冰冷的脚在大地上哆哆嗦嗦。而我终于打通了你的电话，你把这一路的故事和我说了很久。

你说你看到了雪，我给你写了首诗：

相伴

致熙风间的白羊女子
转世而来的猫儿躺在咖啡店前
两爪按在地上　伸了
一个长长的懒腰
用晶亮的宝石眼
窥伺着岁月的青苔
楼上
白羊女子伏在半旧的窗台上发呆
打量起光阴的颜色
熙风间的白羊春梦
醉过了人
吻了指尖　心上
而珍珠奶茶和月色还聊着天
谈着那些谁也不知道的事

夜跑记事

王津津
福建师范大学文学院本科 2015 级

  我很喜欢朱自清的一句话："一个人在这苍茫的月下，什么都可以想，什么都可以不想，便觉得是个自由的人。"大学生活是多彩的，但同样，更是忙碌而空虚的，我常常需要借助这苍茫的月色来沉静自己，似乎在这苍茫的月下，我便可以洗涤一身的污浊，成为一个什么都可以想，什么都可以不想的自由的人。

  天晚，去小操场夜跑。

  走过了被竹林的月影盖得密密实实的楼梯，走过了电视剧传出的嬉笑怒骂声和散发出烤肠香味的小卖铺，又走过斑驳树影的坡道，再走下不规则排列的楼梯，小操场就到了。

  夜晚的小操场与白天的小操场大相径庭，热闹得让你误会像是要举办什么晚会，或有携三两好友谈心的、散步的，或有父母带着小孩出来游玩的，但大部分是在运动，有打羽毛球的女孩，借着夜晚的太阳——操场大灯，一下又一下挥舞着手中的球拍，轻盈的羽毛球在空中带着女孩家的话语飞来飞去；有成群的男孩在打篮球，夜光下的男孩眼里似乎闪着狼的血性，篮球带着汗水撞进篮筐，留下青春的痕迹；也有一圈又一圈绕着操场消耗卡路里的姑娘，带着对白天贪嘴的罪恶感，死命地跑着，并告诫自己明天不再贪嘴；有来消耗一天工作疲惫的中年人；也有来抓住青春尾巴的青年。夜晚似乎有莫名的安抚作用，白天被各种杂事缠得心浮气躁的人们，此刻却显得十分平静，锋利的棱角在月光的照射下温和了许多。

夜色的掩护下，人们平时的刻意隐藏，在夜晚都显现出来，白天的失意、困顿、愁闷，在这苍茫的月色下显现出来。其实，在这橘黄色天空下的小操场，一切是那么明显，但没有人会去戳破，因为每个人都需要这一片明显但不表露的秘密世界，每个人都需要月色下的自由时刻，什么都可以想，什么都可以不想，一切都要隐藏，一切也都要表露。

听着耳机里传来的音乐和自己的喘息声交汇在一起，竟是莫名的安心。越过一个一个陌生的人，我就像一个独行侠般，在一个陌生的城市独自生活，虽然不断和一个个人擦肩而过，但一直在自己的旅途中，就像自己的音乐只能自己体会。跑累了，你摘下耳机，发现世界原来这么安静，别人并没有听到你的音乐，他们也有自己的音乐，自己的旅途。

感觉自己的背部已经完全被汗水浸湿，力气也渐渐流失，节奏慢了下来，呼吸渐渐平缓，白天的乏累似乎也随着汗水流失了。抬起头，不经意看到被城市的灯光映红的橙色的天空，没有什么星星，只有几朵像极了彩霞的云朵，走到小操场的东边，闻到了一股浓重的石榴微微腐烂的气味，耀眼的灯光从石榴树的背面射来，只能看到几棵似泼墨的石榴树，伴着石榴香气，在夜风中轻轻摇曳，橙色的灯光把我的影子拉长，拉长，像一个踩着高跷的女孩。过一会儿，又一个踩着高跷的马尾女孩摆动着手臂，与我的影子并排而行，女孩的影子十分活泼，马尾一甩一甩的，一会儿在我影子的前面，一会儿在后面。我与女孩之间有三条跑道的距离，影子却像是亲密无间的好友，这感觉十分奇妙，女孩似乎也发现了影子的交集，转过头看我，视线在空中交会，相视一笑，默契得没有言语，各自离去，此后，每每在操场上遇见女孩，我们俩总会相视一笑，竟像是多年的好友。

走到操场的一端，有许多人在压腿，一只只腿被抬高，尽力地把手指尖与脚趾贴近，越贴近，就越能感受到自己体内的筋被拉扯，似要被撕裂般疼痛。一放下脚，便发现方才跑步时像灌了铅似的小腿轻松无比，走路飘飘然，十分畅快。这大抵诠释了什么叫先苦后甜吧。压完腿，走过一棵棵不知名的树，冒险似的从与身高相差无几的树底贴着走过。幸好有夜色的掩护，并没有吸引太多奇怪的目光，穿过树底，踏上回程的阶梯。

梦·俗人

杨佳雪
福建师范大学文学院本科 2016 级

是一阵轻柔的钟声将我唤醒的。那仿佛是种来自心底最深处的召唤，让一向浅眠的我无法抗拒地醒来。我几乎是下意识地伸手向枕边摸去，空的。

我想我还是个工业时代的俗人。

月光透着窗户洒进来，床椅笼着一层薄薄的白纱。我凝神，却是许久都没有动静，没有钟声。我开始怀疑我是不是在梦中听到的，无聊间只好睁大着眼睛盯着床顶的床纱发呆。好一会儿，突然又有钟声从黑夜深处传来，缥缈虚幻，若有若无。我直起身，侧耳仔细听，是沉沉的钟声，那种古老的带着佛性的独特的音乐，宁静悠远。

木制的地板很容易扩大声音，我轻手轻脚借着月色摸索到窗边，伏在窗沿边。

月色很好。

空寂的街道，月光洒在小巷里的石板路上，积雨的小凹槽里闪着光，钟声还在继续，远远地，断断续续地传来。我静静地聆听着这佛音，却并未如古人那样"月色入户，欣然起行"。苏轼只是看到好的月色便"欣然起行"，若这样好的月色，这样奇妙的钟声，他必定是要下楼寻佛音而去的，而于我，只是伏在窗边静静地听着，直至夜重归平静。

我想我还是个俗人。

楼下长条板的木门嘎吱嘎吱作响，我突然从床上惊醒，发现自己好好地

相伴

躺在床上，昨夜，佛音，是梦？

倚在窗边，从窗户望出去，小镇在薄薄的晨雾中朦胧着眼，青色的砖，黛色的瓦，飞翘的屋檐，白色的高墙，四四方方的院子，四四方方的人家，远远地有脚步声传来，青石巷里回荡着足音。这是一块尚不被商业化的古村落，朋友旅游时无意发现的。一块江南钟灵毓秀之地，藏于重重叠叠的山峦中。村落不大，不过几十户，好在建筑尚且保存完好。远眺一遍，并未发现任何寺庙，难道昨晚真是梦？我不禁这样问自己。

踱着步子下楼，房主是对老夫妻，他们正在准备早餐，自制的白面馒头，清粥小菜，十分简单。心中的疑问迫使我开口，老爷爷虽然惊讶于我问的问题，但还是和蔼地告诉我，后山的山头有一间小寺庙，村里人有大事也会去拜拜，存在了些许年头了。听后我欣喜不已，昨晚的钟声又开始在脑海里响起。

我想，我一定要去见你，隐藏于重山中的清修之地，你定能为我解答。

午后开始有了淅淅沥沥的小雨，房东给了我一把木柄的伞，撑着伞走在小巷里，不禁让我有种隔世之感，恍若我从民国而来，踏着时间的步子，闻着穿越时空的花香，走进戴望舒的梦里，走出浮躁迷茫的尘世。山脚有条石板路通上去，我小心翼翼地踩着石板，路上杂草丛生，一路向上，发现许多石板都已损坏，有的早已不知所终。前路越来越陡，雨也渐渐大起来，颇有倾盆之势。形势所迫，我不得不转身下山，山景迷蒙。后来，连着几天都是连绵不绝的雨，我终是无缘一见寺庙真颜，佛，不愿见我吗？

既不愿见我，何必引我，既愿见我，何必拦我。

静静立于廊下，于黛瓦间滑过的雨，从屋檐漏下。我想，可能我真的是个俗人，余生必须在尘世中行走，在迷茫中重生。

是谁辜负了这命

刘艳平
福建师范大学文学院本科 2016 级

  骄阳似火,大树的叶子都反射出强烈的光芒,闪烁着,喷射在每个人的头顶,即便是打起来各色的遮阳伞,也难以把那些热浪阻挡在外面。浑身都是汗水,黏黏的,惹人厌得很。大生怏怏地拿手放在额头上,想着今天下午要不要回家吃一碗仙米冻。想到家里的仙米冻,他的口水就不可控制地开始从口里的两个窝窝处争先恐后地挤出来,吞咽都来不及了。

  大生的老家在江西的小镇,谢坊镇下的小小村子。这个村子有一个很是诗意的名字,叫黄杏村,大概取"黄梅时节杏花开"之意吧!然而大生却觉得这名字简直是名不副实。你走遍整个村子,哪里看得到半点杏花的影子?况且这名字也是土得很呀!大生仗着自己早年跟着私塾先生上了那么几年学,便觉得自己与村里人还真是不一样,大概是除了会写自己的名字外,还能念出"谁知盘中餐,粒粒皆辛苦"。当他念叨"千山鸟飞绝,万径人踪灭"这句柳宗元的金句时,还觉得这诗句写得有些不对,我们这里四季皆有,哪里会有鸟飞尽的时候呢?为此,他还跟先生顶了顶嘴呢!也不管先生怎么跟他说,他都觉得自己才是对的,气得先生那嘴边两缕胡子都飞起来了。要说这名字土呀,他倒是听说了"流芳村""婺源村"等,还真是比"黄杏"高了那么一些档次。

  "诶,大生,才回来呀,吃了饭没?"水生戴着草帽,嘴里嚼着几根稻草,只穿了一件黄颜色的衬衫,但从缝口处和肚子那块的白色可以看出这原先应该是白色的，不知挺过了多少个夏天了。

大生随意地摸了摸水生旁边的水牛，含糊道："早吃好了嘞，就要去找我嬷。"黄杏这地方有个很奇怪的传统，喊"妈妈"是叫"嬷嬷"或者"嬷"，而"爸爸"则是叫"叔叔"或者"叔"。也不知道为什么，小孩居然不会认错爷爷奶奶。

估摸着这就是文化的魔力吧，生于某地，那自身好像已经深谙了几代人的源力，无师自通。

"嬷，俺回来了。"他看着桌上的饭菜，也没剩下什么好吃的啊。他脱掉上衫，随手放在竹椅上，大步走到厨房里，果然就看到了黑曜石一般的一整块的仙米糕，似乎还有一丝丝的凉气升腾出来，被郑重地放在一只白盘上，如佛龛般圣洁无污。

大生小心翼翼地切出一块仙米糕，放在海碗里面，然后淋上半勺的井水，不多也不少，零零散散地撒上两勺白糖，充分拌匀，以免搅拌不均匀而涩到舌头。最后，大口大口地嚼，享受一小块一小块的"黑糖"从喉管到食管再顺流滑到胃里，一身的热气于是就被逼出来，凉爽从丹田喷涌而出，可以说是"四肢皆酥"呀！

大生他娘看着他也只有在吃上面肯这么细致又用心，半是欣慰，半是心酸，除此之外也没什么长处了吧。这傻孩子白长了一身力气。

要说大生，估计是全村里最幸福的孩子了，虽然打小就没了爹，但他嬷一点委屈也没让他受。别人家的孩子一个月只能吃上一顿肉，还是肉末星子，他呢，倒是一个月比人家多吃上那么两次。夏天靠着他嬷嬷的仙米糕手艺，冬天靠着嬷嬷帮镇上的人裁衣裳，秋天是磨豆浆和收稻子拿去镇上买，因为质好量足，生意活儿从来没断过。只是阿嬷的身体一天不如一天了，每晚断断续续的叹息声，化作蚊香溜进鼻息，跑进大生的梦里。

奇怪，大夏天怎么会有大雾？大生使劲揉着两只眼睛，隐隐约约从前面的桃树后面看到一个人影，那个人影一会向前，一会向后仰，还发出骇人凄苦的哭喊，似乎在极力地压抑，好像害怕别人听到似的。

"菩萨，一定要保佑我生儿活下去呀，这孩子是我和他爹的唯一血脉，菩萨要能做到，我华娣每月的初一都备好柳叶烤乳肉，直到我老。"这声响越来越小，又过了好几分钟才停歇下来。连续一个月都是这样的情形，而且还看到阿嬷在准备的小乳猪的肉上加上一些当地的沙柳一并烤，这简直就和梦里的一样。

　　大生已经知道那不是梦，那就是阿嬷在求菩萨呀！阿嬷怎么如此糊涂呀，求菩萨有何用，从小听先生讲"拜神不如求己"。再说，那么好的乳猪给菩萨还不如给我吃呢！大生气呼呼地想。阿嬷宁愿相信菩萨也不愿相信俺，难道我还不如庙里的死泥人？若是俺自己来做，菩萨估计也插不上手了。

　　"好呀，俺今天就来试一试，到底是我厉害还是菩萨真能显灵，哼，敢跟我比。"说着，他踢了旁边的竹篓一脚，倒下的竹篓嘲笑般望着他远去的身影。

　　第二天，村里人就破天荒地看见大生下了农田，水头看到他两手空空就来了，笑着说："还真是庄稼人！靠两只手就能做好庄稼？"说着，他还对大生示威似的拿起锄头，边看着大生，边对着田里的草折腾了几下，说："看到没有，闲人！"

　　大生的脸憋得就要爆掉了，向着那人虚扔了一块石头就跑回家了。

　　自此以后，人们每天都能看到大生一大早就去田里，奇怪的是他的田居然比其他人都种得好，久而久之，村里人都在暗地里议论，莫非真有菩萨在帮他？

粿

林巧兰
福建师范大学文学院本科 2016 级

我的老家在泉州。作为一个闽南人，我会说一口地道的闽南语，对闽南的吃食也十分了解。闽南地方偏爱各种粿，尤其是在传统节日或者祭祀祖先的时候，粿是必不可少的。

粿，从它的字形上便可猜出是用大米做的食物，可分为白粿、咸粿、清明粿……在我家，最会做各种粿的就是阿嬷[①]。

白粿是平常祭祀祖先最常做的供品，外形白嫩，口感 Q 弹。阿嬷总是在前一天晚上，将选好的粳米洗净，并用水浸泡一晚；第二天早上将水倒掉，将粳米拿到石磨上，磨成细细米浆。别以为磨磨简单得很，边磨还得边加水。水的量可要控制好了，太多就会烂掉，太少又会过硬；磨好后将米浆放入鼎[②]中翻炒几下，然后倒入事先准备好的圆盘中，圆盘面得先刷一层油，以防白粿熟后粘锅，然后放在灶上蒸。这蒸的火候也是有讲究的，火太大，边上的都熟透了，中间的还没熟，因此，要用中火慢慢蒸，蒸上半小时，热腾腾的白粿就可以出鼎了，晾凉后便可食用。咸粿和白粿的做法差别不大，就是在磨好的米浆里放入芋头、瘦肉等，下鼎翻炒时再加入适量的盐巴，其余的做法都一样。

清明粿，是清明节闽南人家用来祭祀祖先、互赠亲友的食物。清明粿也

[①] 阿嬷：闽南语中的奶奶。
[②] 鼎：闽南语中的锅。

叫鼠曲粿、鼠曲草①，是制作鼠曲粿必不可少的原料。清明时节，满山遍野都是这种鼠曲草，而且特别嫩，阿嬷提前几天上山采鼠曲草，采完还要细细挑拣洗净，接着要放入鼎中过一遍开水捞上来，然后捣烂弄成一团球，放在冰箱里备用。清明前一天，还要去采集芭蕉叶，可以放在粿的下面垫着，既好看，又防粘锅。清明这天，将适量的糯米粉兑好水，加入事先准备好的鼠曲草团，反复揉，直至鼠曲草和糯米粉完全融合，粿皮就弄好了。接下来就是粿馅，不同地方加的粿馅不同，有甜的，有咸的。我家喜食甜，因此粿馅都是甜的。将花生去壳，放入鼎中干炒，直至花生膜脱落，然后用杆子将其碾碎，加入白糖，粿馅也完成了。然后取出适量粿皮，揉成扁平圆形，加入粿馅，包裹起来，再搓成圆圆一团即可。将搓好的清明粿放在芭蕉叶上蒸，一个小时左右便可出鼎。

如今，大家都图方便，会亲自做粿的人家不多了。久而久之，这做粿的手艺也就没几个人会。我也只有在回家的时候才能吃到美味又正宗的粿了……

---

① 鼠曲草：这种草是生长于南方的一种野菜，可食，味甘，性凉。

最初和最后的阳光

王秋月
福建师范大学文学院本科 2016 级

今年的清明来得格外声势浩荡，电视新闻里报道着扫墓大军造成的交通堵塞。至于我，只是觉得"祭奠亡人"这几个字在今年变得离我近了罢了。

这天清早，我五点起床，整理自己的过程显得十分漫长而虔诚，只怕你这个有洁癖的家伙说我对你不上心。即使你离开这人间，我依旧随意，无论是对自己，或是别的谁。可今天去看你，我是随了我的心意，但是却不随意。

"清明时节雨纷纷"，这话不假，而福州的春天也确实多雨潮湿得令人发指。在我想象中，去看你也是梧桐树下雨滴答滴答，黑伞下的人一脸严肃孤苦，手中的菊因雨水香气肆意。在我想象里，这是个痛苦的过程，但此时，我面带微笑。或许是上帝看你喜爱阳光，梧桐树上青芽初生，枝上鸟鸣声声，遮阳伞下雏菊挨着挤着。这时候我怀念着你的脸庞，假装自己不那么忧伤。

我错过了你的葬礼——你想要的那个玫瑰铺就的美丽场景。我记得当时你躺在病床上，笑着吐槽：白色的灵堂有多难看，那些设计师的眼睛都瞎了吗？除了那些五颜六色的花圈上的花开得绚烂。你心里吞着泪，眼里含着笑。你伸手想摸一下透过玻璃窗落下来的阳光，只差一点点，我恨我没办法，把阳光捧在手心然后洒在你身上。若那是代表幸福的水就好了，这样想着，我才渐渐明了泼水节的意义。你尴尬地笑了笑说："其实不一定要阳光，被子里一样很温暖。"你那嶙峋的身体连自己都暖不了，却从始至终暖着别人，你那颗伤痕累累的心，像阳光一样温暖。

"傻佬，去打球。"你从来都不傻，只是太善良。

"等一下，我给小辰、小格喂了吃的就来。"

"那么丑那么脏。不许碰。我来。"你乖乖喊道。那时候化验单已经下来了，果然是只有有钱人才敢得的病。不许剧烈运动，但是要适当锻炼身体，不许这样不许那样……于是我曾经拿火锅勾引你，刺激你，希望你不看我的面子，看着火锅的面子也要尽快好起来。谁知道，丑猫没了"妈"，我没了你，火锅该为谁准备？

那两只猫那么丑，一只残耳，一只瘸腿，你不要了，托付给谁？若不是因为你，我会接手这个烂摊子？还好他们俩现在已经各自成了家，悄悄离开了那个巷子。但是，他们偶尔会去你家门口张望。于是我就逮住他们说："你妈不要你们了，别来了。"可是这俩货跟你一样傻，有时隔三两天，有时隔一周，只是来看你在不在，让你再给他们挠痒痒。他们多半以为你在跟他们躲猫猫，就好像我才不在意你抛弃我，骂不回来你，又拗不过心里想你，只能去你房间坐坐，看看你的照片，假装你只是出去玩玩马上就会回来似的。那天我没哭，躺在你的床上睡着了，发现他俩在挠窗户，不停地挠。我走过去，看到你的相框在窗台，大概是我哪天放上去忘记收了。我打开窗户，托起相框，傻猫也一起伸爪子摸摸你的脸，因为相片里你笑得一脸明媚。

路上走着，我看着活泼靓丽的雏菊，想着或许该给你带娇艳明媚的玫瑰。我走上桥，桥上铺着的枯枝落叶咔咔作响。河水过于碧绿，显得十分诡异。

风起，其中一片枯叶恐怕是怀念当初青涩的日子，跳湖了。

我嘲笑着他的天真，告诫着自己要现实。现在，无所谓幸福与不幸，所有的所有已成了过去，如烟如云，俱往矣。就像那时候你连自己不会游泳都忘记了，纵身下去救那个落水的小孩，最后却是我把你俩一起捞上来。想对你发火吧，所有的气急败坏对着你都像是机关枪打在棉花上，无用功。因为你只是笑着说："我忘了嘛，何况不是还有你吗？大家都没事，这不是很好吗？"但是现在想对你骂你做的那些蠢事也不行了，毕竟你连回应都给不了我。

桥和水都在身后了，过了这段石板路就能看见你了。只是你好像从来都没有正经走过路，一米八几的小伙子，总是蹦跳着，遇到的磕绊不少，但是教训从来不总结。那次也是在青石板路上崴了脚，回来之后眼含泪花，却说

相伴

那附近有个非常孤苦可怜的老爷爷，儿女在世却不照顾他。从此，你每天去送饭。天知道你走了之后我多不想见他，因为他总是问你去哪里了，怎么还不去看他。好像我就不孤苦似的。你对别人那么好干吗？对着我就只知道煎蛋、洗床单、叠衣服，还有拖地，你给你的丑猫的傻笑都比给我的多！

你还是个性依旧，周围的墓碑上都是黑白照，你用的彩色照片格外显眼。树影斑驳，遗漏下来的阳光照着你的笑脸，不知会不会穿过去到达另一个世界——你在的那个世界呢？

长安山的男人

钟政华
福建师范大学文学院本科 2015 级

当小飞得知我去的是师范大学,而他读的是理工大学时,他向我投来羡慕与嫉妒的目光,他的手搭在我的肩膀上,不怀好意地说:"就你小子会挑!一看就知道没少想,说吧,想了几个通宵?"我甩开了小飞的手臂,红着脸狡辩:"我不是你这种人!"

当我的父亲把他唯一的儿子送进这所坐落于长安山下的文学院时,正值夏天,满地都是白花花的大腿,他的目光不经意地飘着,他的手搭在我的肩膀上,语重心长地说:"难怪填志愿的时候你会通宵想了那么多个晚上。"我抖开了父亲的手,镇定地狡辩:"也就一个通宵而已。"

之后,父亲便带着庞大的恋恋不舍回家去了。我知道,他怀念起长安山下白花花的日子一定会比怀念起我这个儿子的日子多。

上大学如启明之旅,不亚于一场西天取经,我便和同班的三位兄弟组成西游四人组,进驻在这"女儿国",顺理成章地成为长安女儿国里的"弱势群体",同时也顺理成章地成为重点特殊照顾对象。

课上,老师抄起讲台上的点名表,准备找同学起来回答问题。老师的眼睛在表上扫来扫去,夹杂在一群"薇""芳""艳"中的我自然是高枕无虞,事不关己高高挂起地坐在最后一排的王者之座上,俯视众生。

在提问了三个"薇"、两个"芳"以及一个"艳"后,站在讲台后的老师终于察觉到了阴盛阳衰的不对劲,只见老师漫不经意的目光一扫,穿过了前排的女同学,如锋利的投枪,又如精准的弹头,直接命中了坐在最后一排的我。

"那位坐在最后一排的男同学,你来回答一下吧。"

在老师的遥遥一指下,我便暴露在了所有女同学的视线之中,霎时间天地苍茫,风吹草低现牛羊,我还想挣扎一下,左顾右盼地寻找同处最后一排的男性排友。

"对!就是你!别东张西望了,最后一排就你一个男的。"

听老师说,从前的文学院只有一个中文系,那时候的中文系热闹,男生多,阴阳也不像现在这样内分泌失调得厉害,但中文系的男生往往不爱搭理同系的女生,他们喜欢吃完晚饭后捧着《收获》往外国语学院那跑,和路过的无知少女们大谈特谈心中神圣的文学。那时候的文学,用现在的话说,值钱。如此一来中文系的女生便被冷落了,于是她们读书,努力读书,用功读书。

那时候的长安山也不像现在这般"寂静",清晨,到处是女生朗读背诵的声音,热闹;到了晚上也热闹,因为山上还有许多乱葬的坟墓。听老师说,当年他在这里读书,宿舍夜聊到"鬼"时,几个无神论者兴起,夜上长安山,想要撞一撞"鬼",一睹"鬼"的芳颜,但自从这些坟墓被推倒以后,长安山就不热闹了。我的宿舍阳台正对长安山,每天都要与她四目相对好几回,特别是在福州的回南天里,手上摸着潮湿的衣裤,眼里饱含幽怨地与山对视,就越发觉得现在的长安山更加"冷静"。

如今的长安山晨读不再,热闹不再,就连山下的学生也少有愿意登上这座近在咫尺的小山包。访客大多是来拍结婚照的新人。每次遇到身穿洁白纱裙的小娘子提拉着蓬蓬的裙边在"长枪短炮"前绽放笑容时,我就忍不住想起在长安山上长卧的先人们,他们来时同样也是穿着洁白的衣服,在漫天飞扬的白纸中僵硬地定格笑容。

如今,中文系改名重组了,女生多了,多得不像话,也很热闹,但热闹是她们的。

文学院的女生往往不爱搭理同院的男生,她们喜欢吃完晚饭后捧着笔记本电脑,在宿舍整宿地围观她们的长腿男神。如此一来,文学院的男生便被冷落了,于是他们愤怒,努力愤怒,用功愤怒。他们晚睡晚起,他们也夜聊,也聊到了"鬼",也夜上长安山,结果喂了一个晚上的蚊子,鬼是没见着,自己反倒被蚊子咬得不成人样。他们奋力把自己活成一个诗人，这时候的诗人，用那时候的话说，小资。

"真是寂寞。"这是在与长安山对视后，长安山告诉我的。

"楼围故院周遭在，风打空山寂寞回。"这是一个已经活成诗人的男人说的。

有天，在我与长安山对视的时候，忽然接到了小飞打来的电话，略感意外，因为他开口的第一句话便是"夏天要到了，我想去看看你"。

我大为感动，感叹与这位游子的情谊，然而接下来他的第二句话就暴露了他的野心，我才终于看清他不是游子，而是狼子。

他说："顺便看看你学校里的姑娘。"

小飞大吐苦水，他一个南方野狼无法忍受北方大澡堂与数十个男人坦诚相见，每天睁开眼看见的是带把的，上课时满教室都是带把的，做梦梦见的都还是带把的。当他说起自己和食堂大妈说话时声音竟然会颤抖的时候，我顿时感觉有一种悲意从阳台对面的长安山上传来，像是山上野狗的深夜独吠，又像是土里荒骨的悲鸣。

在商量好与小飞接头的时间后，刚放下手机又来一电话——父亲打来的。我略感意外，如果不是他主动打过来，我都有点怀疑他是否把他唯一的儿子忘记了。

"喂，儿子。"

"爸，有什么事吗？"

"也没什么事，就是……夏天要到了……"

相伴

故事

林丹
福建师范大学文学院研究生 2015 级

母亲倒下是前不久刚发生的事情。

被诊断出三高的她躺在了医院洁白的病床上，这时候的她看起来已经没有了往日的活力，病房里只能听到安静的点滴声。

十一月里的榕城依旧灯火通明。

母亲的人生就像是一个陀螺一样，她的芯执着地刺入"生活"的正中央，一圈圈地打着转，旋转着，重复着。就这样，她被拖拽着，被叩击着，然后燃烧殆尽。

搬来西湖前，全家人住在杨桥路一个破旧的平房里。崎岖不平的石板路上总是传来自行车铃疯狂的响声。绯红的天空下，街边老旧的路灯终于亮了起来，蚊虫聚集在昏黄的灯下，狂热地迷恋着这难得见到的光明，贪婪地吸附。

多数人已经记不起儿时的往事了。

我却保留着那时很多的记忆，大概是因为跟别人比起来，我值得回忆的事情实在是太少了。那些记忆就像是溪水下的鹅卵石。童年弥漫在空气中的鱼丸味儿，街口老人馆稀稀拉拉的搓牌声，还有总是笑着跟我打招呼的理发阿姨，我至今记忆犹新。

父亲回来得很晚。

回到自己家当然是一件理所应当的事情，可是他今晚是踹门进来的。与我相拥而眠的母亲在确定我睡着之后小心翼翼地起床，然后小心翼翼地询问他:"你要不要吃点什么?"

"去煮个面给我。"他恶声恶气的。我把眼睛眯成一条缝,想看清眼前的场面时,父亲把我提了起来:"装睡就不要睡了!给我起来!"

我好像漂浮在空中。

迷迷糊糊的时候,我好像还依稀听到了谁的哭泣声和求助声。很奇怪的是,这一段我后来怎么想也想不起来了。后来母亲说:"跳楼自杀的人也会这样,思维停滞大概就是这么一回事吧?"

年轻时候的母亲是个美人。

褪色的照片上,她穿着一条素色的连衣裙站在甲板上,看向镜头的脸庞微微笑着,手臂自然垂下,白袜里包着两条笔直而挺拔的腿。她很爱笑,也很喜欢与人交往:"这是我在上海打工时候的照片,那时候第一次见照相机,感觉很稀奇。"

母亲出生在闽侯的一个戏子家庭,是三个孩子里的老大。

"当时你舅舅每天都回家,哭得跟鬼一样。说是很早就爬起来压腿,受不了想要回来。你小姨在学校被人欺负了也不说,你外公又没本事帮她出头,我在国棉厂又是从早到晚的……"

"那时候的生活很艰苦呢。"

"那我外婆呢?"我趴在她的腿上,她顺着我脑袋上的头发,叹了一口气:"我十二岁的时候,她就已经不在了。那时候刚实行计划生育,做结扎手术的医生大多数不太专业,感染了伤口,后来死了。"

"就是因为我没有母亲,所以我要给你全世界最好的母爱。"

躺在她怀里的我,仿佛听到了海浪轻轻拍打沙滩的声音。

我好像到达了世界的某一个秘密角落。远处是海鸥轻抚过海面,摇篮里似乎还能感觉到微风,又像沉入海底,安稳而又宁静。

世界上所有的思念都是围绕着孩子。

我想没有比这种思念更加深沉、热烈的感情了。人生下来最先接触的就是亲子关系,但我们后来却离开父母,去找寻除了这种关系以外的其他关系。可是我们越想追求,越是失望。

现实不像想象中那么美好,烦恼和背叛充斥着生活。我们痛哭着向前迈进，指甲划开血肉，悲观到想要放弃，却一次又一次重复着同样的感受。

遍体鳞伤后，我们才意识到自己想要获得某种可靠、真实的东西。

就算是这样，我们还是会吵架。

十八岁的时候，忘了她说了什么话惹怒了我，我好强，高考后有几个月的假期，我故意不怎么回家。母亲用的是小灵通，不习惯九个键盘的拼音，也没学过五笔怎么用，就每天给我打电话，我故意不接，回了家也不理她。

填志愿的时候，我选了一所离家数千里的学校。

从家到学校的火车加上转车要三天两夜。

下雨了。

母亲来送我了。母亲撑着伞站在火车站南广场的中央，我拖着沉重的行李没有回头。直到检票口的姐姐问我到底要不要把身份证和车票给她检票的时候，我才发现我已经在落地窗前趴了许久。

"福州人说要落叶归根，以后你的人在这里，你的未来也会在这里。"

那天上了火车后发生的事我已经记不清楚了。

她打电话的时候，声音断断续续地："不管你在哪里，我都会祈祷，我的孩子能健健康康，快快乐乐的。"

趴在窗户上的我看不到她的眼泪。

也许是因为她的泪和天边的雨融在一起。检票的姐姐又在催我了，我隔着玻璃伸出手指，试图在指尖上留下她的轮廓。她一直没走，始终站在广场的中央。"妈妈，对不起。"

请原谅我的自私。

打完胰岛素的母亲已经睡下了，她微蹙着眉头，好像在做什么噩梦。我坐在病床旁边，握住了她那只没什么热度的手。

点滴是冰冷的，它在沸腾的血液里流动着。当我与她十指相扣的时候，她皱着的眉头终于舒展开来，露出了一个温暖的笑容。我的食指指骨碰触着她手心里的茧子，就像在摸一块干涸的石头。

妈妈，很感谢你把我带到这个世界上。

能被你抚育成人，我感到很幸福。

阳光温柔地洒进窗口，白布单被染上了一片金黄的颜色。我不禁想起了孩童时期，母亲牵着我的手，与我十指相扣，五音不全的声音是那么轻柔，那么温暖："月亮在白莲花般的云朵里穿行，晚风吹来一阵阵快乐的歌声。我们坐在高高的谷堆旁边，听妈妈讲那过去的事情。我们坐在高高的谷堆旁边，听妈妈讲那过去的事情……"

那些来不及的告别

孔祥惠
福建师范大学文学院研究生 2015 级

从小到大经历过的离别很多，但正儿八经的告别却很少。大学毕业的时候，朋友送我去火车站，嬉笑玩闹，临别也没能郑重地道一声再见。以前总是太轻薄，对人对事浮于潦草，活在人生的表面，还未曾深入内里。对人事变迁浑然不觉，只一个劲儿颇有兴头地往前冲，喜欢开始胜过结束。

江淹在《别赋》里说："黯然销魂者，唯别而已矣！"

读到时也只是水过地湿，雁过无痕。少年意气轻别离。

后来才知道，生命中那些最珍贵的人和感情，在要离开的时候是没有仪式的，它们总是浑然不觉地离开，等你发觉，已然走远。

年少时读过一句话：当你站在我面前，我就开始怀念，因我知道你终将离去。也是不懂其意，但这句话却在脑海里留了下来，好像命运里一句用意颇深的谶语，提示着生命永恒的悲凉底色。当我在人来人往、情天欲海中浮沉时，这句话也会时不时跳出来关照我，安定我。

曾跟一位在我的生命中扮演过重要角色的人撕破脸皮，一时斯文扫地，体面尽失。我愤怒于他的言而无信，一任事情发展而不作为。他自知理亏，鲜少辩解。而又因知晓他所有的软肋，我极尽刻薄之语，箭不虚发。他自溃不成军，我亦无胜利可言。

告别很狼狈。他站在站台黄色警戒线外，百无聊赖地抽烟；我站在动车门口，双手插兜，眼睛像 X 射线一样死盯着他，妄图把他看透。直到动车开动，也没有说一声"再见"或者道一声"珍重"；手也似千斤沉，别说"举手长劳劳"了，"短挥挥"都吝啬给予彼此。其实当下很想跟他拥抱一下，虽不是彼此的良人，但他毕竟陪伴过我多年的时光，曾在过去许多焦灼的夜里，给我沉闷的心情开一扇天窗。那些他给予我的糖过期了，但毕竟甜过。可那时我们就像在玩一个"谁先拥抱谁就输了"的游戏，都玩得太过入迷。

前几日偶然翻检旧手机，发现彼时争吵时与他的一通通话录音。电话里我不断质问他：为什么没有这么这么做？为什么没有那么那么做？我说的话幼稚而多余，像得了失心疯。他很平静地答了一句"因为不爱了"，但很快又被我的声浪盖过去。

刚刚分别的那几日，我很遗憾和他没有好好道别。现在才知道，感情里的告别都是形式，真正的离开都是悄无声息、悄然而至的。你能抓住那个他不爱你的时刻，来一次郑重的告别，从此泾渭分明吗？

既然不能留下，离别迟早要来。

好在一切水落石出的时候，我们仍然可以给它一个仪式。生活需要仪式，仪式感让我们的生活庄重。否则这样沉闷重复的日子，很容易把自己浸淫得木然。如若无法从过去的泥淖中彻底抽身而出，又怎么成长？成长不就是一次次的告别吗？而告别的仪式可繁可简，但必须是郑重的。过去的一扇扇门在你心里缓缓闭合，并且你清醒地知道再无叩开的理由和可能。展目前望，目之所及，星辰大海抑或田园牧歌，但你必须从此地启程，才能到达。

可惜我们彼时都太过年轻，争执于一时的爱恨情仇，蜗牛角上争胜负。而不知要以路为途，不惹尘埃。我们的终极目的是学会在长长的人生中与自己相处，所有的经历都只是经历，不是归途。

我想，一个在告别的时候郑重的人，感情自然也是厚重的。

春草碧色，春水渌波。送君南浦，伤如之何！至乃秋露如珠，秋月如圭，明月白露，光阴往来，与子之别，思心徘徊。

一个登徒子是不会写出这样的诗句的。能郑重告别的人，也是肯用力生活的人。他的生活里少的是沉溺泛滥，多的是理直气壮。开始是深刻清醒的，离开也是深思熟虑的。

有人说，所幸今日觅得良人，感君当年不娶之恩。

我想说，谨谢当年陪伴一程，从此天南海北，不复相知。

再见了。

故乡记事

郑永慧
福建师范大学文学院本科 2015 级

一

西边邻居家有棵桑椹树，我没大在意它是从什么时候长出那些一小串儿浅红的果子，只是到了天儿慢慢开始热的时候，那一小串儿果实的颜色也随着温度的升高而逐渐加深，日头越毒，它就越紫，直到紫得发黑了，方肯停止。

夏天闷热的午后，树叶儿耷拉着，叶的背面儿都翻上来了。火辣辣的太阳晒得脚下的黄土地都软了，偶尔一两只精力过盛的小狗在路上打闹，都会腾起一阵阵细细的烟儿。这个时候的桑椹，已经和地里的麦子一样，熟得不能再熟了。熟过了的桑椹，要是没人采摘，它就只好不情不愿地落向大地。树上还挂着清甜的桑椹，地面上横七竖八躺着的，是更甜的桑椹，不用说那一片儿的空气，就连那儿的地，好像也是甜津津的了。

小的时候看见什么都想尝一尝，春天新长出来的草吃过，冬天飘下来的雪也吃过，桑椹自然也逃不出我的"魔口"。只是老家人似乎没把它当成柿子、李子、杏儿那样的水果吃，只有小孩儿会好奇地尝上一两口。但大体上，我们是拿桑椹来玩儿的，它的汁儿是紫色的，把它当作彩笔在本子上涂涂抹抹，纸上和手上都沾上了紫色的果香。后来我才知道原来桑椹的营养价值还挺高。高二的时候，看到同学买了一小盒儿桑椹，据说蛮贵的，当时我还一脸诧异："嗨，这不就是桑椹子吗？我们家附近那棵树上结了好多，落了一地都没人吃……"

现在这个时候，老家的桑椹也应该已经熟了吧，只是等到暑假我回家的时候，也见不到那树上的"小葡萄"了。怪不得人家说："一别之后，故乡再无春秋，只有冬夏。"

二

夏天和西瓜真是一对好伙伴，倘若少了一方，另一方必定也不舒坦。但我始终想象不出"围着火炉吃西瓜"的感觉，有机会一定要去新疆试一下。

夏天里吃西瓜实在是一件惬意事。家里来了客人，或是午后炎热，或是纯粹口渴，长辈们就会招呼我们去抱一个西瓜来。热得让人只想眯着眼睛的夏日，听到这个消息的我们会突然来了劲儿，一下子从凉席床上跳下来。如此激动的原因无非两个，一是嘴馋，二是好玩。西瓜有什么好玩的呢？其实也不好玩，就是把西瓜抱到院子里的压井旁，用井水冰着。压井旁栽着好几棵大杨树，多多少少挡住了些火，压井里的水真是好得很，冬暖夏冰。那时候的乡下人家哪里有冰箱，可是夏天的西瓜，不冰一下，总有种温温的感觉，寡淡乏味，咬下去的时候，就像在吃一个没熟的粉瓤瓜，连刚刚雀跃而起的兴致都会落了大半的。

西瓜肯老老实实待在大盆里吗？它竟然还不乐意，就松松垮垮地浮在水面上，它想游泳，不肯潜水。小孩子可不能让它这样，他们还等着吃呢，就稍稍使些力，让它在水里凉凉快快地待着。较之于30多摄氏度的室外，井水的温度是很低的，才4摄氏度左右，这两者的温差太大，刚开始把手伸到井水里还好，觉得舒服得要死了，可时间一长，就不行了，冰得人手疼。因此，这个活儿还得我和妹妹轮换着来。要是天儿真热得不行，外面实在太烤人，就在大桶里打满水，把西瓜抱进去，盖上沉沉的盖子，让它自己玩儿去吧。这样冰过的西瓜，才是好吃，甜丝丝的，透心儿凉，又解渴又解暑。

西瓜还有一个玩法儿，就是把那种个头小点儿的西瓜，一分为二，瓜瓤用勺子一口一口挖着吃掉，记得吃干净些。留下一个空心的半球形，再把墨绿花纹的瓜皮和洁白的里皮洗干净，好了，这就成了！它就是晚上我们打

"小日本"时好用的"头盔"！

三

奶奶身上有种味道，她是个特别爱干净的人，所以，绝不是那种怪怪的味道。是什么味道呢？我也好久好久没闻到了，我得好好想想。

噢，是温热的，是踏实的，就像是太阳光一样，对，就是太阳光的味道。

奶奶的身子骨特别差，乡里的医生有时会打趣："您孩子都没我见您见得勤！"她体弱多病得厉害，以至于到了冬天，连被窝都捂不热。所以，在冬季每个天晴的日子里，她盖的被子一定会置于太阳下，雪白的里子敞开来，在阳光和时间的耐心烘烤下，和锅里的馒头一起开始慢慢喧腾。

她自己，也会让爷爷给她搬个椅子，坐在敞开门的堂屋里。那里既晒得到太阳，又吹不着风，是个好地方。她坐在那里，不怎么动，也不怎么说话，大部分时间里，也没有人来找她说话。她就晒着太阳，或是把我们的衣服缝缝补补，或是把我们明年要用的锅盖收纳好，她手上啊，总有活儿做。

她了解太阳的运行轨迹，就像熟悉地里粮食的生长一样，眯着眼看一下日头在哪儿，估摸着时间。差不多到晌午了，她就缓缓起身做饭。

我们嬉闹着放学回来了，奶奶的椅子在屋的正中间，房子小，没什么地方，怕走路碍事，我顺手就把她的椅子弄到旁边了。

吃完饭就又要去上学了，奶奶就会又把椅子挪到太阳底下，白晃晃的日光照在她深色的棉袄和她安然的脸上，默不作声地显出一种仁慈来。她又会在那里晒太阳，或是继续着上午没完工的活儿。

记忆开花的地方

雷丽钦
福建师范大学文学院本科 2016 级

有人说，最令人刻骨铭心的不是看到的，听到的，而是闻到的。气味，对于人来说，记住了就是一辈子。记得曾经有人出售气味，我想，如果可以，我也想买。毕竟，我是那么思念那些花开遍地，充满香气的地方。

我的小半生，在两个地方之间穿梭，家和学校。家是我一生永远的依靠，而那些远去的母校，成了记忆中最难以割舍的羁恋。

闭上眼，仿佛嗅到芙蓉的香味，唤醒的是我脑海中小山村中的小小学校，三栋楼，前后操场，是我小学六年的学习之地。小小的学校，不多的学生。学校的设备落后，操场也是黄土飞扬。犹记得每个学期开学初，第一件事就是拔草。一人拿一个小筐，有人带了小锄头，有人徒手拔，比如我。有时我拔半天都拔不起来，那草是极顽强的，我便只能求助于有工具的人。那时，我们会比赛谁拔的草多，于是一手一棵草，将手拽得生疼也不喊一声。半响过后，学校便不像一个被荒废的杂草丛生之地了。哈哈，那时的我们，穷而开心。小山村的学校不够现代化，但有其无法比拟的趣味。这里的一草一木，清新自然。学校里最多的花是芙蓉，这花没有浓郁的香气，没有妖艳的外表。清晨，第一缕阳光照在它晶莹露水滚动的白色花瓣上。中午，花瓣变为粉红色。到了傍晚之时，花已是紫红色，并在晚上掉落，缩成小小的一团。第二天早上，值日的学生把残花扫走，而抬头，又是一树白色。这样的花，朝生暮死。不管你是否认为它美，它都这样，一生一天，一天一生。它有着特殊的却不可描述的气味，闭上眼就能闻到。教室前有条小水沟，不是用来排废水的，而是疏通雨水。一场大雨过后，水沟涨水，都有意想不到的收获。有一次，我们就逮到了一只大而肥美的泥鳅。泥鳅在跳，孩子在笑，记忆被小雨朦胧。我们在一楼上课时，有一次从门口飞进来一只野鸡。课堂气氛那叫一个活跃，同学们完全无视老师，关门，关窗。野鸡不似家鸡，它身手敏捷，战斗力敏捷，最后还是目瞪口呆的老师出马，拿下了它。真的弄得一地鸡毛。听说野鸡被老师拿去炖汤了。那时的学校，极其简陋却极度快乐，师生容易满足，简单幸福。后来我们毕业了，直到现在，路过之时只能看见翻修重建的校门和越过围墙盛放的芙蓉花。我却没有勇气再进去，怕看到熟悉的面孔，也怕看不到熟悉的面孔，那水泥和橡胶地不会再长草了吧。我再也回不去了。

　　我的另一个六年——初中和高中，在各种花香和果香中度过。那里水果树太多，以至于我忘记了春夏秋冬，都是哪些花在开。当然也有不结果的树，比如高一教学楼厕所旁的含笑。有人说是含笑九泉，有人说是含笑半步癫。这花，香得不像话，每年花开都是蜜蜂群聚的重灾之地。没人敢靠近，而我，总是在路过时，无视蜜蜂，摘一朵下来。这不算破坏花草？反正我没有被罚过款。这花，放一朵在一瓶水里，只需片刻，整瓶水都是香的，这香气，似苹果，却更加浓郁，似哈密瓜，却更加香甜。一朵小白花却如此沁人心脾。篮球场旁，是一棵巨大的芒果树，巨大得一度让我认为它应该是一棵大榕树。知它是芒果树，还是因为我们那个学期的公共区在它脚下，而那时正是芒果成熟的季节。熟透的芒果吧唧吧唧往下掉。打扫起因熟透而掉落的芒果来真的是无法形容，同学说，仿佛在扫厕所。哈，不过采芒果的人也多，这是一棵散发清香的好树。同样因为打扫公共区被我们发现的还有杨桃树。没有人照顾的它，结出的果子小小的，杨桃香却不减，颇为诱人。沿着学校一路走，围墙边是一排排的龙眼树。龙眼花开的时候，蜜蜂飞舞，让我想起龙眼蜜。结果时，学校会安排人员采摘，用一辆大货车拉走。再往上是一排木瓜树，这是我唯一尝过的学校里的水果。还有一大片的向日葵，高高直立向阳的花永远那么美，那么香。还有那一成熟就被学妹拿着脸盆采光了的葡萄，我只能吃不到葡萄说葡萄酸。不得不说，我的学校，真的是一块宝地，是一个蓬勃、生命力旺盛的地方。作为一所在山脚下的百年老校，对生命与自然都有特殊的情结。金石山下敲金夏石,人杰地灵不正是这样?我的母校,保留着充满书香气息的金石书院和顶天阁,也有现代化的教学大楼和宿舍楼。有人说,极度辉煌过后必将走向落败。但百年来,风雨飘摇都过来了,我有什么理由不相信它的生命力呢?内心只有深深的祝福。

　　现在的我,来到百年福师大的文学院,在长安山下读书。我时常会想起母校,愿她一切安好。四年后,我想我也会想起福师大曾经沁入我记忆中的雨后的榕树的味道。

　　气味铭心,记忆生花。那些我爱过的地方,不会忘记,埋于心间,等待被气味唤醒,在记忆中开花。

相伴

离旷

王文芳
福建师范大学文学院本科 2016 级

有时候觉得，人生一场，仿佛就是在四季的更替嬗变中经历与等待。

莺啼知岁隔，条变识春归。这季的清明时节没有应景的小雨纷纷，而是接连几天的好天气。我便索性邀上三两好友出游，共赏春色。榕城的春天来得漫不经心，而往往是这样的漫不经心，能动人心弦。我们相邀至森园，寻得一畔绿草地，前有草木丛生，后有大树可障，旁有鸟语蝉声，上有浅蓝天空。阳光从树木遒劲的枝上顽皮地攀缘而下，我们用餐布兜着，接而铺开餐布，抖撒满兜参差不齐圆滚滚的光亮。三人随意而坐，拿出备好的食物，依次摆开。就着春风小酌几番，竟也有几分微醺。果腹后躺下小憩，抬头便可看见满目的蓝，与浅白相交汇，自然而纯粹。不时有春风拂面，玩撩发丝，好不惬意。朋友说，我们就像失散已久而重回母亲怀抱的孩子。大地无言，春风依旧，我们相顾无言。其实又何止是像呢？我们本就离怀久矣。

歌筵畔，先安簟枕，容我醉时眠。夏季的夜晚也是醉人的，凉风习习，拂走热意。这样的夜晚，我喜欢外出散步。曾拉上好友，骑行至西湖公园，就为了探访其湖畔夜景。探完则返，颇有种王子猷雪夜访戴奎"吾本乘兴而来，兴尽而返"的意味。沿途走回来，月色皎洁，星星稀疏，没有蝉鸣蛙唱，倒也别有一番趣味。

秋风起兮白云飞，草木黄落兮雁南归。秋天于我而言是一个特殊的季节，这个季节舒缓而悠长，让人沉浸其中。人言秋风忘事，拂叶则落，我却觉得秋天是一个适合回忆的好时节。在四季里，恰恰是秋天这个季节，会唤起我对往事的怀念与追随，就好像冰封的湖面渐渐消融，顺着秋风的撩拨，荡起圈圈涟漪。这时候的我，会去思考事情发生的因果以及际遇。这样的季节，也会唤起异乡学子的无尽思乡之情。

忽如一夜春风来，千树万树梨花开。冬日有严寒，我往往裹衣投降。受不了其无孔不入的寒意渗透侵袭，承不住冬风的热情。对冬天，我不甚喜欢。于是，在这样的情况下，偶有的暖阳都让我倍感温馨，想要拥阳光入怀中，把酒话桑麻。实在不行，也可借先人而语安慰自己，冬天来了，春天还会远吗？这样的季节，在等待和盼望中也逐渐消磨而过了。

春夏秋冬，情长意短，可惜不能一一细说。一年虽总在四季轮回，但其更替嬗变也总不尽相同。这多像我们的人生，你知道故事的开头，却猜不中故事的结局。也正是这样的未知，带来了无尽的可能性，值得被我们所珍惜，倾尽一生去续写。

有人说，人生一场，就像走在旷野。大抵是无所实现的愿景与饥渴的状态。世事变化多端，你不知道什么时候能走出旷野，也不知会遇到什么。

我觉得这话在理，但我略胜一筹。

我知道故事结局，我终将从旷野中出来。

相伴

心桑之歌

何瑾如
福建师范大学文学院本科 2015 级

我第一次见她的时候,她已经苍老了。额骨被一层几乎风干的皮裹着,皱巴巴的黝黑面孔,脸蛋瘦削,布满老茧的手。整个人瘦得像木桩。她的穿着始终不变,蓝色的碎布衣,薄如纱纸,带着几个线团扣眼,黑碎布裤子又肥又大。一双小脚却穿着老布鞋,可色泽不油亮,像木头雕的似的。一头灰白发扎成了辫子,也许是淡忘了太久的缘故,她是否有飞扬的发丝,我已不记得。但是那双黑色的、脆弱的、慈祥的眼睛我忘不了,那双眼睛好像比蒙娜丽莎还神秘。

那时我并不熟悉她,但不能说不认识她,我与她见过几次。有一次是放学,她瘦弱地走在街上,头发被寒风吹得飞扬,衣服抖抖作响,她有些迟缓僵硬地走着,让人感觉有些迷惘。这么一个老人,竟没有人与她同行。她颤抖着,问我:"放学啦?"我回应了她,然后就走了。在路上,我有几分说不出的感觉,那个老人时时牵动我的心,可是,我没有送她,与她说的话,也记不清了。在初夏的黄昏,我也在山上碰到过她,她依然那样,挎着一只篮子,缓缓地往下走,篮子里装了显然是喂动物的草。我十分喜欢她篮子里的白花儿,于是我向她要了两朵白花儿,欢快而又轻盈地奔放在山路上。那时的她大概还能做些闲活吧,我想,那时的生命对她而言应该是欣慰的吧。因为她感受到了生活的充实,看见了孩子欢欣烂漫的笑脸童颜。

后来,我淡忘了她。可是,一天清晨,我领着弟弟去散步,走进小胡同时，发现老人正在屋子里，一堵半人高的木门后，老人的眼中泛出慈祥的光晕，她极力探出身子来，用淳朴的家乡话说："命根儿，来散步啊？"我微笑着点了点头，然后牵着弟弟走过了校门。"好好牵着弟弟，别摔了……"老人明显十分激动，沙哑的声音充满了爱怜。门口的扶桑摇摇摆摆，她却依依不舍地把头伸出校门，凝视着我们远去。

杨柳依依三月风，两年过去了，扶桑叶子长了落，落了又长，在生机勃勃的春色里终于泛出令人振奋的浓绿。这催人上进的南国树显出了无比旺盛的生命力，撒下了串串绿荫。又是一个黄昏，我又与弟弟走在那条扶桑小道上，这时，那老人早早看见了我们，她兴奋地从校门探出头来，喊了声："命根儿。"她还是那么老，她依然极力从小门中探出身子来。我欣然笑着，说："我们去山上走走，等下过去。"老人的辫子从门口垂下，无语着。我和弟弟向山走去，老人家依然看着。一路上，我与弟弟讨论那个老人，我说："那个老人是个很好的人。"在我说话的一刹那，我偶然瞥见桑树泛起了叠叠金箔，那金箔把我的心弦悄悄拨动……

一转眼，几年过去了，村中话题几度更新，话题中老人的消息也进行了更新。对荒诞梦魇的恐惧和来自饥饿记忆的折磨使她开始偷偷地私藏她所能找到的一切粮食。很长时间之后，孙辈们才发现，除去之前从柜子里扒出来的腐烂菜叶不算，她屋子中那些典雅古朴的黑木家具里竟然还藏掖着大量发霉的地瓜干，就连那张烘漆描金古董床也不可避免地成了"窝藏"地点。她在清醒和糊涂的边界沉浮着，一直漂荡到了她百岁生日的这一天。

这天，年迈的儿媳照例在晚间走入她的屋子伺候她睡觉，发现她既不喊叫也不乱翻，而是十分安详地坐在那里。儿媳为这看似安稳的夜晚感到满意，询问这位寿命即将跨过一个世纪长度的人为何不睡。老人缓缓地抬起头，告诉她："有个小孩坐在那，我睡不着。"

这个回答使那个已经当了奶奶的儿媳大吃一惊。她慌忙找来了邻居喜观伯，让他看看到底有没有什么所谓的小孩。喜观伯再次像他们平时搜罗老太太私藏的粮食那样，把里屋搜了个遍，一再确认并没有什么所谓的小孩。第二天傍晚，老人再次开口："淑英，我要走啦。"她坐在床沿，平静地说。儿媳对半个世纪后再次从她口中听到的自己的名字感到激动，同时也明白自己

相伴

漫长岁月里与她做伴的经历即将结束。她唯一愧疚的，就是那枚金戒指因为种种原因的干扰还没打好，既不能给她一个血缘上的女儿，也不能给她一个名义上的女儿。

孙辈们与曾孙们纷纷来到她的房间，准备目送这位古厝中首位过百岁的老人走完她人生的最后一程。老人继续着她的平静，什么都没有说，只是流着眼泪望向上方。过了一会儿，她闭上了眼睛，叹了一口气，两串热泪便随之流下。静默半晌后，她又缓缓睁开了眼睛，再次看了看这个世界，也再一次沉重地闭上了眼睛，流下了眼泪。这一次，她的双眼永久地闭上了。

我再也未见过那老人，那棵桑树也再没有泛起当年那么美丽的金箔色，老人似乎远离我的视线，仿佛在另一个世界。年幼之时我听母亲说过，那老人精神有点问题，但幼年的我对这种说法极为反感，我深信不疑，老人是一个非常好的正常人，她喜爱孩子那纯洁无瑕的笑。

可眼下，只有那棵桑树依然摆动。每当看见这棵桑树，我就会想起老人的笑，好像这桑树在谱写着一首歌。

一年一年，兀自泛歌。

忧·恨·爱

戴雪鸿
福建师范大学文学院本科 2015 级

动车呼呼地向前飞驰着,模糊了视觉,模糊了记忆。抬头一望速度显示牌,呵,210多千米每小时。心中莫名地喜欢这种速度,这种模糊。意犹未尽之中,猛的一个颠簸,一下子把我拉回了现实,拉回了心中久久挥之不去的郁结。想来美好的东西总是短暂的,不然何来的"自是人生长恨,水长东"。

"漳州,到了。"随着一声机械的语音,我的旅途结束了。走出车站,坐上汽车,又坐上了公交车,走路,到家后发现冷冷清清。我回家的标准流程,每次都精确得让人破口大骂。去死吧,我一路冲刺到奶奶家。

朦胧,朦胧,清晰了。斜斜的屋顶,飞翘的檐边,亭亭玉立的鸟儿高傲地歌唱着。踏上那一级台阶,抚摸着那一扇木门。我的指尖流逝的何止是光阴。在初升的朝阳下,脸上些许红光,我和哥哥走在大路上,商量着一会儿上课的时候哥哥帮我打掩护,我好提前去占跷跷板。可是,哥哥还是太胆小了,我就被抓了。那时候可没有什么素质教育,抓到就是被老师骂,就是罚站。那时候我也没有什么羞愧心。骂完,站完,又是朝天大路任我走。回到家,见到了我这辈子最爱的女人。奶奶对我总是很好,放学的时候总有一碗排骨汤等着我。我的叔叔们对于我奶奶是颇有微词的,我奶奶对我确实比对其他弟弟好。

"泥沙西高也(你什么时候到的)?"一句话打破了回忆,人在失去的时候对于回忆有着一种抑制不住的冲动,在记忆里东拉西扯,填补着那无尽的空洞。

　　奶奶总是知道我没吃饭。每次我到来后，她总是要再一次翻动锅碗瓢盆。奶奶煮面的背影我是最熟悉不过了，身子不动，左手不住地摸着鼻子，右手规律地挥着锅铲。几十年如一日的动作，几十年不变的味道。随着水蒸气的缓缓升起，那熟悉的背影，那娇小的背影，那不是她吗？

　　她曾经给了我多少的温柔，多少的爱。每次我们俩走在大街上的时候，影子总是黏在一起。我们小声念着"执子之手，与子偕老"。微风习习吹过，吹起的是甜蜜的碎片。那时候，我们俩始终相信我们会永远永远在一起。

　　我也就是在那时候了解到了我奶奶的故事。我奶奶是一个苦命人。她从小就被卖给了我爷爷做童养媳。那时候，我奶奶还只有七八岁。她的家庭背叛了她，说什么无可奈何都无法掩盖他们的罪恶。到了我爷爷家以后，我的太奶奶就一直虐待她。记得姑姑有一次说过，那时候家里祭祖的时候都会杀一只鸭子。我奶奶自然是忙前忙后，可是祭祖完以后，我奶奶却一口汤都喝不到。那时候我奶奶还小，她就偷吃。可是混到婆婆身份的都是老奸巨猾的。我奶奶被那种细藤条狠狠地抽，抽得她皮开肉绽。我爷爷呢，他在吃鸭肉。更可恶的是，我奶奶在生下我爸爸后的第二天就不得不去挑水浇菜，那血水和污水的融合控诉着那个家庭，那个时代的罪恶。我奶奶和我爷爷是没有爱情的，他们只是无奈的结合。那时候的我，坚信只有我们才是爱情。爱是自由的，天然的，由此她是珍贵的。

　　我一直想带着我奶奶来一趟福州。我想让我奶奶看一看那个囚禁了她一辈子的囚牢之外的世界。奶奶那么疼爱我，我必须要让我奶奶看一看文明的世界。我拼命游说奶奶，我跟她说福州有多么繁华，福州有多么漂亮，福州还有她的妹妹呢。"我晕车，不去了。我去那么久，家里怎么办？"

　　奶奶的回答总是让我哀其不幸，怒其不争。我一直在想，这个家对于奶奶来说有什么。有爷爷吗？可是奶奶与爷爷的生活是那么平常，那么"无情"。他们之间没有任何一点点的温情，他们很早就分开睡，他们的工作是那么有秩序。他们就是同事嘛。这个家有什么值得奶奶去维护的？

　　可是奶奶爱家。有一年，二伯建房子越界了。我奶奶去找他们理论。理论不成，狂风暴雨般的咒骂磅礴而出。我奶奶手拿锅铲，指着他们不住地骂，骂到了祖宗十八代。我奶奶是个英雄，我觉得。可是英雄的身材怎么这么娇小？我奶奶对于家的维护还体现在一丝不苟的卫生上。我奶奶特别讨厌别人弄乱家里，连我爷爷也不行。我爷爷只要弄乱家里，我奶奶照例骂"死黑龟……"

我一直试图去理解我的奶奶究竟在维护着什么。后来，我读到了胡适和江东秀的婚姻。胡适，那么一个风度翩翩、学富五车的人为什么会娶江东秀？在江东秀的无理取闹和蛮横跋扈中，胡适究竟在坚持着什么？我不明白胡适的"朴素真吾妇，劳君相待久"来源于何方。

"吃吧。"抬头看看奶奶，大吃一惊。奶奶白头发怎么这么多，奶奶怎么这么老了。心中真的好想哭，我不要奶奶走。奶奶你不要离开我，你还没有告诉你我，究竟为谁白了头。

游刃写过《痕迹》："清晨，有一场梦经过脑海，我已无从记忆。但我知道，与此同时，一阵细雨洒落田野，一缕微风拂过沙丘与海面。"

文科之怨　文科之乐

秦嘉萱
福建师范大学文学院研究生 2014 级

　　一看这题目，估计就有人要说了："得，中文系的又要开始酸了。"说真的，还真没有，虽然我一直文科班、文学院这么上来，从没觉得中文专业有什么高人之处，也是颇觉好些尴尬的味道。犹记儿时，不过是多背了几首烂熟于心又不知其意的古诗；到了十七八，也不过说文科班的字儿写得好看些，但凡有个板报、朗诵便能被想着，然而这都抵不过数学差，被理科生嘲笑的软肋。至于到了大学，拘窘之势更是渐显了，中文系仿佛被动也主动地拘在自己的小圈子里。我们畅谈秦皇汉武上下五千年，聊杜甫的沉郁、李白的任侠，也聊卡夫卡的软弱、普鲁斯特的哀怨。可是，当铃声响起，别枝惊鹊，我们又如梦初醒般回到现实生活中来，回到无法直接产生生产力、就业面狭窄、平均薪资相当不高的中文系中来。

　　多少人提到文科生，提到中文专业，不过就是想到可以当老师嘛，可以去做行政呀。他们一副了然于胸的姿态："文科也好嘛，工作稳定简单，旱涝保收。"好似这文科生就是稳定剂、润滑油、生活的调剂品。说来也不无几分道理，中文系除了极个别的优秀分子进入了高层的文艺圈子，基本没法像工科、理科直接产出经济价值，明显促进社会发展。所以，就说文科没用嘛。等等，有用、没用怎样评价呢？噢，原来是用理工科的标准，那文科怎么可能做得到呢？这就好像硬要逼着张飞绣花，起哄着要宝玉去干架，为难了自己，别扭了别人。文科的产生本来就来源于人类社会对超于物质至上、更高的精神享受与追求，尽管各类文论多指出社会经济水平和文化发展水平并没有完全成正比，落后些的地区，文化也许更灿烂。

中文系到底能给我们什么？只是背几首唐诗宋词，聊几句村上春树，酒桌上天南海北地唠上几句文史地，还是咖啡厅里有格调地感慨几句张爱玲、萧红的才华与身世？是，也不是，知识本身是信息，是媒介。我们可以直接获取知识本身，运用知识本身，但文科的知识不仅仅是知识本身，它更像入骨进髓的某种看似无色无味的液体，随着人们在人文知识的森林中越走越远，它逐渐进入我们的思维，进入我们的身体，悄无声息地跟随着年龄一同增长。也许你一时感觉不到它的存在，可是当你与客户在会客厅交流，与家人在懒散的沙发上闲聊，甚至是与相亲对象攀谈些有的没的，你会发现你更懂得如何倾听，更懂得如何表述自己观点，更懂得在人与人沟通中变得充实而有趣，你会看到他们眼神中的欣喜、愉悦并沉浸其中。当你走进一家店，无论是服饰、家具抑或是一些你觉得跟自己专业毫不相干的行当，你会具有更敏锐的观察力，具有更良好的审美倾向、更高效的贯通性认知。而这些不仅仅是因为你够聪明，更是来源于多年的文科学习所赠予你的。聪明而不张扬，沉稳而不市侩，我并不想去夸大中文专业的作用，毕竟凡事在人，成事、败事都是事在人为。只是，有些事儿有用与否，好坏与否，咱都得等等再说，别急着下结论，也别急着唉声埋怨。就像有些好酒，虽说入喉时没觉着什么，别嚷嚷着度数不够。酒腻子会告诉你，嘿，别急，有些酒啊，看着不怎么样，架不住它后劲大。

如果真要说中文系像什么，我倒更愿意把它比作一件白衬衫，它是槐树下手捧淡黄书卷娓娓道来的少年的衣袂飘飘，也是在人才就业市场门口的毕业生被汗水浸湿的焦虑徘徊。其实，衬衫还是那件衬衫，焦虑的只是人心罢了，静下心来，等一等，等风来，告诉你春天的方向，告诉你杏花的芬芳。

午后风起杂感于榕城。

相伴

李雪晴
福建师范大学文学院研究生 2016 级

我和他认识已经二十余年，也许还会更久。他就是我的爸爸。

人们交往的时候往往格外注意时间，介绍起老朋友总会说，我和谁谁已经是十几年的交情了。时间似乎在一定程度上衡量着感情的深浅。要论和我的交情，谁也比不过他，从我还未出世的时候，他就和我有"交情"了。

他很高大，一直都那么高大。高高的个子，粗粗的腰身，笑眯眯的一张脸。别人家的孩子考试不及格会挨打，他却会给我做"马"，架着我在院子里一阵小跑，笑呵呵地碰见人就说，"我闺女真聪明，这次考试又有进步！"于是，我就在这样的"鼓励"下，一直觉得自己比别的小朋友聪明。直到小学二年级，我班主任找到我妈，说我数学太差，必须得留级一年，他那种"莫名其妙"的自豪感才算是消散了。不过他也还是安慰我："不怕啊闺女，人家爱因斯坦五岁才会说话，你一岁多就会说话了，多聪明啊！晚一点不要紧，你肯定都能学得最好！"

记忆中的第一件礼物也是他送给我的，是一部四卷本的《皮皮鲁和鲁西西的故事》，讲的是两个小孩子奇幻的冒险经历。刚拿到书的那会，我简直被迷得神魂颠倒，每天饭都顾不上吃，就沉迷在那些冒险故事里面，甚至带领着我的小伙伴们，到后山的小河边探险，想找找有没有会飞的纸船，有没有会突然跳出来说话的老鼠……到现在，我最爱干的事情就是看小说，尤爱探险奇幻类小说，我觉得，这爱好肯定和他脱不了干系。

他是个豁达开朗的人，少与人争执，永远一副笑眯眯的样子。唯一一次记得他脸色阴沉了许久，是我十岁那年，爷爷去了的时候。送走爷爷的那天晚上，我和他从老家的一条小路走回我们自己家，一路上他沉默地牵着我。月亮静静地挂在天上，将树木的影子斑驳地映在地上，周边时不时有不知是乌鸦还是什么鸟凄厉的叫声。一阵风吹过，树叶发出沙沙的声音。我紧紧攥住他的手，紧贴着他的腿。

"害怕吗？"

"嗯……"我瑟缩地看了看周围。

"别怕，每个爱你的人，去了之后都会到月亮上，成为月亮的光，虽然不在你身边，却会一直守护你。将来我也会到月亮上，为你照亮你要走的路，你知道的，爸爸永远爱你，爷爷也爱你，对不对？"

"嗯！我知道！"

"那还怕不怕？"

"不怕了！"

"那我们继续走，你看，月亮是跟着你走，陪着你……"

我们那天说了许多话，现在大部分我已记不清了，却记得上面这些话，也记得那天的月亮，很圆，很亮。

原来我觉得他性格温和，知识渊博，可后来有了不同的看法。他总是应酬，常常晚回家；他不顾惜身体，一直说要戒酒，却弄到胃病去医院；他滔滔不绝，说的却是那些陈年旧事；他独断专行，想要安排我的人生……

我说我不学经济科，他却想我读管理；我要报师范类，他却说不好就业。我那时只想离他远远的，不被他控制。我偷偷改了志愿，到了离他千里之外的地方。可当我到了远方，却发现生活并不如我想象的，吃不惯的饭，连绵的阴雨，不同的语言，就业的压力……我哭着打电话给他，他严厉地告诉我："每个人都要为自己的选择负责任，你也一样，人生可不是儿戏。"话音刚落，他却又说："要不这个周末我们去看你吧？给你带点吃的？"我心里知道他们都很忙，于是撒娇说："不用了，你们每天给我打三个电话就行了……"他却没听出我玩笑的意思，很认真地说："你有自己的生活，这样太依赖我们了，我每天傍晚给你打个电话吧！"

相伴

　　那之后的很久，每天傍晚的时候我都会接到他的电话，直到我适应了这里的生活。

　　我又重新发现了他的好，却也发现他老去了。他走路的时候，不像原来那样昂首阔步；天气变化的时候，他时常咳嗽；他低头的时候，头发竟已是花白……

　　这次离家，他来送我，我让他先回家去。我看着他转身走进人群里，他的背影就像马上就会消失不见，小小的个子，消瘦的肩膀，花白的头发……我眼眶一热，却不忍移开目光，多少次，他也是这样看着我远走。

　　不如提前告诉他，我已打算回家乡工作？多么荣幸，我见过最年轻时候的他，也将陪着他走入垂垂暮年。

文学，文学

杜浩
福建师范大学文学院本科 2016 级

　　文学是什么？和所有童年起困扰我的问题一样，这个疑问从来就没有得到解决。在大学有文学学科，此"文学"其实是"文学学"或"文艺学"，即关于文学的学问。如何定义研究主体——文学仍是一件头疼的事情。

　　文学当然是一种以文字语言为载体的艺术。一则通告、一条广告、一份个人简历，能否叫做文学？最初接受的模糊定义是：文学是意识的产物，生活的反映。要有别于通知、广告、简历云云，便是加上"文学是立足于实际虚构的想象"，我也就稀里糊涂接受下来，现在想想简直没什么道理：编个笑话出来，能叫文学么？傅雷的家书，也是文学，实实在在可没有什么虚构。

　　又有想法：如果是桑丘讲给堂吉诃德的笑话，这个笑话是不是文学就值得思考了。《哈克贝利历险记》开头的通告，《1Q84》高速路口老虎汽车广告，《似水流年》王二个人简历，是不是文学呢？

　　俄国形式主义者认为：文学是对普通语言有组织的破坏，对日常语言的背离。然而桑丘的笑话，王二的简历，也是文学。它们是文学，因为它们出自文学文本。卡勒说，文学是杂草，是一株长在麦田里的玫瑰花。问题变成"把一些东西看作文学要涉及的"。俄国形式主义者又说，文学是有文学性的东西。文学性是什么，不能再解释了。周作人说"文学是人学"，却是为除去贵族的死的文学而建立平民的人的文学。

　　又有人说文学是一种写作方式，文学是失败者的经验，文学是关于做人的内容，文学是所有艺术的母体，文学……

把自己绕糊涂了。

说不大清楚文学是什么，可我们总是能感受到文学，大概能看出哪些是好的文学。

何时开始感受到文学已无从记起，但想起一段文学体验。那是高三一个平淡无奇的早晨，北方冬天的寒冷和着弥漫教室的水汽以冰的形式把窗帘死死按在玻璃上。晨读过半，和要好的同学借来一本沈从文的《长河》。这是沈从文为数不多的一部长篇。书是他早就带来的，之前就翻过多次，然而每次都觉枯燥无味，随手翻上几页便丢还给他。那天突然不想再无意识重复高考那64篇必考古诗文，便翻开借来的《长河》。

"记称'洞庭多橘柚'，橘柚生产地方，实在洞庭湖西南，沅水流域上游各支流，尤以辰河中部最多最好。"湘西大地尤其辰河一带满是橘柚园的景象，在我的大脑中开始模糊地构建。

我接着读了下去。

"树不甚高，终年绿叶浓翠。仲夏开花，花白而小，香馥醉人。九月降霜后，缀系在枝头间果实，被严霜侵染，丹朱明黄，耀人眼目，远望但见一片光明。"由远及近。从宏观的辰河大片橘柚园具体放大到每一棵橘柚树，橘柚树的季节特征及橘柚生长给人的视觉、嗅觉感受。

"每当采摘橘子时，沿河的小小船埠边，随处可见这种产品的堆积，恰如一堆堆火焰。"从橘子生长成熟引出它接下来的命运——任由种植者采摘。由景物描写引出人的活动。

"在橘园旁边的临河官司路上，陌生人过往，看到这种情形，总不免眼馋口馋，或随口问讯：'嗳，你们那橘子卖不卖？'"从采摘橘子到买卖橘子的活动，从人与自然的接触到人与人的交往。有了人就有了社会，有了社会就有了世相百态。故事开始了。

那个早上我一口气读完这本书，晨读后连堂的数学课一点没听，激动得说不出来什么似的。

这些对文本的粗浅分析来自那天早上第二次阅读。翻开借来的《长河》，读完第一章，只觉淡淡的、空空的，很美，却好像什么也没有读到。再次从头开始读起《长河》:"记称'洞庭多橘柚'……"读罢,这还是一部基本没有故事情节的小说,但是心中只有一个念头:这是一部多么好的小说啊。

就在那最开始几段短暂阅读的瞬间,我真切感受到了文学。

我常想去逛书店。寻好书如大浪淘沙,看着一吨吨的文字垃圾耀武扬威地摆在书架上,淘出好的文学不能不让人激动。庆幸家中长辈爱读书,会挑书,从小见识过好的文学,知道有质量的几家大出版社,会识别一点图书的版本。婴儿眼中的天花板只有一米五。像那没读过几本书的,不小心读了两三本畅销书,大呼小叫,见人就问"看过某某的书吗?好啊,美啊"。简直是在糟蹋"美"这个字眼。用两个字来形容时下一众畅销作品——矫情,再加两个字——卖弄,再加四个字——无病呻吟。恕我不能形容得再准确了。鲁迅先生认为所谓作文应遵循十二个字:有真意,去粉饰,少做作,勿卖弄。虽然我自己能力有限,可时时记在心中呢。好的文学,自有其无可遮掩的好。

只想伴你余生

许姝琦
福建师范大学文学院本科 2016 级

以后的日子里,我想,不管是云淡风轻,还是跌宕多舛,你都要记得你还有我,一直有我。

——题记

六年级的一天夜里,我被摔门声、拖鞋的趿拉声吵醒——爸妈又在打架了。他们闹到我房间里的时候,我狠狠地瞪着他们吼了一句:"你们离婚吧!"

他们最后一次见面是商量办离婚手续,当时我们三个坐在饭店的包间里,爸妈谈的什么我早就忘得一干二净,那次"团圆"我唯一记得的就是桌上的松仁玉米太甜了,松仁太少,玉米太多。

自此之后,我的爸妈于我而言就成了存在却又遥远的两个人。

在那之后我就回老家上了初中,偶尔趴在班门口的栏杆上,还能看到正午时分头顶烈日来给同学送饭的父亲或者母亲,他们在楼下一遍遍喊着孩子的名字。我当时一点感觉都没有,因为对我来说,每天放学去食堂吃饭是雷打不动的事。

后来母亲从外面回来了,因为找到了另一个可以托付终身的人,亲戚们都有意无意地提醒我要为母亲感到欣慰才是。我却有说不出来的难受,就像是摇摇晃晃的钟摆一下子掉下来,砸在最不期望掉落的地方。以后她就是别人的继母乃至生母，而我被稳稳地搁置在走不进也出不来的边缘。

母亲的另一半也有一个女儿，游泳、跳舞、古筝、唱歌样样都会，她的父亲对她也是呵护备至，虽说她的成绩不尽如人意，但是她父亲从不过分要求。母亲常常拿那位叔叔和我爸作比较，说我爸没有责任心，不会照顾孩子……我只能苦笑。母亲以局外人的身份对父亲冷嘲热讽，是因为她不懂父亲，而她更不懂得的是这样的情境，自己也是导演。说实话，我很羡慕那个叔叔的女儿，虽然也是父母离婚，可是她并不会因此缺少任何一方的呵护。其实我也不必去对比，盈箱溢箧催生锱铢必较，寥寥无几仅供虚怀若谷。

但令我没有想到的是，从小落下的自卑的种子，在我毫不留意的角落滋长着，而那些沉积的戾气，竟到了不吐不快的地步。那次我和母亲之间起了点摩擦，我赌气似的说，叔叔的女儿这好那好，而我除了学习比她好点之外真的一无是处。母亲大概是误解了我的意思，良久的沉默之后，她责怪我说，这么大了为什么还不懂事，怎么就不知道满足。我哭了，风使劲地把我的眼泪划出细长的一道又一道。我只是想从母亲那里得到一点安慰和鼓励，却没料到母亲的话是这么生硬，就像是在嘲笑那个渺小懦弱的自己。

后来我渐渐懂得，就像世间不会有亲密无间的灵魂一样，谁都无法走进任何一个人的内心，生我养我的母亲不会了解我的孤独，就像我无从体会她二十多岁只身闯上海的苦楚。

周国平说："如同对于上帝的神秘一样，对于他人灵魂的神秘，我们同样不能像看一本属于自己的书那样去阅读和认识，而只能给予爱和信任。"对于我的母亲，我不能全然了解。既然人生而不同，那就不必苛责强求。

那么，我想，以后的日子里，不管是云淡风轻，还是跌宕多舛，你都要记得你还有我，一直有我。我愿意忘却之前种种，记得你是我的母亲。

星期二，人

吴珠洁
福建师范大学文学院本科 2016 级

一个老人，一个年轻人，相约星期二，上一堂人生课。
"如果早知道面对死亡可以这样平静，我们就能应对人生最困难的事情了。"
"什么是人生最困难的事情？"
"与生活讲和。"
一个如此平静而又震撼的回答出自一个临近死亡的老人——莫里。

什么是死亡？如果医生告诉你，你只剩下一天的时间，你会怎么样？我们都知道死亡终会来临，只是我们潜意识告诉自己，它离我们还很远很远。而当某一天现实将它摊开摆在你的面前，你会以一种什么样的态度去面对它？莫里选择与死亡讲和，与自然讲和。他说，死亡是一种自然，人其实是自然的一部分，在自然的怀抱里讲和吧。

蒙昧人生，浮光掠影，从呱呱落地到现在为止，所有的努力都源于被告知的目的地，后来有了避无可避的责任与坚守，而临近生命尾声，你或感慨你的事业未竟、或感慨你的初心未终、或总结一生功过、或留恋一世繁华，而后或满足或不甘地死去，然后不留下一抹色彩。如此种种，我认为皆是遗憾。

爷爷在弥留之际对我说了那么一番话："爷爷要死了……你奶奶死得早，她勤劳了一生，最终没能享受过一天好日子……现在，爷爷要去陪她了，她等我很久了……你要……好好读书……"当时的我泣不成声，而后遇见了莫里——这个教会人生死的人。我恍然间懂得了，只要我们彼此相爱，即使死了也不会真的消亡，我们依然活着——活在每一个你触摸过爱抚过的人的心中，就像奶奶之于爷爷、爷爷之于我是永恒的存在。

这是一个浮躁的时代，信息的交流量与爆发量令我们目不暇接。从小到大，我们都被告知要如何做，那时的我们缺乏一种能力，一种知道自己想要什么的判断力，一种理解生命本质的思考力，所以我们需要被引导。现在，我们具有了一定的思辨力，是时候去思考一下了。我们总是在不断地前进，跟着众人以及自以为所期许的那样去追求。是否我们应该退后一步，审视一下自己的生活，问自己：就这些？这就是我所需要的一切？当某天尘埃落定时，我们所做的有什么意义？

如现在的我，并没有真正在体验这个世界，一直处于一种浑浑噩噩的状态，做着自以为该做的事。我并不知道我真正想要的是什么。对于普遍的人性而言，金钱、荣誉等等，不可否认，我追求他们。遇见莫里，我虽并未彻底明白自己想要什么，也无法去诠释生命的本质意义，但我有了一种追求，追求一种永恒的存在，那便是爱。

一个老人临死之际，他可以跟儿孙欢度一堂，抑或是泛舟赏五湖，他完全不必忍受着巨大的痛苦与米奇相约星期二，是爱的感情维持着这个老人的生命，维持了这个老人的坚持。我相信，他于世界总有留下。他留下了，留下了一个处于死亡边缘的睿智的老人对生命本质的看法，留下了对年轻一代的指引。

有人将生命比作一列单向行驶的列车，在你的生命中，有人上车，有人下车，有人携重重的包袱，有人轻松旅行，有人从未出席……但列车的动力永远不会缺席，它一直存在，它有一个美丽的名字，那就是爱。从天真无忧到万物尽收眼底，从青梅竹马之谊到并肩不离不弃，从街口陌路相逢到一面笑颜永记，从出生年少明媚到岁月白发往昔，从千千世界寻觅到黄泉择别瞬息……愿爱都伴随着你。

"如是我闻，佛陀点灯，度我平生，而斯人，却在纳木湖边摆渡一记隔世的旧吻。"渺小如蜉蝣的你在有的人心里也会春秋天地。我们不会茕茕孑立，亦不会泯灭天际，爱，存在于活着与死亡这对反向力中。死亡终结了生命，但没有终结感情的联系。

永恒的星期二，于你、于我，生命总有留下。

相伴

难以忘记

陈璐瑶
福建师范大学文学院本科 2016 级

偶然的机会，喜欢上了一档名为《向往的生活》的节目。干净整洁的院落，倚墙安放的瓜果，一大片由绿油油变得金灿灿的玉米地，一面劳作一面闲聊的三五好友……在这座北方小镇一步步走进大家视线时，我莞尔一笑，记忆中的那个南方小村庄，也慢慢在我的脑海中浮现。

春天，仿佛能听到生机抽茎发芽的成长声。直到树枝上的鸟儿扑棱着翅膀叽叽喳喳落在窗外，我和妹妹才肯翻身伸一个大懒腰，打着哈欠起床。洗漱，吃过外婆扣在罩子里的早餐，路过片片田地——外婆正与同院的奶奶一起播种布谷。而我和妹妹的主战场，则是在更远一点的小山上。提着小篮子走在小路上，即使将近中午，阳光依旧柔和，照得草丛间点点亮亮的诗意，我们眯着眼找寻，目光搜索到缀在绿意中的点点星星的红，便惊喜地叫出声，不料脚下一滑，差点摔了出去，我赶忙扶住身边的竹子，拍拍胸口喘了口气。等到小篮子里装满红红的野草莓，这才发现手上扎满了绒刺，我哭丧着脸，坐在青石台阶上拔刺，还要时不时防着妹妹独占这酸酸甜甜的好滋味。

热浪吹来了夏天，也把我们这些坐不住的小孩儿往村子里的杂货铺里吹，往电冰箱里的各味冰棍前吹。趁着外婆午睡，我们拿出自己做家务赚来的零花钱不带停地跑出门——仿佛这地还冒着热气般，既而抱着一大瓶冰镇雪碧喜滋滋地溜回来。刚踏入院门便与围墙上的小猫大眼瞪小眼，"喵——"小橘猫一个张嘴，叼起外婆晒在围墙上的小鱼干就往外跑。我和妹妹对视一眼，严肃地点点头——追！于是，我们把雪碧"咚"的一扔，把袜子一提，便开始了我们的夏日丛林冒险。保卫小鱼干的探险当然没有结果，回来时等待着我们的，只有那院门口墙角下孤零零躺着的雪碧下一汪明晃晃的融水。

初秋的味道大约是一锅锅熟花生的香气。白天的忙碌换来傍晚的闲适。外婆带着揣着一兜花生的我们，走在充斥着蛙声的小路上，到别人家里串门。村庄里的星空广阔得不着边际，那样闪亮，那样近，坐在板凳上晃着脚丫的我们，情不自禁地一伸手，仿佛就能够把星星抓进手心，照亮回家的路。

冬天的小手一施魔法，便让淘气包的唯一娱乐场所，变换到了灶台之前。添柴，生火，顺便再烤烤手，成了我们整个冬季乐此不疲的事。偶尔的太阳普照是最大的恩赐，晒得被子松松软软，让每个孩子如躺在晴空暖暖蓬蓬的云朵里一般香甜入睡，清晨在早起的大人们问好声中醒来——迷迷糊糊间，分不清它们究竟是在窗边，还是只是风从远处吹过来的零星字眼。

时光变迁，我虽已离开多年，但在村庄里发生的一切，都将是我这辈子童年最美好、最难以忘怀的回忆。

心花

陈晓婧
福建师范大学文学院本科 2016 级

年少时的喜欢，就像是不慎遗落心间的花种，如果用时间之水灌溉，便能绽放成世间最美的花。然而，每一朵花都有自己的花期，有的花开一辈子，但更多的，只开一阵子。即使竭尽全力，也只能看着它在花期过后片片凋零，化为虚无泡影。

"清明时节雨纷纷，路上行人欲断魂。"时节将至，看着窗外的阴雨连绵，道路上五彩斑斓的雨伞世界在不知不觉中变成单调的黑白，放空的脑神经延展穿越了时空，我仿佛回到了七年前那个下雨天。

也有可能是六年吧，事过境迁，无论如何也回忆不起具体时间了，只记得那时的天比现在要蓝上一些，心情似乎也比现在要好上一些。原因不过是我终于有机会和他漫步在同一把伞下。

实话实说，我们只是一起放学回家而已。清明时节的雨总是轻飘飘的，不大，但很恼人。我在初中时期，基本上都是和一群女孩子一起步行回家的，便养成了不带伞出门的坏习惯。不巧的是，某天我独自一人回家时，天上竟下起这恼人的雨来。调皮的雨滴肆意在我的身上弹跳，我一边拍着衣服上的雨，一边慌急地往家走，好不狼狈。青春期的女孩子总是在敏感中夹带着一些自卑。当时的我怕极了路人那神态各异的目光。在我的不安快要到达顶点时，他推着自行车，撑着一把伞来到了我的面前，就像是一面坚实的墙，将我所有的不安阻隔在了世界的另一边。

那一瞬间仿佛能被我拉长成静止的永远。纷纷扬扬的细雨在半空中凝固成一颗颗小露珠,未刮完的风让古木不自然地歪在一边。我在万籁俱寂中,听到了细微的声响,一颗突如其来的花种,撞进了我的心底。

舍友的吵闹声不时出现在我耳边。窗外的黑白被渐渐蔓延开的色彩取代,我摇摇头,坐回了自己的椅子上。在百无聊赖中,我下意识地拿起手机,打开微信,手指不受控制地停在与他的对话框上。我很想给他发一句问候,但我突然意识到,我和他最后一次对话是在今年的情人节,内容只是最简单的一句"节日快乐"。挣扎了好一会儿,我还是放下了手机。

一个早上就在我的神思恍惚中悄然过去了。独自一人走在去饭堂的路上,我看见一群穿着校服的学生擦肩而过,时间好似一架织布机,织出了我初中的校服。我们穿着它,浩浩荡荡地往家的方向走去。

那个暖了我心扉的雨天让我意识到他和我的家在同一个方向。从那天起,和我一起回家的队伍变大了起来,不仅有我的三两好友,也有他和他的朋友。我至今记得,他每一天都会在放学后推着自行车,陪我们走一大段路程。就在这样一天天的相处中,心中朦胧的喜欢,在不知不觉中都化成了养分,浇灌着心中的花种,我能感受到它的发芽,一天天地成长。

一朵花从种子到开花,一般需要几个月的时间,而我心中的那朵花,从发芽到绽放,却用了两年时间。初中阶段的我因为对自己的不自信而不敢向他告白,我原以为这份感情会被永远地埋藏在心里。然而应该是高一那年的寒假吧,我收到了一条短信,如今想来,那是我目前为止听到过的最动听的情话了。我还记得当时的心情就像被花海包围了一样,满满的幸福。

然而,没有任何感情经得起时间和空间的无情冲刷,我心间才绽放不久的花便在两阵龙卷风中失去了全部的光华。我们都没有喜欢上其他人,只是学业的繁重让我们长时间断了联系,而我和他的距离也越来越远。这让我和他都渐渐意识到,我们的心情已经不复往昔了。

也不是没有努力过。只是所有的努力在繁重的学业、日益变短的假期面前显得那么无力。高中三年,我可能只见了他三次左右,每一次见面都像是从世界的缝隙里偷来的一样,不敢声张,甚至连手都不敢牵着,就怕被别人发现。现在倒也已经不甚在意了,而在回忆当时那小心翼翼的心情时,还会

相伴

情不自禁地笑出声来。

我心间的那朵花，花期比我想象中的还要短。不久前的那个寒假，是我和他最后一次见面。他似乎没有什么变化，还是比我高出十多厘米左右，脸上倒是比以前少了一些青春痘，露出一张略白而清秀的面容来。还是那一辆自行车，陪着我们逛了很久很久。一切看起来都似曾相识，只有我知道已经再也回不到当年。当初总想偷偷握住的手，已经无所谓了。

饭堂到宿舍的距离似乎比我印象中要短一些，在一片喧闹声中，我的脑海保持着出奇的清醒。回到宿舍，爬上自己的小床，我拿起手机，打开对话框，一字一句地打下："我们之间，已经结束了。我曾经喜欢你，但现在，是时候说再见了。"按下发送键，我毫不犹豫。到此为止了，花瓣已经飘零殆尽，我亦不想费尽心力只为寻求那已经化成灰的痕迹。

我并不会着急去寻觅感情，至于下一颗花种嘛，我有足够的耐心，等它慢悠悠地飘进自己的心间。

我的长安山奶酪

黄诗涵
福建师范大学文学院本科 2016 级

某个月黑风高的夜晚，轰隆隆的机器声让长安山附近潜伏着的夜猫子一族炸开了锅。我作为半夜准时入眠又比较迟钝的一只，在看到官方群里的抱怨声后，顿时也感觉嗡嗡的声响被放大了不少，然后脑子开始纠结成一团毛线球。不过，我最后还是迷迷糊糊睡着了，但一种不安像藤蔓一样开始在心底滋生、攀爬。

半夜施工的阴影逐步在笼罩放大，长安山的一处小切面加上弧形道正式定下四个月的施工期，也就是说，在暑假开始之前我们再也走不了那条直通的上学路。更令人忧伤的是，山上施工移走上学期我每天都能看见的一面绿墙，代之的是黄土，后来铺上绿纱网稍掩粉尘。我已经住在长安山边一个多学期，可还未真正意义上去过。大概因为实在太近了，总觉得有的是时间，或许也感觉它春暖花开时我采撷的美景将更宜人，但是现在开始施工了，哪怕只是一小块地方。这就好像自己珍藏的奶酪被别人咬了一小块，心里不大痛快。我揣度着应该还有很多和我一样想法的人，每日怨念颇深地往山上瞧。是谁动了我的奶酪？我愤愤不平。

奶酪一直放在身边，我并不是完全没有闻过舔过它的，自己或多或少还是接近过的。

最开始是刚开学来到仓山校区的时候，因为是不折不扣的路痴，总想着把舍友们当作移动地图，老是跟在她们后面所以并不记路。后来统一活动的时间少了，脑袋里有一套准确的定位系统和导航模式就很重要了。于是趁一个阳光和煦的午后，我夹着纸质地图开启了手机导航，对舍友们大吼一声："我去找路了！"我决定绕着师大走一圈。刚到一个新地方，我第一件事是想着往最外围走一圈，那这个地方就是我的了，准确说我就真的准备未来四年好好成为这个地方的人了。仔细想想自己还真颇有旧时候划地占地的思维模式。

我拐了好几个弯来到校门——理想的探索起点，往右手边走去，绕过综合体育馆，再往上走，看见了长安北路。

路不宽，随山的边沿延伸，绿屏相依。另一边的旧建筑也偶有几株花花草草探出头来，比如那种橘黄相间的小花，自来到师大后我便常看见。午后分外静谧，这一切让这条小路变得十分别致。我没有选择进去艺术地区探个究竟，而因仰头看到阳光透过叶缝的星星点点，感受落叶如蝶蹁跹而下的悠然，突然很放松，只想拾级而上看看近山的景致。

实在不敢也不能一口吞下一个奶酪，但我还是乐于舔一舔边上的碎屑。师大包着长安山，要绕边缘走自然得上山。旧的教学楼和山一起淡忘了岁月，斑驳的墙上仍有水花状的油绘图案。这些仿佛还能唤起昔日的一些印象——那些富有创造力的学生和一段段精心裁剪的大学时光。听着旁边厕所叮咚的水流声，我心里不由得一惊，不敢久留，看着地图的师大边线，赶紧摸索着绕出去。右手扶着老砖堆砌的护墙，望着左手边的一派山色，心里惧缩却又安然了些许。反正今日肯定游不了长安山，那便乖乖沿着山中小径走，等有一天我肯定还会再上来的。不久又见到一些绘制的趣图路标，整个人都放松下来了。踏着沙沙作响的落叶，开始构想映入眼帘的石桌石椅，它们究竟记录了多少师大学子的遐思，谁曾驻足？谁曾吟唱？我一直到绕出去，心中都还在想着这些，期间，心中默念我肯定会再正式上山的。

为了一场完美的长安山探索，我试图通过网络找些攻略，看看前辈们的推荐和建议，但找来找去只看到贴吧里某同志昔年夜探长安山的剪影，想找志同者，想挖掘"未解之谜"。哪个学校没有几个流传的故事，况且这些"谜"可能构成几代人的回忆，算是很棒的谈资。看着他们的足迹，为什么我到现在还一直守着奶酪，迟迟动不下勺子？

还未成真的长安山探索之行勾出了我往昔的记忆，我曾想在初中毕业的暑假拜访很多的同学，特别是从小学毕业就断了联系的人，想说说近年的故事，想拉近开始陌生的心。但直到高中时，我仍旧没有行动，我在等什么呢？高中暑假的时候想骑自行车探寻和记下我所生长的这个地方的美好风景，但到大学时都未行动，而且已经难得回家一次。想做一件自己感觉很有价值的事却总觉得时机不对，仿佛得循着旧时礼佛的程序，斋戒沐浴几日才能有个开始，后来还得揪着自己，不容一丝杂乱的念头，这样下去才算完整。可我从未有过这样的荣幸经历这样完备的一个过程。

  我守着我的奶酪，想着有一天以愉快的心情以无可挑剔的用餐礼仪享受它。可是当时间从指缝间流逝，我好像还没迎来这样的时机，奶酪已经变质，或者往好的可以说被动了一块。这一块的遗失不是因为别人，而是因为我自己，正像我的长安山探索计划。现在我唯一的企盼，就是在下一块奶酪来的时候，无论如何先咬一口再说。

母亲的味道

黄秋英
福建师范大学文学院本科 2015 级

我觉得这可能是一种遗憾：茶余饭后，我们对朋友的怪癖和路人甲乙的八卦侃侃而谈，却疏于了解家人。我很少写作，偶尔写些杂感，内容也是关乎自己，关乎他人、他物，唯独这一次我想写一写我的亲人，我的母亲。

母亲是从弟弟要开始上小学了才从厂里出来的。

算起来，母亲在老家生活也才三个年头，可给我的感觉竟有十来年那么久。以前在厂里，母亲做的是手袋的轻活，不用整天在户外风吹日晒，自从生活在老家这片土地上，忙庄稼，忙家务，忙拉扯孩子，偶尔还做点散工，一天到晚除了睡觉没多少时间休息。两三年下来，她又黄又黑，竟似苍老了十岁一般。

一般干完农活回来，她那干瘪的脸上常挂满了汗珠，头发间夹杂着土屑、草叶，有时甚至有菜梗，身上常黏附着泥土和灰尘。很多时候，母亲来不及洗净手脚上的泥土，指甲缝隙里有时挤满了土色的泥，有时又是沾满了黄绿的草汁，然后又忙着用这双粗糙的手洗锅、淘米、煮饭、做菜。

有一种味道连着家，那份美食，也许普普通通，平淡无奇，却饱含着无尽的爱与关心，那是母亲的味道、家的味道。也许母亲的饭菜并不是什么美味佳肴，但是我总是会想念它。也许我想吃的只是那种味道，别人无法做出来的味道。在学校待久了，我便时常想念母亲做的菜肴，中学如此，大学亦是如此。苦菜大肠羹、青椒炒肉、糖醋鱼，乃至一小碟自家腌制的咸豆、醋萝卜干都让身处异乡的我魂牵梦萦。记得高三那如火如荼的盛夏的每个星期六，母亲坐着电驴，后座捎了个调皮蛋，从僻远的山村，来到我在的地方。仍旧忘不了宿舍楼下，母亲身影瘦削。左手的保温桶、右手的水果，把她的肩膀又压低了一截。那时，她的眉毛有些拧巴，迷离的眼神里似乎在搜寻着什么，却又透露着几分坚定。阿弟乖巧地呆立在身旁，与在家判若两人。打开保温桶，浓稠的香芋味，软糯的芋头饭，八角、桂皮腌制的红烧肉，焦褐色的汁液，还闪烁着剔透的晶亮。揭起隔板，玉米排骨汤的香气，围追堵截着我每个呼吸的毛孔，仿佛细胞一张一合之间，都浸透了这满满的浓香。复习的劳累，一扫而光。明明是心花怒放，我却总是口是心非，吹毛求疵，挑剔着母亲煮的肉不够软，菜煮得太久……不是不知经过几公里路的颠簸，蔬菜是最耐不住的，只是觉得，没话找话，兴许可以缓解无言的尴尬。母亲，原谅我吧，爱在心，口难开，自始至终都是嘶哑。

今年快过年的时候，母亲更是忙得抽不开身。洗衣、洗碗、扫地之类的简单杂活我都揽着，她有时还是不得空。这时厨艺不精的我还得下厨房露几手。虽然大菜我不会做，简单的小菜，比如炒米粉、泡菜汤之类的，还是能拿得出手的。不过煮多的话，像大锅的炒米粉或者大鼎饭，我铁铲没翻几下，手臂就酸得厉害；而母亲从头到尾大气不喘，从米粉的入锅到出锅，轻而易举。做菜时，有时看到母亲撸起的袖子，露出的手臂大小和我不相上下，唯一不同的是，她的手臂远比我黝黑结实。女本柔弱，为母则刚，或许就是这样吧。

"时光只解催人老"，日益毛糙、蜡黄的脸，渐渐佝偻、消瘦的身子骨，在母亲那柴米油盐、机械反复的半生里，不变的是她对我们的爱。

皂角花开

陈彬琪
福建师范大学文学院本科 2015 级

福州湿冷，皂角花在这里却开得繁华，大概是春末时开得热烈，秋末时便落了一地，青石路上便是一片潮湿的红。

皂角花其实很早就隐约出现在我的记忆里了，但是，较清晰的一次，是在我还未成年时。那时应该是秋末，空气中散着寒意，皂角花遮掩了一大片的硬质水泥，地面好像残缺了一块，远看像一个泛红的洞口，不深不浅。

不知道什么时候，我竟踩上了这淡红的缺口，与此同时，是一阵彻骨的心寒，眼角不知何时潮了一块儿。后来才知道，我不是黛玉一样的心肠，见落花便落泪，而是一种预兆，离别的预兆。那天晚上，父亲在电话里告诉我，祖父走了。

祖父走了，我低着头重复着这四个字，异常艰难，字字诛心。

祖父去世，一时间我是无法相信的。但是事实掐着我的七寸，告诉我这是真的。夜里，我躺在床上，睁着眼，异常难眠。

天微微睁了眼，透着些许的光。睁眼的时候，我自己躺在家里的摇椅上，空洞的心脏一下就被棉絮一样柔软的东西填满了。还好，祖父还在。

祖父就在窗外喂着鸭子，鸭子还很小，黄毛都长不齐，却异常能吃，撒下去的饭粒几乎是被一抢而空。鸭子们虽是这么能吃却依旧长不大，不过，祖父耐心很足，直到那一只只都吃撑得迈不开步子，才满意地停住手中撒米的动作，一脸笑意，往厨房这边来了。

祖父向来对这群摇头晃脑的鸭子照顾得无微不至，每年年初，祖父总是上街到一家固定的店里买十几只鸭苗，在用铁筐将这群黄毛团载回来后，祖父便一只只给它们擦洗，就像是洗礼一般。每一只小黄毛被擦干净之后，会比一开始来得更加精神抖擞，之后，祖父一年的养鸭之旅便浩浩荡荡地开始了。每天祖父的第一件事便是打开鸭圈的竹门，让鸭子们到外头来呼吸泥土和皂角花混合的气息，除此之外，便是一日三次地喂食，从不马虎。最后，在太阳收住最后一缕光的时候，将鸭子们赶回鸭圈。这是祖父一天中最认真的工作，刮风下雨，都雷打不动的工作。大概到了年末的时候，鸭子们便被送到祖父在各地工作的孩子家里去，作为给孩子补身体的食材。这算是年末的一项收尾。

我是从小跟着祖父长大的，每当看着鸭子被送到叔叔伯伯家中，我都有些说不清道不明的不舍，祖父见我小脸惆怅，便偷偷指着鸭圈："那儿藏着最大的鸭子呢，等除夕夜就炖了给你喝汤。"见我愁云顿散，祖父也喜笑颜开。

"阿来，今天要吃什么？"走进厨房的祖父擦了擦手，笑容深深地凝在每一条皱纹里。

"今天我来炒菜咧！"我拿过洗好的芹菜，对着祖父挥手，"你去休息吧！"

"我阿来这么乖啦！祖父有福咯！"祖父笑呵呵的，摇摇晃晃地踱到藤椅边上坐稳，抽起了烟斗，那一圈一圈的烟渐渐弥散开来，越来越浓，最后祖父竟消失在白雾中，我怎么喊都没有回应了。

挣扎地睁开眼，原来我不在家里，却在校舍的床上。心脏空缺了一块血肉，那里的血液在倒流。我紧闭着嘴，眼泪顺着眼角淌到枕头上去了。

祖父到底还是不在了。

回家之后，家里嘈杂如闹市。少了一个人，怎么还是如此喧闹？我不解。门口是花花绿绿的花圈横着，我穿过花圈，看见祖父躺在透明盖子的冰棺里闭眼微笑。我的眼泪决堤，却哭得无声无响，身边伯母捏了捏我的手臂，哭丧要大声，不要这样没声的，不吉利。我没有说话。我知道，祖父不喜欢我哭，如果听不见我的哭声，他也许就不知道我在难过。我只想让他知道我过得好。

相伴

几乎没有时间流逝的感觉。心冰凉的时候，时间是透明的，没有概念的。我几乎是被牵着做完了我应该做的所有事情。那天晚上，招魂的人领着我们一群人在粗劣的木桥上绕着圈，向着简陋的断魂木桥底下的铝制水桶投一些硬币，我什么都照做，一圈一圈绕着，一把一把投着，感觉我的人生在那一圈圈里，没有了开始，没有了尽头。

第二日，父亲让我回校，说是不想影响我学习。我没有多说，背上自己的背包，就出了家门。那一刻，家的某种概念消散了。就像很久之后，我不再喝鸭汤一样，当某种事物失去了它至关重要的属性之后，就不再有意义了。

皂角花是年年都开的，从不错过任何一个花季。福州也是年年都湿冷，衬托着皂角花的繁华。

我时常会一遍又一遍地踩着皂角花的碎片，回忆皂角花第一次出现的时间，宛如昨天。直到脚下的花瓣渗出淡粉色的血，我才机械地停住脚步，静静地和周围的一切一起潮湿。

花瓣还会在枝头上重生的，而有祖父的那些日子我却再也回不去了。

致 D

江俊婷
福建师范大学文学院研究生 2016 级

暖色的灯光洒满了夜的周身，洋洋洒洒地爬上了我的每一缕发梢。我惯常地立于镜前，解下发绳，用木梳梳头，这是无从翻新的睡前仪式。D，你轻声推门而入，与镜中的我有了一秒钟的对视后，立刻转移了视线，以一种含混不清的金属般的声质问道："明天……什么时候……返校？"我迟疑了一秒："下午……午饭后吧。""嗯，明天阵雨。路上注意安全。""好……"你转身，肥大的裤管走路时发出窸窸窣窣声，故作轻微的掩门声响起。一分钟，六十秒，一切复归沉寂。与此同时，"砰"的一声巨响，我平静的心湖炸开了一池烈焰。

真是像啊，眉眼间的意韵，略微高耸的鼻尖，一种旖旎的情愫在有蛙声的夏夜里滋生并且疯长起来。也就是在那须臾之间，我切切实实地触摸到了一种无可辩驳的生命的勾连。二十多年来，我仿佛第一次听到了自己骨骼里拔节生长的宿命的声音。

我无论如何找不到幼时与你的合照。是不是在生命的初始，我们彼此运行的轨道只是两条互不交集的平行线？尽管并行不悖，尽管得以遥遥相望。七岁之前的那段时光，岁月不经意地抽离，让我产生清晰而真切地空缺感，我的记忆追不上离逝的那个世界。不经意间，我的余光瞥见了一抹绿意，一套军装上身，端庄好看，内心郑重，如刀锋般清冽的气质。

八九岁及往后的年岁，我渐渐对你的参与有了敏锐的感知度。D，那年，你从部队退役，凭着一张货真价实的驾照改行当了司机。"一入车行深似海"，这种走南闯北，四处飘移的行当成了至今谋生的手段。我小小的虚荣的心里不愿意接受这样的改变，我爱周身军人气质的你，不喜欢终日与汽油为伍的你，这样拧巴执拗的想法让我在多年后回想起就一遍又一遍地嗤笑。床头摆放的相册里有一张色彩极为绚丽灼然的相片，在那一格时光定格的影像里，院落里的三角梅开得正盛，阳光以恰到好处的角度投射，柔和地打在脸上。我娇小的身躯慵懒地倚着你，靠背椅上的你口中喃喃地讲述着你的军旅生涯。我那时读不懂你眼里偌大的乾坤，直至记忆的镜头再度聚焦时，我才参透了里边无尽的空茫，仿佛一场花事的荼蘼。

　　D，你爱读报，每每在晨间总要花一定时间浏览国家军备大事，这种军人的素养在往后的岁月一以贯之。及至我的初三，你的关注点才有了360度的转移。你热衷于为我搜罗各种"中考情报"：数理化解题技巧，一线名师考题预测，往年状元秘籍分享。在特殊时期，它们往往占据报纸的各大版面。我也乐意接这样的"手工活儿"，裁剪，粘贴，翻阅时满满的厚实感。你知道吗，D，在后来的日子里，年久日深，我有了一本牛皮纸封面的五毛硬币厚的"情报册子"。当我翻箱倒箧找到它，拂去上面的灰尘时，经年发酵的胶水味儿杂糅着岁月氤氲的气息，刺痛了我的眼眸。

　　当世界拥有的爱与美愈多时，人愈渴慕回到过去，甚至痴情地想把那一座乐园播迁到此时此刻的现实，与周围的人共享。

　　D，我不曾告诉过你，在我十六岁背井离乡外出求学的那三年里，我的行囊里始终带着三本书：鲁迅的《野草》，冰心的《再寄小读者》，朱自清散文集。还记得吧，那是你异地出差时为我携回的生日礼物。时至今日，我仍在想，我骨子里这点微薄的文学底子应该是拜你所赐的吧。

　　一个台风肆虐的夜里，你驱车来看我。我嗔怪你缘何冒着恶劣的台风天气专程跑一趟，你不自然地笑："出差，顺路嘛。"我依旧噙着那颗多年未落的泪，地理常识告诉我，你的路线和我的所在地是完全背道而驰的两个方向。我仔细打量你的装束，半路仓促买的廉价换洗衬衣和布裤穿在身上，仍是好看，像极了记忆画布上背影挺拔的年轻男子，可惜，眼角还是起了皱纹。你，容色安静，站在我的身旁，说话常常会吞咽下半句，心里又如同明镜。我们走过廊桥，去河的对岸吃晚饭。刚点完菜，闪电和雨点就把外面的人赶进室内。通明的灯火，墙角的电风扇和在翻看菜单的情侣。为你盛了一碗汤，在你低头用汤濡湿嘴唇的须臾，我瞥见你头顶密丛里的白发，强烈的白炽灯光下，它分明占据了我的满眼满心。是因着这样说不出的苦，以致终年淤着散不去的冷吧？"你……你想什么呢？"你把我唤回当下的情境，我仍感觉有所失。以前不知道哀而不伤是什么意思，现在明白了，却不知道该如何对你解释。于是想想，还是不说了罢。

当市集悄悄撤退，夜也恢了，恣肆的风和雨稍稍有了收敛的间歇。我打了一个长长的呵欠，你说："我得走了。唔……给你……这个月的生活费……有什么事的话……打我电话。""嗯……路不好走……小心点开。""嗯……"我们微笑作别，你年逾中岁的音色里仍留有不肯成熟的童话，我绽放的华容里却再也没有初为儿女时的恣意。

D，我也是在你那晚离去后才感知到，想念原来是两个人相互间的安慰与体贴，可以从对方的眉眸、音色、词意去看、去听出、去感觉出。也就是在那个当下，我发觉自己成了一个骨骼稍有些坚硬，懂得沉默滋味的成年人。时间是精确的过滤器。

后来，我高考失利，但也顺利上了大学。D，我犹记得，当我把寒窗十二年的成果告予你时，你踩熄一支烟，喷出最后一口，烟袅袅而升，如柱，我便认为你的烟柱擎着天空。你，波澜不惊："没事儿……尽力就好……"我心领神会。我就读的大学离家不远，但也只有特殊节假日才回家。长年累月，你总是披星出，戴月归，即使回家我也很少见到你。于是，你就这样成了我永久挂念的早行人、晚归客。D，你曾在萧离的雨夜里为我造起了一城喧繁的春，那我就去你最初的弦月下做你夜归的衣。

D，我时常犯疑，为何是你先播种我，而非我来哺育你？又或者，为何我们不能是互不相识的两个行人，忽然一日错肩过，觉得面熟而已？我总觉得你藏着一匹我无法裁衣的情感织锦，让我找得好苦。唯一的一次祖露心迹，你说你愿是D，ABCD中排行最末，不美的事情来临时由你断后。母亲、妹妹和我永远在你看得见的前方，你便有了攥在手心里的踏实感。罢了，既然如此，那么即使来世前路迢遥，我也仍要义无反顾地去寻你。

我以余生的速度，慢慢用手和笔，写下整沓的稿纸给你，留下拙实的字迹和记忆给你。纸会发黄，墨迹会损淡，但它是一个物证。它昭示着：

父亲，你是我遗世而独立的恋人。

青山记

张子璇
福建师范大学文学院本科 2014 级

"先报上你的来历，然后说你的愿望。"父亲给我一沓纸钱，对我说。

我看着火焰。

"我是张家人，是您二位的后辈。今天我来，一是问好，二是请求保佑我家的老人万事平安。"

一

今年通了地铁，方便许多。无比晴朗的艳阳天把福州提前带到了夏天。装有灵位的楼房搬迁到了更远的山路上，需要多走二十分钟才能到达。

新楼很大，红棕色的墙围了四面，挡住里头黄灿灿的小隔间。

去年来探望时，他们还不住在这儿，住在寺庙本部的一幢灵塔里，二层。女僧人告诉我们，楼房已经被鉴定为危楼，明年需要拆迁，请尽快办理手续。今年一瞧，房子换了，只是从危楼来的老住客只能住在一楼的安置区，二三四层需要更多费用。

我与父亲上楼看看，二层是放灵牌的，祭奠骨灰不在此处的人们；三四层是交了费用的，分区也比一层的"东区""西区"来得鲜艳——"富区""贵区"，门口还有不知什么名字的显灵人士把守着。父亲拿出一个信封，和僧人交谈，我才知道他已经给爷爷奶奶买好了位置，后事已经基本全部准备好了。

一个位置，前后费用共计近三万，六十年。

这个隔间黄灿灿的，还有外盖能盖上，免了见光和风尘。靠近走道，容易找到，从下往上三层，位置刚好。能承担得起的话，这个安息之地也没什么不好。于是我心里也没怎么挑剔的，紧跟着下楼去。

一楼拥挤得很，大家侧身而过。门口的大缸装满香灰，不断有纸灰飘落，有的香刚被插上，有的香已经燃尽了。僧人挑了一些走，不知所终。左手边是一个又一个洞口，对应有桌子。人们排队烧纸，念念有词。纸钱不缺的，有些带了麻袋，或是黑色红色的大塑料袋，两个男人提着。我们一行人挑了中间的位置，解开活结，把成沓的纸钱拗成扇形，任火焰传递给另一个世界，再用木棍小心挑着，让它们燃尽，又不可让灰烬碎了，否则钱不可用。僧人不时来铲桌上留下的蜡，大块小块的红蜡被装在铁盒里带走。

缸里仍不断有香被插上。

父亲教我说话。

轮到我侧身出楼之时，我特意换了步伐，右脚迈出去。看着神色匆匆的世人，我竟不能知道，我所认识的一切，我所见的一切，是否都有因果。

清明的松枝是半赠送的。随意给钱，然后挑一些去。父亲让我挑一些，带回去挂在爷爷家的门上。我拿起松枝，这是我第一次摸松枝。真硬，松柏不可凋也。于是一路下山都在反复拧那几根松枝。

与父亲分别时，我要了两根细小的松枝，作为寄托。

二

握着松枝，我不禁重新打量起四周层层叠叠的山。

南方的树似乎没有落叶的时候，就算落叶了，也不至于到空荡荡的境地。叶子天真饱满，还没凑到跟前，就闻到它潮湿的腥味。无所事事的女孩子们经过，看了，也天真饱满起来。

我的家乡是座山城，四面环山，中间一条不窄不宽的河，把梅列区一分为二。梅列大桥边上是家乡一座颇有名气的小山包，每到夜晚，山顶的塔发起光，一览众人小。十八年的故事都在山里发生，后来我来到大学，大学也在山上。这些个有悠久历史的土粒堆砌了我，因此我对山极有感情。

十一岁时我搬了家，在此之前的住所离学校要更远些，每日通勤需要走很远的上坡。那时候爸爸只有自行车，呼哧呼哧地往上骑。车轮随着使在它身上的力气咿咿呀呀地叫唤着。我有时坐在前头，有时坐在后头，听着声音，面无表情。直到有天爸爸的自行车直接撞上了一块砖，我整个儿翻了出去，鼻子上的血印留了一个星期，我才开始重新观察这个小怪物。

　　九岁生日过后，我要来了一辆儿童自行车。前框和后座都是亮黄色的塑料做的，印着不认识的卡通人物。后轮多了两个跟班，一左一右，总共四个轮。这和爸爸的车不一样，看着也怪丑的，我不喜欢。但看在是车的份上，我骑。

　　从那时起，小朋友飞快地蹬着四轮车骑遍了大街小巷，学着爸爸的样子，也呼哧呼哧地骑上坡，唰地冲下坡。我加足马力，大喊大叫，踩得仿佛拔地而起。众生惊叹。

　　然后很快我被抓回来。

　　今天日落时分，吃完了晚饭，独自踱步到校门口，买了一袋面包，反身回来，慢慢走上台阶，想起喜爱的"岑"字。

　　岑，小而高的山。我希望此生也是一座小而高的山。

　　今天依然是艳阳天，稀薄的橙色晚霞荡漾，像女孩飘开的卷发。

三

　　据父母的说法，我在刚出生的那几年，是外婆家的常客。

　　妈妈在家族里排行倒二。兄姊子孙旺盛，每年家族聚会，总要摆满满三桌，这还只算大人们和过了十五岁的小辈。小鬼头们绕着茶几坐下，桌上的菜和大人们的菜不一样，鸡翅和荔枝肉总是更多，也更甜。胆大的几个偷了可乐，自己的杯子装得满满，然后放在脚边。舅妈发现了就骂，便死不承认。成群的小孩里总有指挥家和赖皮鬼。

　　坐在角落的外婆起身，端着鸡汤颤颤巍巍地往疼爱的孩子那里去。

　　一只鸡只有两条腿，中午煮一条，晚上煮一条。因此吃到鸡腿是一件又让人害怕又显示地位的事。小辈们嫌弃鸡腿油腻乏味，但又不敢阻拦固执的老人家，最后往往是幼小的男孩得到殊荣。舅妈嫂子们暗暗较劲，我们没心思搭理，拿起一盒彩色橡皮圈闹腾去了，好像什么事都没发生过。

自己幼年时候的顽劣气性，人尽皆知。我爬上爬下无所不能，穿着裙子从扶手上滑下来，把双响炮点了丢进枯井。安静的午后溜进外婆家的鸡栅栏，对着鸡大声尖叫，或者买一把星星花对着石头猛烧。总之，混世魔王。直到魔王十岁那年遭了不少罪，突地发现世界不再容许她继续撒野，于是就像被绣花针戳破的气球，一点一点地收敛了。

记忆中最疼的罪，发生在外婆家门前的坡。这坡不宽，只能算是稍稍宽裕的单行道。每次大家拍全家福时，三三两两地聚着聊天，就能把坡堵着。那日与母亲去外婆家，难得我落在后头，被一座寺庙边上的芭蕉树吸引了。

为什么这香蕉长得这么小，叶子大得拥挤不堪。既然要长得这么茂盛，为什么不站开一点儿，一口气种那么多棵。我蹦跳着，不见前路，然后在斜坡的水沟上滑了一跤，右手掌斜插进寺庙的一块后玻璃。

那一瞬间不疼。血汩汩流下，经过手臂。我把手掌翻过来，看着伤口。白色连衣裙上沾满污水，裙边的荷花也不再是荷花了。母亲连忙过来带我去洗手池边拾掇，冰凉的水带着锈味，母亲带着茧的手搓着我的手。

我摔惯了，觉得习以为常。但也不知如何是好，全听安排。她带着我去了诊所。那家诊所我记得，在初中到五路的大长坡的中点，左手边。现在已经不在。

女医生取出了我的玻璃。玻璃离开的时候最疼，我甚至希望玻璃在那儿就好了。她问我："你想涂药，还是缝针呀？"

这时我发现，我把事情玩儿大了。缝针要拿平常缝衣服的针吗？要拿奶奶平常扎在线球上的那种针吗？很锋利吧。会像平常弹不好琴时，妈妈用笔尖扎自己大腿时一样疼吧。于是我哭闹着说：我不缝针。

医生见状，对妈妈说，如果不缝针，疤就是永久的了。妈妈来劝我，我依然哭闹说：我不。于是我打了点滴，就回家去了。

后来，当然我还会经过那个斜坡。外婆把鸡转移到了寺庙左侧的草屋里，草屋边上有一座很小的寺庙，我也曾在残破的跪垫上许过不知名的愿望，或者只是跪着好玩。通往大寺庙的坡陡峭，外公是佛教徒，经常见他去，不知道去做什么。

相伴

　　后来外公去世，家里再没有人会计算黄道吉日。他曾送过我一支笔，签字笔的个头，笔尖却是写毛笔字的。他在世时用它写小楷，用以计算账目和画符。

　　外婆家的大门上多了两盏红灯笼。外公走之后，外婆就独自一人坐在大门前。我逐渐年长，那沟还在。

　　我到别处蹦跳去了。